eudisseia

Eduardo Alves da Costa

Eudisseia

ISBN: 978-65-6025-242-4

Produção Editorial: Grupo Editorial Alta Books
Diretor Editorial: Anderson Vieira
Editor Responsável: Rodrigo de Faria e Silva
Projeto gráfico miolo: Lucia M. Loeb
Revisão do autor
Capa: Faria e Silva Editora

Imagens do miolo: detalhes de ilustração de Frans Post, para o livro de Barleus, 1647

Impresso no Brasil – 1a Edição, 2025 – Edição revisada conforme o Acordo Ortográfico da Língua Portuguesa de 2009.

C837
Costa, Eduardo Alves da, 1936-
Eudisseia / Eduardo Alves da Costa. - São Paulo : Faria e Silva Editora, 2025.
448 p. ; 15 x 21 cm.

ISBN: 978-65-6025-242-4

1. Literatura brasileira - Poesia. 2. Poesia contemporânea. 3. Autoconhecimento na literatura. 4. Viagem na literatura. I. Título.

CDD: 861.6

ALTA BOOKS
GRUPO EDITORIAL
www.altabooks.com.br

Rua Viúva Cláudio, 291 – Bairro Industrial do Jacaré
CEP: 20.970-031 – Rio de Janeiro (RJ)
Tels.: (21) 3278-8069 / 3278-8419
www.altabooks.com.br – altabooks@altabooks.com.br
Ouvidoria: ouvidoria@altabooks.com.br

Editora afiliada à:
ASSOCIADO

eudisseia

Eduardo Alves da Costa

FARIA E SILVA
EDITORA

Aos meus familiares e amigos.
A todos que, em algum momento,
estiveram comigo nessa travessia.

"O voi ch´aveti li´intelletti sani,
Mirate la dottrina che s´asconde ´
Sotto´l velame de li versi strani"

Dante Alighieri

"Emissário de um rei desconhecido,
Eu cumpro informes instruções de além..."

Fernando Pessoa

"Os poetas modernos colocam
muita água em sua tinta."

Goethe

"O vento sopra onde quer e ouves sua voz,
porém não sabes de onde vem nem para onde
vai; assim é todo aquele que é nascido do Espírito."

João 3:8

"No somos nada. Estamos de transito".

Ditado argentino

I

Deu-se o caso de viver eu
em desprezível pensão de raso
nível, decrépita senhora,
mansão outrora, em meio
a decadente vizinhança,
embora silente, por respeito
a conhecido centro espírita
gerado no seio do antigo casario.

E talvez por desvario de um
médium noviço, ou em decorrência
do *tedium vitae* provocado pela
constante convivência de tal centro
com a morte, coube-me por sorte
ver diante de mim, em versão
infante, rejuvenescido e fresco,
o Poeta Homero. Assim se apresentou
ao chegar e nada me custou
nele acreditar.

Cego não era, como ao tempo em que
andava entre os helenos, na chamada
fase oral, quando seus versos, menos
difundidos, ainda não podiam ser
lidos mundo a fora, como agora.
Nem óculos levava sobre o nariz,
ligeiramente adunco; e seus cabelos,

a barba – da tonalidade do junco –,
sua feição rude e dura, em
decorrência da idade, mais
pareciam talhados em pedra
a lembrar o frescor de recente escultura.

Admirado fiquei, não só por
se apresentar ele em sua total
integridade, após séculos e séculos
a viver na Eternidade, mas também
por falar Português paulistano,
o que transgride todos os convênios
da tradição mortuária.

Que um italiano, como Virgílio, converse
com o grego Ulisses, na *Commedia*
sem que Dante nisto veja qualquer
impedimento ou mesmo se preocupe
em nos fazer saber como tal ocorre,
não nos causa espanto, pois quem
falece logo esquece o idioma pátrio
e passa a falar, no Além, uma espécie
de Esperanto, válido apenas para
comunicação entre as almas dos mortos,
por se encontrarem absortos na mesma
etérea matéria. Mas no presente
caso nada há de análogo, pois
o diálogo se dá entre a alma de um
falecido e um vivente, o que invalida
o tal Esperanto como via de contato.

Eliminei logo a hipótese
de impostura e creditei o aparente milagre
ao fabuloso universo da Literatura.

Para ser sincero, pareceu-me
estranho – sem qualquer empecilho,
convênio ou embaraço – ver
tamanho gênio literário pojar
o fundilho em meu terraço;
e um tanto humilhante, por certo,
a icônica cena: Eu, um pobre
Saara, ante a imponência
da Floresta Amazônica; um cisco
de orégano mofado, esmagado pela
mais suculenta azeitona da Cultura
Grega. Ele um Orfeu, nascido
de Calíope, e eu apenas uma sombra
míope, a purgar minhas penas
neste labirinto em que se derrama
o suor de Sísifo, a empurrar,
vida acima, a pedra
da humana insensatez.

Tomado fui, na verdade, pela mesma
reverência que teve Dante ao deparar
Virgílio na dura contingência
de se encontrar na selva tenebrosa.
Semelhante idílio pressenti
que naquele instante nascia –
apesar da embaraçosa circunstância

e da já mencionada dissimetria –
entre duas almas tocadas
pela chama da Poesia.

Ante meu constrangido silêncio
e o desenho de meu rosto compungido
indaga o Poeta qual a razão
de minha angústia, aliás nada
discreta. Vítima sou – respondo –
dessa erva daninha que secreta
ao meu redor uma gosma
danada, um visgo
concupiscente, a provocar em toda
gente uma secura da alma, uma
ingente sede de bens materiais,
valores menores, irreais,
brinco infantil a soprar
bolhas no sabão da ilusão.

Há murmúrios nos salões
e em êxtase palpitam corações,
ao passo que meu corpo em estase
jaz sepultado em vida ao ver
consumida a Luz, acossada
pelos cães, matilha ensandecida ante
o ingente sangrar do poente,
em que, sem o sentir, dessangra toda gente.

Ri o Poeta e a um gesto seu
soa em meu peito uma gaita

sutis vibrações. Será tuberculose,
overdose de sensações? – penso eu –
ou apenas o desespero a ecoar
no vazio, um rufar de asas
em direção ao abismo, à vertente
de minha mente que, de repente,
zoa, zune, zabumboa e se debate,
tentando ficar numa boa
enquanto a gaita soa.

Isto, na verdade, são sintomas
da Terceira Idade – diria a mocidade – ,
ressequidos rizomas cerebrais
em frenesi galopante. Não é gaita,
são zumbidos nos ouvidos,
rompante de egocentrismo
que nos velhos é já truísmo.

Sorrio. Que nos resta, a nós, que pela fresta
antevemos o ocaso, senão fazer pouco
caso de quem nos apequena
o porte antes mesmo de adentrarmos
na antecâmara da morte?

Ecoa o *blues* e eu na rede, a sorver
este som, para matar a sede.

E assim, cansado e um tanto
apaziguado, relaxo e gozo a paisagem,
na verdade uma desconjuntada

porta de garagem, acrescentada
à miragem de meu delírio galopante.

Com gesto rápido, de mágico,
sem que eu o veja, coloca Homero
sobre a mesa dois copos e uma
garrafa de cerveja. Pouso no chão
a verruma com que prospecto
meu coração; e admirando
o aspecto da bebida, mergulho
os lábios na espuma que goteja.

Ficamos assim, por um instante,
a fruir a aragem, ante
a enferrujada porta da garagem,
cerrada por ele com terno gesto
sobre o rascunho do meu inferno.

II

Vai-lhe n'alma – avalia o Poeta –
um alquebramento de tapete persa,
a cada momento pisoteado
em tropel alvorotado. Nota-se? – pergunto,
sentindo reacender-se a fornalha
que me derrete o cerne do bestunto.
Perdoe-me se lhe violo algum segredo –
segreda-me o Vate, condenado talvez
ao degredo em paisagem tropical,
enquanto sorve um gole colossal.

É a mediocridade o que me
atazana – grito eu, buscando ocultar
meu sentimento de inferioridade.
Medíocres somos todos – pondera ele –
posto que humanos. Vivemos
da mentira, dos enganos, da patifaria;
e é com essa baba que tecemos
o casulo nosso de cada dia,
tratando com zombaria
quem nos contesta ou repudia.
E, no entanto, segue a Terra
sua senda, isolada neste canto,
neste quintal do Universo, caminho
na verdade original e heroico,
mil vezes decantando em prosa e verso.
Não quero que me tome por um

paranoico – pondero, constrangido
por me abrir assim com um
desconhecido. A mim pouco importa
seja o mundo enaltecido se é já
falido, feito ruína. Amofina-o
a realidade, meu jovem – ironiza ele.
Jovem? Bem longe vai de mim
a juventude. Para quem vive, como
eu, na Eternidade – insiste – não
passa o senhor de um recém-nascido,
com pouca vivência do que é
a demência humana.
Diante deste dia magnífico,
rogo-lhe que tente ser mais específico
a propósito de quanto o atormenta.

Voa no céu um pato selvagem
a surfar sobre a aragem que
nos bafeja, fazendo tremular
a espuma da cerveja.

A vida é um avião e dela
nos servimos como de um reles
caminhão. Rastejamos há milênios
e fizemos do Planeta um monturo,
um restolho. Crê o senhor
que o homem esteja a cumprir
seu destino ou, qual jumento
a trotar, em desatino, vai em
direção à derradeira voragem?

Ele sorve um gole e contempla
a porta da garagem.

A segunda hipótese é a verdadeira –
responde, sem ocultar ligeira
inquietação. Tomados sois, gênero
humano, pela tal Maia e julgais
navegar a plena vela quando já
estão os estais a se romper e logo
vem abaixo toda a mastreação.

Isto já dou por cumprido – digo eu –
mas o que não consigo evitar,
o que me deixa transido
é a caretice, a burrice, o conviver
com basbaques e petulantes que tanto
hoje quanto antes compõem
a oficialidade desta nau estertogada,
gente incompetente e fútil que
nos quer, de cambulhada, lançar
à Eternidade, camarilha inútil,
a percorrer o tombadilho de nariz
ao vento, enquanto arde já
o rastilho que fará de nossas
vidas um momento aflito,
perdido no infinito.

Além de profético acaba o senhor
de embarcar num brigue poético –
brinca o Poeta. Meu coração,

contudo, bate mais forte, ignorando
a irrisão. E sob a camuflagem
de um poente outonal, ficamos
ambos a fitar a porta da garagem,
buscando eu, no fundo d´alma,
alguma certeza que me possibilite
esquecer tanta lambança e refrescar
o Ser com um pouco de esperança.

III

Séculos ficou Vossa Senhoria
a mofar nas estantes da Glória
e talvez não atente para o hodierno
matutar, que nada mais faz senão
tergiversar. Foi-se o tempo em que
sujeito, verbo e complemento urdiam
a trama do pensamento. Esvaiu-se
a linguagem, esbarrondou-se o mundo,
tornou-se raso à noite o que
fundo nos parecia à luz do dia.

Insidiosa manha insinuou-se
no âmago do Ser. O que antes *era*
contenta-se agora em *parecer*;
fez-se quimera toda verdade
conhecida, cuja imagem, de tão
esmaecida, em nada lembra
seu antigo conteúdo. O céu, o mar,
o Sol, o luar, o horizonte, de tão
fotografados, filmados, estampados,
já não estão onde se encontram;
e deles vislumbramos o boato,
pois de fato vemos apenas
o que recordamos. Coma o senhor
nesta varanda hamburguer ou caviar,
estará a mastigar a propaganda
que os recriou em outra dimensão,

enriquecendo-os com um *plus*
de coxas, bundas e peitos a operar
transformações na matéria bruta,
pois não se querem consumidores contrafeitos.

Tomemos a honra, por exemplo,
que já teve multidões a orar em seu
altar. Foram-se o brio, o pundonor,
aquele sentimento imponderável
que tornava a palavra confiável
e, quando conspurcado por algum
ousado transgressor, só se podia
lavar com sangue. Hoje, amortalhada
jaz no catafalco do cinismo.
Perderam-se o seu donaire, suas
maneiras, e só podemos sorrir
ao ouvir de alguém: Tenho a *honra*
de torcer pelo Palmeiras.

A honestidade já não é beldade
a desfilar nos salões. Rouba-se
à luz do dia, no atacado e no varejo;
e em cada jugular, a pulsar,
há sempre um percevejo, um carrapato,
a fazer da gatunagem um fato
estabelecido, costume arraigado,
tanto de governantes quanto de governados,
ignorantes ou letrados. Roubar
lhes confere *status*. Ser ladrão
é condecoração que se exibe com orgulho

e a honestidade um entulho
um estorvo, ave de mau agouro
a crocitar, corvo do fracasso,
motivo de riso, de vergonha, de embaraço.
O honesto, além de risadas se arrisca
a receber cusparadas no rosto
e o que outrora nos mataria de desgosto
é hoje motivo de chacota.

O que dizer então da Justiça?
Tarda mas não falha – afirmam os crentes – ,
à feição de cão a arreganhar
os dentes para abocanhar os perversos.
Pois saiba Vossa Excelência que
os juristas produziram a droga
da leniência, que adoça a lei
e alivia as penas. As prisões
não regeneram, são porões de navio
negreiro, punição exemplar a quem
pagar não pode um bom advogado,
cuja arte sem igual, consiste
em saber cantar no tribunal.

O que era antes muda ignorância
berra hoje no alto dos palanques.
Boçais caminham de peito estufado
a ostentar a sua intrujice nos salões
em que seus iguais ditam a moda
a fazer da vida uma pedreira
a ser quebrada pelos otários

honestos, a cumprir funestos presságios,
a tragar mil sapos indigestos.

Gasta o senhor seus miolos
ao acrescentar vasta quantidade
de tijolos à ciclópica torre de tolices
erguida pela Humanidade, a endeusar
a própria insensatez! – exclama
o Poeta, em tom teutônico, com um halo
de cerveja a lhe adornar o bigode,
enquanto ao longe explode o Sol agônico.

Pressão financeira, insônia,
agitação, corrupção, insegurança,
depressão, nervosismo, pasmaceira,
endividamento, insatisfação, irritabilidade,
pressa, arraso mental e físico,
atraso, miséria, subnutrição, ambição
desmedida, uma infinidade, enfim,
de tormentos que a idade só faz
aumentar, são o natural de nossa
natureza, pura impureza – reza
o credo cristão – que aderiu ao Ser
no instante em que nos pariu nossa
mãe, lançando-nos, por mero
prazer, a este dédalo, a este fazer
constante, estafante labor
a compor a tecitura de nossos dias.

Crê então o senhor que estamos
condenados, que a vida é um dia
de finados, tediosa tarefa a ser
cumprida? – concluo. Tolice –
prossegue ele, a rir. Trata-se apenas
de um *tema*, como dizem os argentinos,
eristikós, eurística, arte da controvérsia.
Não importa se o que ora dizemos são
verdades ou desatinos, pois sua
função consiste em abrir uma
porta para a imaginação, a fim
de levar de roldão os argumentos
do adversário. Alegrias ou penas,
acertos ou disparates, tudo se evola
na esteira do Tempo; e tolo é
quem bandeira agita desta ou daquela
agremiação, dado que o simples
escolher já faz crescer a confusão.

Quer o senhor dizer que na passividade
estaria a solução, uma espécie
de Nirvana a transformar a labuta
existencial na cordial amenidade
de um fim de semana? Ou seria
isto mais um tema, uma atualização
de Calderon de la Barca a nos lembrar
que a vida não passa de um cinema?
Gargalha Homero, o que só faz
crescer meu desespero, ansioso que estou
por ver solucionado o cabuloso caso

do tal pecado originalmente cometido
por Adão e Eva e repetido –
qual multiplicação dos pães –
por nossas mães.

A um gesto do Poeta, um ademã,
como se afastasse um pensamento
indigesto ou tentasse caçar invisível
mosca, ressurge ao fundo de minha
tosca emoção, quase imperceptível,
o som da gaita em novo arranjo,
secundado por um banjo, incompatível
com a gravidade do momento,
qual escarmento, zombaria pela
tenacidade com que meu eu porfia
em se atormentar. De repente,
agitado, grita meu coração – Sus! –
buscando se livrar do surto persistente.
E me deixo levar pelo ritmo do *blues*.

Num dos prédios vizinhos há um cão
que esbraveja. Imperturbável,
assim como fez surgir a cerveja,
põe Homero sobre a mesa
um prato de salgadinhos.

É dia ainda mas já aponta
no céu a primeira estrela; e o Vate,
ao vê-la, ergue o copo e com voz
esmaecida pela emoção, brinda

ao milagre e esplendor da vida.
Ai de mim! – penso, diante
de tanta exuberância vital. Há no ar
um perfume de jasmim e pressinto
vultos entre os arbustos do jardim.
Serão as Parcas – imagino – a fiar
a linha de meu destino? Soam
sussurros para além dos muros,
em jocosas brincadeiras; e a imagem
das Irmãs Fiandeiras corre
sobre a relva de meu pensamento.
Percorre-me um calafrio, como se
um fragmento da Morte, qual espinho,
me picasse o íntimo do Ser.

Tem o senhor tal palidez no rosto –
observa o Poeta – que me faz
pressupor um desgosto de amor
ou inesperada visita da Morte.
Seja flecha de Cupido ou de Átropos
a tesoura o que lhe desdoura
o porte, recomendo-lhe que beba
um bom gole de cerveja. Trata-se
apenas de ligeira indisposição –
digo eu – um desarranjo provocado
pelo banjo, gemer amargurado
de escravo torturado pela ausência
do lar distante, chamamento emocionante
à minha já exacerbada sensibilidade.

Anda o senhor em meio
à cangalhada, a mente abarrotada
com o espólio do mal universal.
Aconselho-o a proceder como os
estoicos, a controlar suas emoções,
seus estados paranoicos, e buscar
o império sobre si mesmo, *enkrateia*,
sem o qual vagará a esmo,
presa fácil da alcateia ululante
a lhe toldar o semblante.

Séculos levou o homem na tentativa
de tornar ao ideal idílico do Paraíso Terrenal,
em que seus dias, livres de apoquentações
e agonias, transcorriam perfeitos,
como ilustrações de um conto de fadas.
Ante seus olhos tem o senhor o resultado,
colhido hoje mas semeado em eras
passadas – o caos e sua prole,
que a cada dia nos mastiga e nos engole.

À gaita e ao banjo, que a soar
estão agora em minha mente, vêm
se juntar piano, guitarra e bateria,
tornando ainda mais dolente
a harmonia do *blues*.

IV

Muito me custou cruzar o Estígio,
caudaloso e acerbo, além do qual
tenho estância, para esbanjar
aqui meu verbo em diálogo fútil,
lastimoso – dispara o Poeta em
rigoroso tom. Mais valera escutar
a narrativa de sua história pessoal,
pois isto sim tem para mim
sentido universal.

Que feitos heroicos hei perpetrado – rebato –
que mereçam sua atenção?
Ainda mais amargurado ficaria,
motivo de chalaça, que seu empenho
em nada alteraria, visto que
o ver e o remirar só fazem o medíocre
piorar. Depende isso tão somente
de como encara o senhor sua
existência – contesta o Vate, com veemência.

Pense comigo: Que diferença
há entre o ar que das ventas
se exala, rodopia e sai pelas janelas
e o vento a desfraldar das caravelas
o velame? Não é a mesma realeza
que move o enxame no cortiço,
as formigas no reino da terra

e o secular regime da Inglaterra?
O que voa mais alto: o aeroplano
ou o plano que o esboçou no papel?
Qual o maior herói: Napoleão
ou o glóbulo branco a mover guerra
sem quartel contra toda e qualquer infecção?

Grandeza ou pequenez decorrem,
tão somente, de pontos de vista.
Será maior a China que um
recém-nascido, hoje supino, amanhã
capaz de lhe alterar o destino? Tome
uma vida apagada. Basta um nada
de Poesia, um toque de fantasia
para que, provida de um par
de asas, voe sobre as casas e arremeta
em direção às estrelas, com ímpeto
de transcendê-las em brilho.

Atinar não posso – insisto –
com as razões que o levaram a deixar
sua morada nas regiões em que
nada vive a vida humana, para,
num fim de semana, fazer emergir
seu insigne vulto diante de um
estulto. E mais: que se digne
a lhe dirigir a palavra. Pede-me
ainda que em seus augustos ouvidos
verta eu os ruídos de uma história

banal, que nem mesmo seu talento
poderá tornar original.

Não pretendo conduzi-lo – responde
ele – em meio à penedia,
aos abismos da autobiografia, pois
entendo que o cheio é lá vazio
e os fatos apenas absentismos
de uma alma em extravio, paroxismo
do ventriloquismo. Sente-se na calma,
deixe cair o atavio e tanja o olhar
para além da imensidão, onde a franja
do que há baloiça ao vento do derradeiro
pensamento. E assim, a navegar
do outro lado, o verdadeiro, ouça,
no que não diz a palavra, o testemunho
de quem é. Atente a cada fragmento
pois aqui o intento é revelar
a imagem oculta pela mensagem
de sua monumental alegoria,
a desfilar em plena algaravia.
Gnôthi Sautón. Conhece a ti mesmo.

O tal pato selvagem que voava
em canto anterior é agora uma sombra
destacada contra a derradeira orla
do Sol. Será realmente um pato
ou a reencarnação de alguma alma
de escol a galgar as ribas do céu,
em direção ao lar definitivo?

Um pato é um pato – exclama
ele, à Gertrude Stein, abrindo a gaveta
de minha intimidade. Aí está um tipo
que jamais se inquieta, simplesmente
voa, sem necessidade de bússola
ou astrolábio. Deixa-se levar pelos
ventos, livre de conjecturas, de pensamentos,
o que faz dele, mais que um pato, um sábio.

Esqueça a vaidade
e o prazer de remexer nas fezes
de sua falsa identidade e venha
viver comigo a emoção de navegar
em direção à voragem de seu
próprio umbigo, ao fundo do qual
encontrará a si mesmo
em versão original. Matamos
assim, com uma só pancada um par
de coelhos simbólico-iniciáticos:
o da caverna umbilical e o da
jornada, esta refeita por amplos
caminhos alheios à obscura selva
mas igualmente provida de espinhos;
aquela nascida de uma tesoura,
o que em nada lhe desdoura a origem
se comparada à platônica alegoria,
visto ser o início da vertigem
que nos lançou ao âmago
do humano labirinto.

Quanto ao fato de me ver aqui
a gozar o poente e o anonimato diante
de um estulto, como acaba de dizer,
só lhe posso responder com a verdade.
Em muitos sítios estive antes de morar
nos Campos Elíseos, um condomínio
luxuoso, ao Sul do ominoso Limbo,
vasto domínio em que habitam
Virgílio, Horácio, Aristóteles, Sócrates,
Platão e outros vultos cujo maior
dos pecados consistiu em não serem
batizados, impedidos portanto de viver
ante a Divina Presença, segundo
a crença de meu colega Dante Alighieri,
de inegável talento e enorme senso
de oportunidade – mencione-se a bem
da verdade – visto haver reservado
para si mesmo um apartamento
no Paraíso. Mas logo me esquecem
e há quem diga até não ter eu
existido, que meus versos emanaram
de cérebros dispersos, ao longo
de um tempo hibernal,
reunidos pela tradição oral.

Chamou-me o senhor
no dia em que acabou de ler minha
Odisseia. Fechou o livro, deixou-se
ficar em silêncio e pensou: Como
gostaria de conhecê-lo . Pois aqui

estou e folgo em vê-lo; atendo
ao seu apelo retribuindo ao seu afeto.
Além do mais achei-o discreto,
como convém a todo poeta.

Agora lhe peço que em mim
confie e início demos à referida
aventura pois já não dura
o dia e retornar pretendo ao lar
de minha desventura antes que
surja a aurora. Desventura? –
exclamo, surpreso, pois de quem
a glória esplende há tantos séculos
não se espera ouvir senão cantos
de louvor ao generoso fado.

Oneroso fardo a fama – contesta ele,
erguendo o olhar à solitária
estrela – mormente quando finado
é já quem a reclama. E há também
a condição de se nascer
na Grécia, onde o mais precioso
bem é o dom da vida, *dóro zoís*.

Não que se esteja mal onde
me encontro, depois de tanta andança.
Come-se bem, é boa a vizinhança
e uma vez atingida a plenitude
pode-se até gozar a tão propalada
beatitude. Mas algo nos falta

que só aqui se vivencia:
a placidez do luar, a intensa luz
do dia... até o ar que respiramos
com nossos pulmões etéreos,
as inquietações terrenas, os mistérios...

Ah! Quisera eu da Grécia ser
o mais humilde aguadeiro
e caminhar agora à margem
do Egeu, a sentir no rosto
o roçagar daquela aragem...

Mas não façamos disto um tema,
pois tem cada qual, no esquema
original do universo, o seu papel;
e eu vivi intensamente o meu,
um tropel de emoções traduzidas
em Poesia, tão intensas que nelas
ainda hoje a gente se extasia.

E agora silencio, à espera de que
o senhor inicie sua narrativa
para encantar não só minha oitiva
como, quem sabe, plateia mais vasta,
já que ao poeta não basta viver se não
puder a outros dá-lo a conhecer.

V

Nasci em Niterói, às margens
do oceano Atlântico – inicio, ainda
constrangido por me ver ante
um gênio literário a verter a babugem
do meu Ser quando, ainda em vida,
já me vejo rapidamente esmaecer.

Aprenda a inverter a ordem
dos vocábulos – interrompe ele –, o que
dá à Poesia solenidade e confere
aos atores, à situações, aos objetos,
uma aura de aristocracia, de fantasia,
a fazer de um peixeiro um conde
e a dar aspecto de caravela
a qualquer desconjuntado bonde.

Amplie, embeleze, exagere, utilize
sua ciência para acrescentar
à banal aparência das coisas
um toque de originalidade,
sem medo de violentar a realidade
nem de transgredir as normas
da civilidade, na verdade empecilhos,
espartilhos da linguagem.
E não desdenhe dos adjetivos,
abandonados por certos estetas
e letrados, vampiros do idioma,

a lhe sugar o sangue e as tetas,
criadores de inexpressivos zumbis
rotulados como vanguarda.

Lembre-se de que o dom do Poeta
é a imaginação, tapete voador
com o qual o senhor adentra
na câmara secreta, em cujo tabernáculo
repousa a Visão, sustentáculo de toda
iniciação; a origem da amara
viagem de cabotagem que o trouxe
a esta paragem, ao cerne desta vertigem.

Nasceu o senhor em Niterói,
às margens do Atlântico oceano, vasto
mar que demora entre Europa,
África e América, imensidão líquida,
região de pélagos profundos,
a separar mundos diversos, palco
de incontáveis e notáveis feitos –
batalhas, naufrágios, descobertas,
conquistas, maremotos – que em
seus ignotos abismos oculta
inimagináveis tesouros de épocas
idas e um sem número de vidas
vertidas nas goelas daqueles
terríficos tragadouros.

Fundada pelo destemido Ararigbóia,
dos tupinambás cacique, em terreno

recebido como galardão por ter vencido
franceses e tamoios, que pretendiam –
abstruso intento – deitar mão
ao território luso, é a cidade
um diamante, jóia rara, engastada
na tiara da Guanabara. Derrotada
a gente invasora, foi o herói muito
bem-visto e, depois de batizado,
agraciado com o hábito de Cristo.
Mas todas as honras não impediram
– triste fado – que morresse afogado.

Aqui omitimos – para não lhe
embaciar a glória europeia – que
melhor obrara, alterando a História,
unindo-se aos tamoios a fim de expulsar
lusos e franceses, todos eles
intrusos, preservando assim
a vastidão do território e seu tesouro
arbóreo para uso exclusivo
de macacos, araras, papagaios
e outros gaios animais de claras
origens nacionais, regidos e deglutidos
pelo indígena, evitando destarte
a instalação de qualquer raça alienígena,
aquela gente esquisita,
que erguia casas de pedra,
madeira e barro, com intuito
de permanência; que em vez
de ir buscar na Natureza

o necessário à sobrevivência,
exigia que ela viesse
servi-la e se adaptasse
à sua maneira de ser, qual
parasita; que tomada de avareza
e cobiça, mandava esburacar
a terra, à procura de ouro;
que acumulava objetos
de estranha serventia, uma
tamanha quinquilharia, tal
abastança, que dela se ria
o índio em dias de mudança;
que obrigava o indígena
a se envolver com panos
como árvores em suas cascas.
Mas deixemos a gente branca
nas lides da conquista e da ganância
e retornemos à sua infância.

Pouco depois fui levado por meu pai
– prossigo, em meio ao alarido
daquela bicharada – à pia batismal,
ficando protegido contra as forças
do Mal, cuja intenção declarada
e primeira é nos alijar do bom
caminho e nos lançar à charqueira
via do pecado, a cujo termo se fará
ermo o luxuriante jardim de nossa alma.

Batizado não sou – observa o Poeta –
e nem por isso me vi arrebatado
pela caterva obsessora, essa pletora
maligna a grassar, qual mofo, nesse
mar estofo em que o senhor parece
ainda hoje naufragar. Diria que
seu pai, num momento de arroubo,
foi depositá-lo, para seu escarmento,
na boca do lobo, de onde pretendo hoje
retirá-lo. Deixemos por ora de lado
este assunto delicado, para drená-lo
mais adiante com toda a lama que há
a jusante de sua mente.

Minha mãe – digo, ainda admirado
com o embelezamento que faz de mim
um portento – era uma mulher
singela, que do mundo conhecia pouco
mais do que via ao abrir a janela,
uma alma devotada à calma do lar
e seus afazeres, pouco afeita aos
prazeres do amar, às delícias
do sexo, o que lhe causava, por
vezes, um certo complexo ante
as beldades da vizinhança.
Era assim que eu a via, outrora, com
meus inocentes olhos de criança.

Se me permite um reparo – intervém
o Poeta – diria tratar-se de uma divindade,

o que nada tem de raro, visto sermos
deuses esquecidos de nossa origem.
Não me veio tal conclusão de imediato
e sim depois do hiato entre minha Odisseia
e a Morte. Veja o senhor que
já na Ilíada, epopeia anterior, embora
dependa a sorte dos homens do querer
divino, têm os deuses um viver
tão humano que o Olimpo ferve
com disputas e argumentos como
os que hoje vemos em quaisquer
terrenos parlamentos.

Submerso estava eu em tal elocubração quando
me ocorreu não ser diverso o existir
humano do divino senão na intensidade
de sua condição. Se o intercurso
de mortais com deuses e deusas
pôde gerar heróis semidivinos, não
cabe outro recurso a não ser
afirmar nossa origem sobre-humana.
Confirmada tive tal intuição
depois, ao ler do rei Davi o Salmo
oitenta e dois: Eu disse: Sois deuses,
sois todos filhos do Altíssimo.
Convém, contudo, manter
a sobriedade, a humana humildade
ante o divino, pois o supremo orgulho,
o espírito da insolência, *hybris*,
é um entulho da alma, prepotência

levada ao extremo, punida
com rigor pelo Poder Supino.

Minha pobre mãe – Deus
a tenha –, não obstante este seu
empenho em a divinizar, morreu
muito cedo, em sofrida agonia,
a desmentir o fabuloso enredo
no qual o senhor porfia em me enredar.

Não são os deuses e heróis desobrigados
da morte, embora gerados com intuito
de permanência, conforme conveniência
em meios de sua estirpe.

Érix, de Afrodite e Poséidon
nascido, houve por bem, num dia
em que estava enfatuado,
instigado talvez pelas Queres, seres
malignos, de implacáveis garras,
desafiar Héracles e foi por este morto.

Abdero, notável entre
os notáveis, filho de Hermes,
protetor dos comerciantes e ladrões,
não arribou a melhor porto.
Finou-se com excruciantes gritos,
de se ouvir a léguas,
entre os potentes dentes das éguas
de Diomedes, assassinas e carnívoras.

Quíron, famoso centauro, que
a medicina ensinou a Asclépio
e alimentou Aquiles, visando
ao seu restauro, com medula
de leão e fígado de javali, preparados
por sua mão, suponho, pois não o vi,
teve a existência cortada
de repente, em decorrência de uma
flecha acidentalmente disparada
pelo arco de Héracles. Da geração
dos Olímpicos, era dotado de imortalidade
e findar não poderia de tal
fatalidade. A morte lhe cedeu Prometeu,
que a ela tinha direito como seu usuário.
Quíron agradeceu, de coração,
e subiu aos céus, onde hoje resplandece
como constelação de Sagitário.

Tais mortes, contudo, não são eternas.
Assim como o senhor me vê
aqui, rejuvenescido após milênios,
fortes os braços, firmes as pernas,
acrescido de razoável sabedoria,
vivem os deuses no seu Olimpo,
a beber e a folgar como outrora,
muito embora – em jogo nada limpo –
lhes tenha a Igreja movido funesta guerra,
varrendo-os da face da Terra.
Apesar de ignorados continuam
a exercer sobre nós grande

influência, atormentando-nos sempre
que nossa impertinência os deixa irados.

Fome, doença, violência, dor,
peste e outros incidentes nefandos
que o homem atenazaram outrora
e ainda agora o atassalham
atribuídos são ao vosso Deus, quando,
em verdade, continuam a saltar
da malfadada caixa de Pandora.

Estejam serenos os mares, a acalantar
barcos em amenos remansos,
ou revoltos os oceanos, agitados
por borrascas e ondas gigantescas,
a envolver navios em neblina
para ocultar cenas grotescas,
de terror, estes ou qualquer outro
motivo de estupor inoportuno
atribuídos podem ser a Poséidon,
que vós conheceis como Netuno.

Gerencia Zeus o Olimpo, uma
espécie de reino secundário,
privativo da Humanidade, enquanto
Deus administra o vasto lampadário
que há nos céus e zela pela
permanência do *aión*, eternidade.

Quanto a nós, humanos, como
já lhe disse, somos deuses terciários,
a viver imaginários enredos
ou planos traçados pelas Moiras,
privados de nossa lembrança pelo
tal pecado original que nos
instalou na humana condição.

Não é outra a razão desta visita,
aliás retardatária, visto estar
o senhor – digo-o de antemão –
no caminho da iluminação templária;
ou seja, uma vez superados os percalços
e abrolhos, ter abertos os olhos
para que veja em si e nos demais
o que ora não vê.

Como Ser restaurado
terá, ao passar para o outro lado,
inumeráveis regalias e a vivência
de novas e incríveis alegrias
que hoje lhe são inacessíveis.

VI

Embasbacado com a coerência
de tais argumentos, embora tenha
eu já na consciência outras ideias,
perdido estou em vagos esforços
anamnésticos; e concluo que Homero
melhor faria se usasse o seu
talento para vender eletrodomésticos,
pois nas fossas profundas de minha
mente não há quaisquer indícios
de proveniência divina, mas apenas
resquícios do macaco, a saltar
dia e noite, sempre à procura
de uma nova teoria. Quer o Poeta
fazer de mim um deus
quando nem mesmo sei
onde deixei os óculos!

Aqui os tem! – exclama ele
com um sorriso conciliador.
Vejo arder a chama no interior de seu
alambique, um fervilhar
de incertezas, perplexidades, indagações,
e nada que me justifique. Pois creia:
são necessárias proezas
de malabarista para mudar um banal
ponto de vista, uma partícula
de nossas convicções. Deidades somos

todos, repito, e não lhe falo
no sentido figurado. Prossigamos
em sua narrativa, a cujo termo
estará o senhor assegurado.

Era meu pai um jovem português,
nascido numa aldeia, carpinteiro
de profissão. Movido por varonil
e aventureiro instinto, veio para
o Brasil, onde já vivia um irmão.
E não minto ao lhe dizer que,
num passe de magia, fez-se logo
um novo homem, assim como à noite
chuvosa sucede um radioso dia.

Nada tinha de labrego em seu porte
e, na verdade, ao se ver numa
cidade, comportou-se de tal sorte,
com tão refinadas maneiras, que
muita gente diria estar afeito
aos modos da fidalguia.

Contava eu apenas dois meses
quando meus pais, vítimas de
reveses, mudaram-se para São Paulo,
alterando assim, com um golpe
repentino, todo o traçado de meu destino.

Veio o senhor num burrico? –
indaga o Poeta com velada ironia.

E eu, sem saber o que responder,
mantenho calada a boca, certo de que
naquela toca alguma astuta serpente
prepara o bote.

Pois não vê, meu caro –
prossegue ele – que acaba de descrever
a fuga, num jegue, da Sagrada
Família? A mãe, humilde, por certo
amargurada; o pai, carpinteiro,
preocupado com as dificuldades – assim
o julgava no momento – de se adaptar
à grande cidade; o bebê, inocente,
a chorar, importunado pelo instável
movimento do jumento.

Momento dramático, mais imponente,
em sua singeleza, que o Colosso
de Rodes. Só nos falta agora o Herodes,
a impertinente razão a motivar
tamanha tristeza que, grosso modo,
acabou por alterar mais que
o destino, o diapasão de suas vidas.

Finado o dia, não é um réquiem
executado em órgão que o acompanha
mas o *blues* soprado na gaita. Mãos
invisíveis atiram ao céu punhados
de estrelas; e os cães da vizinhança
armam um baita escarcéu, na intenção,

talvez, de fazê-las compreender
sua agonia por não conseguirem expressar
a poesia que lhes vai no coração,
a emoção diante do Infinito.

Aflito estou eu, por ter Homero
conhecimento do motivo que
levou à mudança de meus pais.

Não deve o senhor se envergonhar
pelo ato cometido por seu genitor –
pondera ele, a piscar, como se
a intensidade de sua sensibilidade
o impedisse de fixar as estrelas.

Fugiu seu pai de Niterói,
a conselho do irmão, para evitar
a morte, já que fora definida
sua sorte em reunião de uma família
gravemente ofendida, por ter ele
seduzido, *en passant*, com a leveza
de um galanteador, uma donzela e sua
irmã, casada, às quais jurara amor.

Esse feito paterno sempre
o incomodou, como indício de um
defeito de caráter que perdurou
vida a fora e transformou em
suplício os dias de sua mãe,
por ele muito apaixonada.

Era seu pai um conquistador;
e embora o soubesse o senhor,
não tinha disso a menor
noção, tomando por fraqueza
o que de fato era grandeza, uma
amplitude existencial que se fez
rara atitude no dia a dia, tolhida
pela ausência de oceanos, uma espécie
de demência a frustrar os mais
audazes planos, a fazer rastejar
um herói nascido para voar!

A custo contenho o riso, ao ver
o esforço a bem dizer homérico,
no sentido de tornar esférico esse
cubo de aço, essa obviedade que não
deixa espaço em minhas lembranças
e agora renasce com outro viso, como
histórias de heróis para crianças.

Neste seu confuso pensar
há um detalhe que me cabe acentuar –
prossegue ele, com entusiasmo.
Seu pai era luso! Refresquemos
sua memória e verá que não estou
a inventar história alguma.
Saiamos do marasmo, deste mar
de sargaços em que se transformou
a sedentária vida cotidiana
e avancemos, numa nau imaginária,

muito além da Taprobana,
para tornar à glória lusitana.

Vamos ao largo, panos ao vento,
a rasgar as profundas entranhas
do oceano, elevando bem alto
o pensamento, sem jamais duvidar
ser possível encontrar maneira de agarrar
o mundo e guardá-lo no fundo da algibeira.
Cavaleiros de Cristo – esse Deus
traído e escarnecido por seus
proprietários – , descobrimos continentes,
desbravamos florestas, convertemos
gentios descrentes, plantamos igrejas
e campanários, revelamos à Europa
civilizada bárbara gente sofisticada,
mais versada em teologia prática
que os cristãos, com seu depauperado
cristianismo de gramática.

"Em perigos e guerras esforçados",
como disse o genial Camões, travamos
batalhas, padecemos fome, perdemos
de vista o lar materno, para levar
de cambulhada o próprio Inferno,
devorados por leopardos e mosquitos,
cagados de araras, urubus e periquitos,
moídos de pancada e cansaço,
atormentados por febres e pelo cagaço
de jamais tornar à casa, ainda

que vazios os bolsos, baldas e hiantes
as esperanças de topar com jazidas
de ouro, esmeraldas, diamantes.

Cumprida a missão, calamos e volvemos
à nossa humilde condição, varados
de nostalgia mas sem ocultar
o profundo orgulho e a alegria de termos
no sangue incorporado um novo mundo.

E foi esse retorno à humilde
condição, ao Portugal falto de magia,
de encantos – mortos Dom Sebastião
e tantos portugueses em Alcácer-Quibir,
adormecida a nação, submetida
à dinastia Filipina, de Espanha,
ignorado o porvir – que anestesiou o povo
lusíada, aprisionado numa toleima,
numa apatia que o levaram
a esquecer a sua Ilíada,
para só recentemente despertar
da longa e lamentável letargia.

Ponha-se o senhor agora
nas roupas de seu pai, aliás muito
elegantes. Nascido de um povo aventureiro,
de heróis e navegantes, devotado estava
pelos deuses, por inteiro, à faina
desbravadora. Vivesse outrora
certamente correria mundo, não como

turista mas na condição de bravo,
natural decorrência de seu atavismo.

Falto de mares e de naus, escravo
da rotina que o impedia de ver
mais alto, perdido em devaneios
e pesares, tomado foi por novos anseios,
a princípio um caleidoscópio
desconexo, até que um dia se viu
transformado, pela ânsia de conquista,
num campeão do sexo.

Tente abarcar, meu caro,
as vastidões de um amplexo, o mistério
insondável do sexo, esse verdadeiro
Cabo das Tormentas que traga e refaz
multidões, império admirável
de sedentas entidades, a sorver,
há milênios, o sêmen das idades,
jamais saciadas em sua sede
nem aplacadas pelo gozo, gênios
encantadores e ilusórios, a erguer
promontórios entre nádegas, seios
e coxas, à espera de que o incauto
caia de amores e mergulhe
nas abissais fendas de Maia!

Foram esses os mares navegados
por seu pai, desprevenido Odisseu
que, embora de audácia guarnecido,

não soube aos mastros atar
seus instintos, que ao se verem
sem lastro, sem peias, deixaram-se
levar pelo canto das sereias.

Ah! Que bem sabem os amores
aos lábios ressequidos pelos dissabores
do ramerrão cotidiano, a nos
constrangir, ano após ano,
o coração! Que amplos espaços
se abrem ao voo, quando alguém,
amoroso, em seus braços nos enlaça!
E seja à vera ou mera trapaça,
como nos alivia a solidão o suave
bálsamo da mais irrisória ilusão!

E eis que, num lance de mágica,
viramos a página e vejo meu pai,
conhecido garanhão, transformado
em campeão dos mares, ereto e garboso
no convés de um púbis, a arrostar
ondas e ventos. E minha triste
adolescência, fervida na ardência
do sexo paterno, que fez de meus
dias um inferno, decantada agora
com amor nos homéricos alambiques,
transubstancia-se em suave, inofensivo licor.
Pensamentos outrora históricos,
tornam-se distantes, irreais,
anônimos pardais perdidos

em seu itinerário, a repousar
no oco de velho campanário.

Fito as estrelas, sem qualquer
intuito de sabê-las em seu infinito
mistério mas na intenção de lhes
enviar o cimério pesar de meu coração;
não de fato, pois há muito não
me dói o cerne deste relato, apenas
por manter o que na gente é ideia concreta,
pensamento assente, de não haver
poeta se não houver sofrimento.

VII

Está o senhor metido na lama
da realidade até as orelhas – brinca
ele, a farejar a gama de odores
que nos chegam dos arredores,
emanados de jasmins, damas-da-noite
e cravos, a florescer nos jardins,
de mistura à gordura fumarenta
dos jantares, que apoquenta
e adere aos meus pesares, para
os tornar ainda mais empalamados.

Procede como os avarentos – diz ele --
que se agarram até mesmo
aos adereços de seus tormentos,
vãs fantasias, bijuterias de vidrilhos
a encantar, com falsos brilhos, a sabedoria
dos tolos. Abro-lhe a vastidão dos mares
mas o senhor se aporrinha e insiste
em trancar, numa caixinha, a treva
de seu passado, à maneira das velhotas
de maus bofes e recurvadas espinhas,
a murmurar estrofes de antigas
ladainhas, a bordar, em choros sempiternos,
a neve de seus últimos invernos.

Por não me ocorrer o que responder,
silencio e decido ir adiante com

a trela, fingindo admitir haver sido
meu pai um almirante e o lar
de minha infância impávida caravela.

Circunscrito pelo convívio familiar,
vivi meus primeiros anos em completa
solidão, pois crianças não havia
com as quais brincar.

Eis aí a semente da Poesia! –
exclama ele esmurrando a mesa,
o que, além de me causar surpresa,
ergue no ar, em graciosa coreografia,
um prato de salgadinhos. – Vivesse
o senhor em meio ao fútil burburinho
infantil, jamais poderiam as Musas
tecer a túnica inconsútil que lhe pende
dos ombros e o protege das abstrusas
influências do mundo exterior.

A solidão, meu caro, é uma lagarta
que, à semelhança do bicho-da-seda,
secreta a baba da melancolia, composta
segundo secreta fórmula só conhecida
das Musas, da qual resulta o casulo
do isolamento, em cujo interior ocorre
o alquímico processo, um trabalho
de esteta que faz de uma criança
comum o futuro poeta.

Pense na solidão – que hoje
lhe parece acanhado espaço – como
a vastidão do Céu Superior, no qual
se situa o paço dos deuses, a que
tem acesso o poeta e em cujo recesso
lhe é dado beber o soma da inspiração.

Ali, na amplitude daqueles terraços,
situados a inconcebível altitude,
livre de quaisquer embaraços,
a visão se amplia, abrem-se os portais
do mistério, esboroa-se o cinério
universo anterior; e, desembaraçado
de tal entulho, está o poeta preparado
para o mergulho na Revelação.

Se os deuses lhe forem favoráveis,
voltará logo o senhor ao normal,
ao seu banal cotidiano, pois isto
de viver em altaneiro plano,
junto aos deuses do Olimpo,
é algo tão aborrecido que se vê
o sujeito vencido pelo tédio,
uma leseira sem remédio que,
além de nos alterar o alento,
acaba por nos roubar o talento.

Conclui-se pois que o verdadeiro
Poeta jamais afeta ares de grandeza
e sua maior esperteza consiste em

parecer um pateta, um papalvo perfeito –
arremata ele, a segurar o peito em meio
a uma gargalhada que torna
amarfanhada e inútil a mencionada
túnica inconsútil.

Antes de dar seguimento
à sua história voltemos ao passado
anterior ao seu nascimento, a um
procedimento parental que se me
aviva agora na memória, um
aparente e banal detalhe a ser
esclarecido antes que me falhe
o circuito do material pensante
e se perca um momento
emocionante do poeta ora focado.

Não sei se propositalmente
ficou ignorado o fato de ter seu
avô paterno rompido o trato
de retornar a Portugal, em razão
de terno sentimento nutrido por
uma mulata de amplas ancas,
sorriso derramado em alvor,
pele trigueira, livre de pelancas,
e um bem sortido estoque do mais
ardente amor, passando ambos a viver
em pecado, segundo a Santa Madre,
em oculto concubinato e total
anonimato, num lugar distante, o que

não deixa de ser relevante e ousado
feito se considerarmos o quanto era
então arraigado o preconceito.

Comprou seu avô uma
panificadora e sem demora se pôs
a labutar em dupla jornada, uma
para cuidar da fornada e outra
no atendimento dos reclamos
conjugais aos quais dedicava boa
parte de suas energias, no que fazia
gosto, posto que, se na primeira
fundava suas economias, era da outra
que lhe vinham, mão por mão,
suas maiores alegrias.

Não me furtei a lhe contar
o que agora denomina *banal detalhe*,
pois muito me orgulha ter meu avô
abandonado o talhe provinciano,
o destino de viver em mofina existência
ao lado de uma esposa amargurada
e queixosa, para compor uma glosa
romanesca que nada teve de livresca
e cujo tema foi desassombrada
aventura de cada dia, no enfarinhado
convés de uma padaria.

Ali entre suores de esforçada
conduta soube ele travar sua luta,

não só contra o preconceito mas
arrostando perigos decorrentes
da gerência de um estabelecimento
comercial, sempre à beira da falência:
freguesia violenta, entregue à bebedeira,
que ele, à sua maneira, conseguia
encaminhar ao lar; invejas decorrentes
da aparente prosperidade, que tanto
grassam na grande cidade quanto
no ermo de toda pequena aldeia;
o mais voraz cardume de credores,
implacáveis devoradores de parcas
economias; devedores renitentes,
hábeis em transformar assumidas
obrigações em pingentes; gatunagem
de empregados mancomunados com
gerentes, enfim uma pletora
de problemas que tanto antes como
agora atormentam os anônimos heróis
da vida cotidiana, instando em
tornar plana a mais altiva
e arrojada esperança.

Bravo! – grita o Poeta, assustando
algumas pombas pousadas no parapeito
do terraço. Louvo-lhe o feito, esse
primeiro passo no sentido de ousadas
incursões ao mundo épico,
um *tour de force* anapnéico
a liberar seus pulmões de maneira

a lhe permitir galgar maiores
altitudes e somar virtudes novas
ao seu já comprovado talento.

Faltam agora a esses altiplanos alguns
embelezamentos africanos, cauteloso
derramar de purpurina; e assim,
termina o senhor com qualquer
eventual julgamento preconceituoso,
por ser seu pai natural do distrito de Viseu,
o que faz do senhor um quase europeu.

Embelezamentos africanos – diz
o senhor, *purpurina*, como se tais
abastardamentos necessários fossem
a uma estirpe maestrina, que por
milênios regeu o destino humano.

O ouro, que até hoje nos abestalha
o tino, a ponto de não haver
no mundo quem o despreze, em remoto
passado atraiu povos ao Zambeze.
A arte, boa ou chinfrim, sofisticado
adereço da Cultura Ocidental,
marcava já sua presença no Benin.
Necessária não é grande ciência –
e aqui não vai qualquer afago –
para reconhecer a influência que teve
Cartago. Do Egito não falo, pois
seria covardia. Limito-me

a lembrar que ali, naquelas areias
ressequidas, foram os gregos beber
a mãos-cheias, antes de patrocinar
nossa cultura. Dou-lhe de quebra
o Marrocos, Núbia, Líbia, Tunísia,
Quênia, Sudão, Senegal, Angola,
Moçambique e tantos outros que,
no século dezenove,
na Conferência de Berlim, viram-se
abocanhados pela Europa.

Daquela imensidão vieram
milhões de almas, postas a arder
no fogaréu da escravidão.

Poderia, enfim, atravessar a noite
e mais um dia a lhe falar
da grandeza africana, do espírito
de luz surgido na savana para
iluminar a mediocridade existencial
das colônias, com suas cores, ritmos,
danças, temperos, amores, servidos
como o pão nosso de cada dia,
embebido no café de ancestral sabedoria.

Paira sobre nós, ainda hoje, uma
aura de mistério e magia, generosamente
doados por quem tanto sofria
e assimilados à saciedade pelas
raízes da nacionalidade. Por isso

me aborrece ouvir um homem branco
dizer que tem "um pé na cozinha",
mesquinha maneira de se referir
a algum traço de negritude que lhe vai
no sangue, reduzindo, num ato
de bobeira, gloriosa saga
às humildes lides de uma cozinheira.

Orgulho-me dessa negritude
que não tenho, pois advenho
da Lusitânia por ancestral origem;
mas não faço disso concretude,
já que ninguém conhece com certeza
sua raiz, na qual muito elitista preconceituoso
tropeça e quebra o nariz.
Na verdade, negros somos todos.
Se abrirmos mão da fábula
de Adão e considerarmos
– atentai a isto se puderdes,
ó preconceituosos! – que os primeiros
humanos surgiram em África,
até mesmo o loiro de olhos
verdes, um branco mais que evidente,
é tão somente um preto que desbotou.
Sinto nas veias um soar
de tambores, que são como tremores
de febre, ante a matança dos animais
africanos, dizimados ao longo
dos anos pela sanha de caçadores
brancos, com o fito de adornar

o ambiente familiar, suma ironia
a tornar criminosa e fútil
a sutil arte da fotografia.
Animais, seres humanos, flora,
minérios, crenças, tudo rapina
o homem branco, por ter nos olhos
algum defeito – provável distorção
da retina – que o impede de ver
o que lá está, maravilhosa diversidade,
cuja paternidade nos vem da origem
dos tempos, agora agonizante
em decorrência das leis
que regem a fatal conveniência.

Homero permanece em silêncio,
meneando a cabeça em sinal
de aprovação. Enquanto eu falava
notei que minha assunção
de uma negritude honorífica se casava
à perfeição com o *blues*. O ritmo
crescente passa da mente ao corpo,
que ginga e murmura, como
se uma abertura se abrisse no tempo
e no espaço; e eu, catapultado
do terraço e tomado por febres
terçãs, me visse aterrissar
em Nova Orleans.

VIII

Tem o senhor um espírito
pangeográfico – observa ele com ironia.
Se assim não fosse, tal surumbamba
lhe soaria como samba. Rimos
e, como por encanto, desce o *blues*
comigo no avião da imaginação
e fica lá, no Sul americano, deixando
como rastro o suave acalanto do piano.

Procure agora baixar, feito
criança, ao subsolo de sua mente
e nele encontrar alguma lembrança
marcante, susto ou surpresa
ressoante, que nos sirva de engodo
para fisgar outras enguias ocultas,
no lodo assente lá no fundo
de seu inconsciente.

Acabara eu de me firmar
nas pernas quando, um dia,
livre das atenções maternas, fiquei
a olhar pela janela. Notei então
que nela, diante de meu nariz,
pousara um ponto negro, emocionante
novidade, pois embora o conhecesse
jamais o vira assim, em tal proximidade.
Fitei-o por algum tempo
e, de repente, com um tapa,

esmaguei-o contra a vidraça.
Havia naquilo certa graça,
Pois ao negro se acrescentou
um lindo borrão vermelho.

Primeira visão estética
e funérea – observa Homero –,
a partir do sacrifício de uma simples
mosca, ou melhor, mutuca, moscardo,
algo que o instigou e educou em
relação à realidade, assim como
do cardo os espinhos, da brasa
o ardor e, no coração, as primeiras
ferroadas do amor.

Embora criminoso, estava
desde logo justificado, por matar
um vampiro, ao qual apetece chuchar
o sangue do gado. Acabara o senhor
de sair da condição simiesca,
erguendo-se a custo sobre as pernas,
dominado ainda pelo instinto
do homem das cavernas, que até
hoje nos habita, e uma de suas
primeiras atitudes – vendita, quiçá,
por se ver lançado ao mundo –
envolve crime, sangue, violência,
uma espécie de demência precoce,
a fazer do homem um estigmatizado,
cuja essência não evolve, árvore

a dar como frutos apenas argutos
argumentos sem sumo, murmurejar
infindo de um rio que, embora fluindo,
jamais chega ao destino.

Nem sequer sabia o senhor
falar e já aprendera a matar,
a fazer de sua mãozinha tenra,
delicada, um tacape certeiro,
decidindo, qual aprendiz de juiz,
sobre o destino de outro ser.

Sua mente, de aparência virginal,
se encontrava predisposta a acolher
o mal, a praticá-lo sem qualquer
trava, sentindo até algum prazer –
no seu caso, estético – ao notar
que um ponto negro, vivo, esvoaçante,
derramara na tela da janela
o rubro da morte.

Que outra reação esperar
de um ser humano se heróis
e deuses respondem aos seus reveses
com igual violência?

Recém-nascido, Héracles estava a jogar
com seus brinquedos, quando Hera,
sua tia, enviou contra ele duas serpentes
peçonhentas que, em fulminante

reação do infante, se viram agarradas
e estranguladas.

Hermes, filho de Zeus e Maia,
no dia de seu nascimento,
ao tomar conhecimento de que Apolo
possuía muitos bois, roubou-lhe
alguns, dos quais sacrificou dois,
para agradar aos deuses.

Édipo, filho de Laio e Jocasta, foi ainda
mais precoce. Antes mesmo de nascer
estava, segundo o oráculo, destinado
a matar o pai e a se casar com sua mãe.

Ânimo não tenho de argumentar,
de responder que o ato instintivo
decorreu de mera curiosidade,
desprovida de motivo, tentativa desastrada
de estabelecer contato, falta de controle
transmutada em gesto mecânico, sem
ligação entre noção e fim agônico,
bobagem inconsequente praticada
por um ente em formação,
cuja substância dormitava
sob a laje da ignorância.

Não vem isso ao caso! – brada ele,
com veemência, instalado já
na sala de estar de minha consciência. –

Estamos numa aula de composição,
erigida junto aos andaimes de sua
vida pessoal, a qual, no presente,
nos serve de tema para que o senhor
aprenda orquestração, de maneira
a dar amplitude sinfônica
a seus dias.

Não que sua existência
desprovida seja de interesse, muito
ao contrário; e é justamente pelo vário
sentido contido em cada ocorrência
que aqui estamos, de início afinando
o instrumental, para, à medida que
avançamos, fazer de sua vida uma peça
original, ressaltando nuances, revelando
segredos, abrindo janelas à luz
do entendimento, vencendo medos,
consertando estragos, superando qualquer
impedimento, pintando céus, rasgando
abismos, tornando certezas sentimentos
vagos, embalando e nutrindo
novas esperanças... mas, sobretudo,
submetendo cada detalhe da luta
pelo senhor travada
ao comando de sua batuta.
A esta orquestração cumpre
dar forma condizente, se possível magistral.

Compõe o senhor uma sonata,
um réquiem, um oratório, quando
lhe peço uma obra destinada
a soar em magnificente espaço,
algo de fazer tremer o zimbório
de uma catedral e que tenha,
ao mesmo tempo, a sutileza
de um laço de seda, a manter
unida e queda a desordenada
constituição de sua vida.

Faltam-lhe entusiasmo,
vibração, agilidade mental de quem
está desperto o suficiente para acordar
até as areias do deserto! Dispa-se
da angústia, da tristeza, da depressão,
pois nada mais são que morte
pré-datada, banzo de zumbis, à espera
de perder a última cartada.

Põe-se a rir e já não sei
se zomba de minha incompetência
ou se deseja apenas testar
a paciência que me levará
ao arremate desta empresa.

Nem bem pousa minha vista
na calçada lá adiante e já repousa
sobre a mesa outra garrafa suada
de cerveja, ou algum arremedo,

pois à medida que bebo, a contemplar
as estrelas através do arvoredo,
não me sinto alcoolizado, como se
o líquido espumante exercesse apenas
efeito calmante sobre meu
sistema nervoso eletrizado.

Pergunto-lhe então qual sua
verdadeira opinião sobre a maneira
como expus o episódio da mosca.
Foi, a meu ver, tosca, um quadro
insípido – responde ele –, incolor,
que exibido numa galeria não
prenderia nossa atenção.
Tem aqui o moscardo suma importância
como principal atração da trama;
e no entanto é esboçado com timidez,
mero ponto negro, sem substância,
pousado na janela, à qual parece
pertencer como sequela de não
a terem lavado, pequena sujidade,
o que retira à futura vítima
a necessária autenticidade.

Retomemos a cena. Está o senhor
posto muito a gosto, junto à janela,
a observar as flores do jardim,
um vasto derramar de cores. Incide
o sol na vidraça, de maneira
a torná-la um espelho; e vê o senhor

seu próprio rosto, *apaúgasma*,
um reflexo, como se alguém
o observasse do espaço, diluído,
por ter sido alterado o foco
de interesse, pois um ego emergente
domina agora o ambiente.

Súbito, uma surpresa, um zumbido gritado
no labirinto de seu ouvido. Custa-lhe
ver a diminuta figura, um ponto
negro a se fazer aos poucos criatura,
a voar com tal agilidade que seus olhos
mal conseguem lhe captar a identidade.

Fascinado, embora amedrontado
pelo ruído constante, agora aqui
e logo distante, uma tortura,
visto zunir a figura ao redor
de sua cabeça, acaba o senhor
temendo que algum mal lhe aconteça.

De repente, cessa o zumbido e ali
está, na vidraça, o ponto negro,
um tanto esmaecido pelo reflexo do sol.

Seus olhos fitam o moscardo,
que há pouco rugia como leopardo
na floresta desenhada em livro
lido por sua mãe. Entretido em limpar
as asas com as patas, ele não se dá conta

de sua proximidade; nem sabe
que em sua mente cresce a antipatia,
a repulsa por aquele insolente
que o retirou da apatia contemplativa
e o colocou na defensiva.

Sobe-lhe pelo corpo um tremor, algo diverso
da sensação despertada por sua mãe
e que o senhor ainda não sabe ser amor.
E lá vai o braço em direção
ao moscardo, tornando pardo
e avermelhado o ponto negro esmagado
contra o reflexo de seu rosto na vidraça.

Este seu bebê, pela maneira
como o vê – digo eu em reação
a tal concepção – mais parece
um garoto formado, em pleno
uso do raciocínio, portador talvez
de uma carteira de identidade.

Lá vem o senhor com a realidade! –
zomba ele – como se a verossimilhança
de uma história estivesse em dizer
sempre a verdade. Nos filmes
de Walt Disney há ratos, cães,
patos e outros animais que pensam,
falam e agem com sabedoria
equivalente à de um doutor em filosofia!

Quer o senhor multiplicar
dinheiro, baseado apenas no bom senso
de ideias comezinhas? Esqueça
o banqueiro e consulte o Tio Patinhas.

Planeja organizar um piquenique
nas montanhas com sua mulher,
em divertida aventura? Em vez
de o fazerem sozinhos levem
o Donald e seus imprevisíveis sobrinhos.

Vai à caça? Cuide-se para
evitar uma desgraça, pois
aquela gazela, de singela aparência,
a saltitar ante a mira de seu
fuzil, pode ser a mãe do Bambi,
um mito reverenciado pelo universo infantil.

Pensou em assalto, arrombamento, sequestro
ou coisa que o valha? Não pode
prescindir da enorme experiência
dos Irmãos Metralha.

Estou certo de que na sua
infância e mesmo hoje, o senhor
reverencia e dialoga com todos eles,
sem julgar jamais estar errada
a humana feição dada por Disney
a toda aquela bicharada.

Sorrio em anuência a tamanha
sapiência denotada pelo Vate,
quando, súbito, bate no meu rosto
o brilho deslumbrante do plenilúnio.

A Lua, até agora encoberta, por
recato, pelo reposteiro de uma
solitária nuvem cinzenta, surge
nua, por inteiro, como quem
desperta e já se apresenta
em plena disposição, a verter suas
secretas influências na imaginação
de loucos, sonhadores e poetas.

A doce e bela Selene – observa
Homero –, deusa plena de amorosidade,
fogosa amante de Pã e de Zeus,
que até nós chega indene,
a conduzir pelos céus seu carro de prata,
no afã de levar aos buscadores
a chave do Mistério. A ela deve
o senhor seus pendores artísticos
e também os deletérios, um oscilar
entre o apático e o lunático, ambos
propícios à criação poética.

IX

Sinto aproximar-se, nas profundezas
da mente, outra enguia que,
apesar de arisca, está a mordiscar
a isca – digo eu, ao recordar uma
cena pouco amena, verdadeiro
fardo por mim carregado logo
após o incidente com o moscardo.

Estava eu em pé, numa cadeira,
a observar, à minha inocente
maneira, uma tia que, perdida
em terna divagação, provavelmente
atinente às coisas do coração,
ia passando a ferro uma toalha
quando encostou o instrumento alizante
em minha coxa, postada junto
à mesa, causando-me excruciante
dor, a mais aguda por mim sofrida
logo no início da vida.
Marcado fiquei, feito gado, por vários
anos, com uma faixa correspondente
à borda do ferro. E minha pobre
tia, para compensar o erro
– como se fosse proposital vilania –,
tomou-se de ardente carinho
por mim e me tratou como filho
até o fim de sua pungente
existência de solteira.

Aí tem o senhor resumida,
precocemente, a mais subida
parelha – dor e amor – a balizar
nosso destino. Bendita seja sua tia,
que semelha um anjo, pois
apesar de sua desdita pessoal teve
tino de lhe ensinar algo de
muita serventia, uma verdade
ignorada pela mocidade.

Por outro lado, considerando-se
o tédio em que vivia sua tia,
a desventura comum nas solteironas,
o referido remédio certamente
se converteu em veneno. A marca
a ferro quente refreou seus
instintos, obrigando-o a navegar
a meia vela, a esperar – embora
haja sol – uma arrebatadora
procela. Cindido ao meio,
não se atreve a ser feliz
por inteiro, tomado pelo
receio – imprecisa sensação –
de escapar sempre por um triz
e acabar esbagaçado – malfadado
fim – pela boca do leão.

A isto voltaremos no decorrer de nossa
viagem, no momento de cabotagem
mas logo, espero, a plena vela,

a pano solto, o que fará
desta singela conversa
um ato de reversa redenção.

Essa dubiedade (amor-dor,
luz-treva, vida-morte) está no cerne
do que julgamos ser a realidade.
Trata-se, a bem dizer, de coisa
comezinha. A realidade
nos parece cabuloso enredo
mas é apenas um arremedo
de algo transcendente, um monturo
de refugos cujo protótipo
se oculta atrás do muro.

Vivemos o estereótipo
de ideias transmitidas, há muito,
aos nossos antepassados, cujo
sentido, embora ensinado
nas universidades, já se perdeu
na infinita poeira das idades.
Hoje somos um arsenal
de besteiras acumuladas ao longo
dos séculos, geradas pelas aboboreiras
mentais de pensadores, filósofos, escritores,
gurus, videntes, teólogos, poetas e outros
perpetuadores da selvática escuridão
com que nos brindou o Maligno.
De tal besteirol, verdadeiro estrume
tomado como portentoso lume,

brotou o arrogante ser, cuja floração
é a ilusão de tudo saber.

Peço-lhe que entenda e insisto
nisto: Não passa de pretensiosa
besteira do antigo filosofar,
gerado pela ignara teoria materialista,
o repisado, *penso, logo existo.*
Abra o senhor o postigo de seu
umbigo e desça ao calabouço
da personalidade. Verá apenas
o adumbrado arcabouço de um
personagem inexistente, falsa
identidade criada pelo tresloucado
fantasiar de sua mente.

Está o ser humano aprisionado,
qual moscardo a se debater contra
a vidraça, essa carapaça que
nos separa do Real, inatingível
pelo raciocínio, a exercer
seu fascínio e a nos manter
na estância da mais abissal ignorância.

Gargalha e tosse convulsivamente,
o que me leva a supor ser ele,
além de morto, portador de enfisema;
ou talvez se trate de pura cena
destinada a encerrar teatralmente o tema,

um tanto embaralhado, servido como
tisana para me manter embasbacado.

Estamos a exercitar o tirocínio
com um pouco de esoterismo oriental –
brinca ele – pois se nos abastardou
o raciocínio pelo muito de
merda que ingerimos desde o leito
infantil, precipitando o senil estado
em que hoje nos vemos.
Retornemos à sua perna
estigmatizada ou a qualquer outro
lembrete que sua exaurida memória
consiga pescar na fundura
da retrete em que foi dejetado tudo
quanto de valor lhe parecia
e agora repousa no lúrido
abismo do passado.

Nada mais dessa primeira
idade recordo que seja de valia,
a não ser um dia cinzento – assim
ao menos me pareceu ao olhar
pela janela – que agora me vem
com nitidez ao pensamento. Estava
eu sentado num sofá, sem qualquer
brinquedo, um arremedo de paxá
destituído de poderes e afetos,
abandonado por minha mãe,

que havia saído para cuidar
de seus afazeres.

Ali, na solidão daquela sala,
esmagadora em sua imensidão,
eu procurava entender o significado
de tudo aquilo, de cada objeto
mergulhado na estranheza daquele
espaço. Sentia-me intranquilo,
como a lebre apanhada no laço
que eu vira desenhada, em livro
infantil. Assim o interpreto agora,
ao recordar o estado febril que
de mim se apossara e a insistência
em olhar para a porta pela qual
se evolara o vulto materno.

Aos poucos a sala escurecia;
e eu, que nada sabia do Sol e seus
movimentos, visto serem ainda
embrionários os pensamentos
que me acometiam, deixei vogar
o olhar na brumosa atmosfera
pousada sobre a sala mergulhada
no silêncio. E ali fiquei, até que
a escuridão tudo envolveu e fez
de meu nascente eu um vazio,
como se ausente de si mesmo
tivesse ele mergulhado, com móveis
e utensílios, naquela treva que

se apossava de meus cílios
e apagava no sono a presença
de estranhos vultos que só mais
tarde conheci como entidades
nascidas do medo.

O que hoje posso descrever
como sensação de abandono ao fundo
de trevoso abismo, semelhava, naquele
instante, abaloso desvanecimento
do mundo conhecido, absenteísmo,
privação de tudo quanto não fosse
o ar que eu estava a respirar.

Cresceu em meu peito desconhecida
emoção que logo se estendeu
ao restante do corpo, uma ferida
abrasante, diversa da queimadura
na perna, pois desta eu conhecia
a origem enquanto que a outra,
dispersa, nascia do espanto causado
pela catadura do ignorado.

Despertei com um beijo materno.
E, à luz do abajur, encontrei
em meu regaço um Papai Noel
de chocolate, envolvido em dourada
embalagem que, refletida naquele
espaço, tornou resplandecentes

os objetos e pôs um arremate
em meus inocentes e doridos sentimentos.

Instalado estava já o senhor
no papel edipiano, sobejamente
conhecido empecilho humano,
reforçado pelo chocolate, destinado
não somente a lhe adoçar a tristeza
causada pela ausência materna como
a reforçar a certeza de que
sem aquela presença
sua sobrevivência estaria ameaçada.
Tal sentimento nos remete
ao estado de abandono, ao desvalimento
em que todos nos encontramos,
marcados com o sinete da morte,
apascentados pela ilusão, até que
estejamos bem cevados
para o vermicular banquete.

Por um momento Homero
olha para o céu, com intenção talvez
de descerrar o véu sob o qual meu eu –
segundo ele inexistente – insiste
em se ocultar. E prossegue.
Ponhamos de lado a recordação
de sua infância, de acentuado teor
edificante – visto ser o maternal
amor o cordame a sustentar
o velame de nossa emoção –, antes

que esta litania semelhe
um boletim de ocorrências lavrado
nas dependências de uma delegacia.

A seguir nesta toada, mais parecemos
um carro de bois a gemer na lamacenta
estrada. Subamos ao altaneiro
penedo que lhe sirva de base para
planar em elevada circunstância,
acima dessa dissimulada
arrogância que o mantém apegado
à blandície dos ares da planície.

Pede-me que eu tente o impossível –
respondo –, fazer de minha vida
uma epopeia, risível intenção que
vai na contramão da teoria literária,
visto estar ausente a necessária alcateia
de fundamentais princípios, dentre,
os quais ações grandiosas, heroicas
ou ilustres, decorrentes de ocorrências,
extraordinárias, sem quaisquer
deslustres, e eminentes figuras,
segundo as necessidades, incluídos
nesse rol monstros e deidades.

Outro fator, presente neste
nosso encontro mas ausente na epopeia,
é o humor, que por conter um tanto
de cinismo – o que pressupõe

distanciamento crítico, alimento
da consciência – , é fatal à existência
do heroísmo, cuja bravura requer
sempre certa dose de loucura.

Andou o senhor, certamente,
a esvoejar ao redor de outras
cabeças, melhor dotadas que
a minha, gente aprovisionada
de vasto cabedal literário, de superior
constituição, destinada pelas Musas
a seguir o itinerário do sucesso.
Soprou-lhes a mesma cantilena,
sugerindo-lhes trocar a avena
pastoril pela orquestração
sinfônica, a suavidade primaveril,
a seu ver anacrônica, pelo rugir
dos elementos – mares tempestuosos,
infindáveis desertos, brumosos
sentimentos, raios a fulgir nas soturnas
vastidões da alma, a lhes sacudir
a calma, a serenidade, que de tão
assentes eram já mediocridade.

Assim plasmou Ilíadas e Odisseias,
atuando como invisível entidade, procurando,
na variação das tintas,
ocultar sua identidade.
Fez-se presente em
Conquistador, de Archibald MacLeish,

que sem deixar cair a peteca narrou
a tomada do império asteca pelos
espanhóis, depois de se verem em
maus lençóis, em adverso clima,
dando afinal a volta por cima;

The Bridge, de Hart Crane, em que
a ponte de Brooklyn é fonte
de inspiração, gigantesco afresco
em que o autor, em superna piração,
verte elementos com evidente parentesco –
passado, presente, Deus, natureza,
Whitman, América, sonho, mito –
resultando o poema em sofisticado
arcabouço mental, estratosférica
concepção, amálgama de aço bruto,
emoção, aventura, sentimento,
uma ponte, enfim, entre a precária
vida humana, mero fragmento, e o Absoluto;

Paterson, de William Carlos Williams,
cuja ética se viu
prejudicada em sua dialética
por muito se pôr à vontade, num
excessivo derramar de jocosidade;

The Cantos, de Ezra Pound, denominado
"épica sem enredo", coisa de dar medo
pela vastidão e complexidade de sua
criação, um poema paradigmático,

gestado segundo o método idiogramático,
ou seja, inspirado no idiograma,
o qual, dito assim pela rama, é um
sinal que representa uma noção
ou ideia, grafado com extrema
beleza, como se vê na escrita chinesa;

Paraíso Perdido, de John Milton,
estonteante descrição da rebelião
dos anjos que, num rompante
de ousadia e orgulho, desafiaram
o Criador, foram precipitados
da penedia celeste e, em aturdido
mergulho, se viram condenados
a viver nos socavados báratros do Inferno;

Omeros, de Derek Walcott,
agraciado com o Nobel, calcado
inteiramente na Odisseia, acrescido,
em seu embornal, com fragmentos
da Ilíada, tornado contudo
hodierno pela transposição
do ambiente e dos personagens, com
elevada astúcia, para a caribenha
ilha de Santa Lúcia;

Os Lusíadas, de Camões,
heroica e monumental epopeia
sobre a expansão do Globo

rumo à original pangeia, assento
do novel Renascimento.

De Joyce não menciono *Ulisses*,
portentosa obra, por ter sido parida
em prosa; e deixo preterida a magistral
Eneida, de Virgilio, cuja influência
colhida em Vossa Excelência é tão
evidente que dispensa comentários.

E agora, com fina ironia, quer
o senhor colocar sobre meus ombros
a missão de edificar um monumento
com os escombros de uma pobre
existência, tarefa que beira a demência,
alquímica tentativa de transformar
em ouro o cobre de minha
absoluta incompetência!

Equivoca-se o senhor ao pressupor
que o estimulo a narrar sua vida
nos moldes da epopeia quando
o que lhe proponho é recriar
sua odisseia, uma viagem
plena de aventuras, na qual
o personagem enfrenta peripécias,
desventuras, e se vê obrigado
a controlar suas emoções para
vencer complicações e cruentos

desafios, de molde a evitar arrependimentos
tardios e futuros sofrimentos.

São turcos – acrescenta, após
uma pausa e um longo suspiro
que me causa apreensão. Acende
um cigarro e coloca o maço
sobre a mesa. Parece-me gostar
imensamente de fumar. E logo o ar,
a recender, evoca em mim absconsa
nostalgia. E à medida que o fumo
se irradia, em dançantes espirais,
tenho a impressão de ver um grupo
de bacantes a bailar no espaço,
junto aos beirais. Turcos – repete ele.
E acrescenta: Agitam-se em mim
espurcos sentimentos, lembrança
de nossa guerra contra a Turquia.
Mas são excelentes provimentos quando
se trata de magia.

Estarão embaçadas as lentes
dos meus óculos? – penso, ao notar
que nas sacadas vizinhas começam
a avultar grossas nuvens de fumo,
como que surgidas de um incêndio,
restringidas por ora em compêndio,
em resumo de soberbo espetáculo,
à romana. Incendeia-se o mundo –
murmuro, paralisado por invisível

tentáculo de algum imundo
e obscuro ser das trevas.

Homero ri e, com gesto lesto,
catapulta a bituca do cigarro,
tornando ainda mais bizarro o que
agora me parece um jogo de sinuca,
pois já não sei se o que lá fora
ocorre é apenas mutreta ou se há
mesmo fogo e, como se diz no jogo
de bilhar, minha vida está
pela bola preta.

Vejo subir, em câmara lenta,
a ardida ponta do cigarro, uma
brasa que se avoluma e explode qual
fogo de artifício; e, súbito, levanta-se
uma tormenta que afronta cada casa,
cada edifício, arranca as roupas
dos varais, faz zunir os estais
da iluminação, eriça a pele dos
telhados – que a voar têm a leveza
de garoupas a flutuar no líquido
elemento –, agita o arvoredo, arrasta
aves pelos ares, a gritar seu lamento,
espanca venezianas, despedaça
vidraças, inunda ruas e afoga
meu coração com medo. Enfim,
uma arrasa que, ao findar,
nada mais deixa em seu lugar.

Não se impressione com esse
bulício – arremata ele, com um olhar
de filme *noir*. Trata-se apenas de um
exercício, um ensaio meio cambaio
do que virá a seguir. – Acende outro
cigarro turco e com a mão direita
distendida a pleno furco, traça
no espaço um arabesco; e à medida
que desenha, vai o traço ganhando
consistência, uma penha escura,
cujo vulto e dureza
resultam numa escultura.

Sonho, demência, seja o que for,
estou a ver, com toda certeza,
nascer, da figura, desconjuntada criatura
que apesar de talhada em dura penedia tem
a consistência elástica da matéria plástica.
Depois de atingir proporções
ideais, embora deformada
por estranhas distorções, agita-se,
cresce, rumoreja, até se emparelhar
com o telhado. Dou-me conta então
de que estou diante de maltraçado gigante.

Aí tem o senhor, adormecido,
o Titã Crono, também conhecido como
Saturno, filho de Urano, o Céu, e Geia,
a Terra – explica o Vate com

a naturalidade de quem sorve
uma geleia ou parte um abacate. –
Na verdade não erra o senhor em lhe
notar o viso um tanto amarrotado,
o que se deve a ter sido aprisionado
por Zeus, seu filho, em desconfortável
masmorra, no Tártaro, detestável
ambiente, sumido na modorra
do mundo inferior, pouco acima
dos Infernos, colônia penal de
sempiternos deuses e ominosos criminosos.

Como pode o senhor trazer
ao meu terraço um sujeito que,
munido de foice, atraiu o pai
a angustos cubículos e, erguendo-lhe
o regaço, lhe cortou os testículos? –
indago, sacudido por um tremor
que me atinge como um coice. –

Recomendo-lhe que modere
a fala – sussurra o Poeta, continuando
a desenhar no espaço, qual esteta
a aperfeiçoar a própria obra –
pois tem ele sensibilidade de sobra
e finos ouvidos. Se escutar do que
diz o senhor a metade, estamos perdidos!
Aceita um turco? – pergunta,
a suster o cigarro, atormentado por
um pigarro que avulta em tosse.

Conspurco meus pulmões, eu sei,
mas graças à magia temos entre
nós, sem qualquer contratempo
além de ligeiro pigarrear, o Senhor
do Tempo, que em muito nos vai
ajudar. Só nos falta o trono
em que se possa sentar. Alguns
riscos no espaço e... aí está!
Melhor que trono, um sofá. Deite-se pois
a criatura neste caravançará!

X

Move-se o gigante, resmunga, mas
o mais impressionante é estar o terraço
transformado em tenda, ampliado,
em meio ao deserto. É melhor que
não haja por perto nenhum escravo
das convenções – diz o Poeta, enquanto
o Titã, qual tigre domesticado,
se acomoda no divã.
Como arremate de tais zelos criativos,
Homero desenha ao fundo
uma caravana, cujos camelos,
montados por gente humana, oscilam
no areal, iluminados pelo sorriso do Vate,
a rivalizar com o enorme dial da Lua,
súdita de Crono, a marcar
o fluir das noites
em direção à Eternidade.

Nada se nota nessa
amenidade que nos lembre os temores
do deserto, pois a remota Via Láctea
nos envolve em tal serenidade
que nossa alma parece fugir para
subir ao topo deste céu aberto.

Treme o gigante, pois no deserto
a noite é fria e sua única vestimenta

é uma leve túnica amarelenta – cingida
na cintura por uma trança
de cordões vermelhos – e sandálias
abertas, que deixam à mostra
seus enormes artelhos.

Só agora me dou conta de que,
ao chegar Homero ao terraço, achei
natural que se vestisse à ocidental
moda contemporânea, sem quaisquer
traços gregórios do passado, terno cinza,
bem talhado, calças sustidas
por suspensórios, camisa branca,
de linho, meias vermelhas, sapatos
pretos, de couro alemão, gravata
bordô; no pulso esquerdo um relógio
de ouro e, no bolsinho superior
do paletó, um lencinho de cor indefinida.
Uma figura, enfim, bem parecida
à de um executivo à beira da aposentadoria.

Sentados estamos em bordadas
almofadas beduínas, à espera
de que o Titã deixe de vez as mofinas
circunstâncias em que tem vivido
e ajeite suas redundâncias carnais
no divã que – para deleite de Homero –
parece um tanto acanhado
sob aquele corpo avantajado.

Quando, finalmente, Crono encontra
uma posição confortável, surpreendo-me
com sua notável disposição: um frescor
juvenil que nada tem a ver com
a dureza e o negror iniciais; uma
pele rosada, cuja pureza rivaliza
com a dos recém-nados; e olhos tão
brilhantes que, a eles comparados,
os de Homero, de incomum vivacidade,
me parecem agora inexpressivos, apagados.

Vejo ter ficado o senhor impressionado
com a excelente forma de nosso
gigante – comenta ele no mesmo
instante, com ciumenta
expressão a lhe toldar a visão,
ansioso por retomar o fascínio
momentaneamente perdido,
vale dizer o domínio exercido sobre
minha circunfluente pessoa.

Salve dos Vates o mais sublime! –
exclama o Titã, com voz louçã e suave
entonação, outra surpresa para
quem aguardava um retumbar
de trovão, na difícil empresa de
encetar conversa com um sujeito
que, além de ser um deus exilado,
não viu quaisquer empecilhos
em caçar e devorar os próprios filhos.

Salve excelsa divindade,
Senhor do Tempo! – responde Homero,
erguendo os braços num gesto que
subentende velha amizade mas impossível
de se completar em abraço, dado
o volume do gigante e o espaço por ele
ocupado no divã, cujo arcabouço,
a ponto de ceder, começa já a ranger.
Homero tenta controlar a própria
hilaridade, que o impele a rir e pode
resultar em tragédia grega, posto
que um deus está sempre inclinado
a uma refrega e, no seu caso, a usar
como arma seus aguçados dentes.

A que se deve ter sido eu
despertado e trazido ao atarefado
mundo mortal? – indaga o Titã. Coisa
de reduzida relevância mas
suficientemente forte para fazê-lo
atravessar o portal da Morte – responde
Homero, sem perder o humor. Quero
lhe pedir, como grande favor, que
libere este jovem poeta das restrições
do Tempo, sem que isto gere desarranjo
ou sério contratempo no sistema,
variações enigmáticas nas engrenagens
climáticas ou sarilhos que levem
a Eternidade a embatucar
e a correr fora dos trilhos.

Concedido, com uma condição: que teu
poeta aí recolhido, ensimesmado,
se ponha de pé, numa só gâmbia,
qual emplumado flamingo, e sem
sarâmbia intelectual, em aprumado
estilo factual, nos fale, a olhar para
aquela porta ao Norte, numa única imagem,
a respeito da vida e da morte.

Vasculho ao redor e não vejo,
longe ou perto, qualquer porta
pela qual se possa entrar no deserto
ou dele sair. Põe-se Homero a rir,
sem pejo, como é de seu pendor,
antevendo talvez o flamingo
precariamente equilibrado,
procurando manter o gingo.
Busco no céu a Ursa Menor –
será esta a referida porta? – ,
em cuja cauda, na extremidade,
se encontra a Estrela do Norte,
de pequeno porte, também
conhecida como Estrela Polar.
Talvez pareça pormenor, mas,
apesar do frio, meu corpo se cobre
de suor quando imagino o que será
de mim se não puder dizer algo
capaz de o gigante comover. Mas uma
súbita inspiração me estende a mão;
e eu, assumindo a postura do flamingo,

com voz firme, sem choramingo,
começo a falar.

Certa noite fiquei a observar
uma aranha acomodada em sua teia,
para lhe estudar a manha. No ressalto
dos azulejos pequenas formigas
percorriam a carreira e pareciam
despreocupadas, como um grupo
de amigas encantadas
com o maravilhoso passeio.

Confirmando meu receio, a cruel
assassina correu ao longo da teia
e, numa profunda reverência, levou
a bunda à trilha e ali postou uma
excreção que, dotada de aderência,
imobilizou uma formiga. E assim,
correndo e retornando ao seu lugar,
a aranha recolhia o fio e a cada
vez pescava uma vítima, que rapidamente
girava com as patas da frente – como
a fiandeira quando trabalha –
e envolvia num casulo,
o qual lhe servia de mortalha.

Ocorreu-me então que a aranha
apenas tornou evidente, naquele incidente,
a linha da pescaria; pois na verdade
a própria vida é o fio

de que se serve a morte, a nós
aderido logo no primeiro dia.

Considere-se aprovado, muito
embora não haja o senhor nada
inovado ao mostrar que a vida está
vinculada à morte – diz o Titã, em meio
a um bocejo. Mas vejo com simpatia,
considerada a apatia que nos rodeia,
este seu empenho em aceitar
a desvairada proposta de Homero.
E, francamente, espero, embora
não o possa acompanhar pessoalmente,
que este seu crer sincero consiga
encontrar algum ouro na bateia
ao findar sua odisseia.

Fica o senhor portanto liberado,
enquanto durar a sociedade com o
Grande Vate, da necessidade de obedecer
ao reinado do Tempo e do Espaço,
visto serem indissociáveis, aí incluídos
não só o passado e o futuro,
em termos humanos, como também
o equivalente *continuum* em quaisquer
planos fluídos, sejam complexos
ou singelos, denominados universos paralelos.

Isto posto, meu caro Homero,
rogo-lhe que me devolva sem delongas

ao mundo inferior, no qual figuro
a contragosto, antes que o carcereiro-mor,
com puro intento de me prejudicar,
decida me denunciar a Zeus,
que embora seja meu rebento,
nascido entre os meus,
se regozija em me anular,
tornando-me um perpétuo excluído.

Traça Homero outro arabesco
e, com um gesto de despedida, Crono
se põe ao fresco, sendo sua figura
absorvida pelas areias do deserto que,
num concerto de ruídos, giram,
espadanam, serpenteiam e se abrem
em cratera de largura e profundidade
colossais, deixando entrever a intimidade
das regiões abissais, nas cercanias dos Infernos.
Palmas bate vezes três o Vate
e novamente me vejo no terraço,
ao redor do qual estão calmas as ruas,
não se notando resquícios do natural
desastre que sobre elas se abateu.

Ao me ver dotado de tantos poderes,
o senhor talvez ache desnecessária
a convocação do Titã, para nos
franquear livre acesso ao ontem e ao amanhã.
Pois saiba que na vária gente divina
que habita o Olimpo, o acesso de fúria

mais frequente, o que mais alto ali
troveja, é o despertado pela mui humana
inveja. Não vejo motivo para provocar
o vingativo Crono, que não me pode,
é certo, ferir, mas tem no senhor
um alvo a descoberto; e uma vez
decidido a se vingar,
nem mesmo eu o poderia salvar.

Após tomar um gole de cerveja,
pede-me que reveja alguma cena
da idade adulta, cuja mole me tenha
esmagado com seu peso, com sua crueldade.

Mal penso na morte de minha mãe,
uma força tolhe-me o senso
e nos catapulta ao quarto do hospital
no qual ela serenamente agoniza.
Mas uma estulta enfermeira lhe aplica
uma injeção e ela retorna
à razão costumeira. Abre os olhos
e num enlevo de ternura murmura
algo junto ao ouvido de meu pai.

Foge-me o pensamento, deixando
para trás os escolhos desse tormento;
e movido pela vã esperança
que só se pode ter quando criança,
vejo minha mãe restabelecida.
Segura-me a mão e sussurra:

Ame seu pai. Depois, entre gemidos
e gritos abandona a derradeira ilusão
que a mantém atada à vida.

Rever tal cena já seria doloroso,
mas revivê-la desperta em mim,
além de pesar, um súbito sentimento
de que nova senda se abre no meu
destino. É aqui, diante de tal
assombro, que morre o menino – diz
Homero, com ar lastimoso, pousando
a mão etérea no meu ombro. Não
há quem não se sinta desolado ao ver
romper-se, afinal, o cordão umbilical.

Avancemos um pouco mais no
futuro deste passado e veremos
o conjuro que o libertou da imagem
materna – sugere ele. E logo se abre
outra passagem, uma fresta na eterna
extensão do Tempo; e meu coração,
em sobressalto, luta para me afastar
do carcomido caixão do qual será
retirado o que restou de minha mãe
pelos que o vão trasladar ao ossuário.

Coberta com um véu, qual delicado
sudário, ela está agora ao léu,
com o sol a lhe bater na face, ainda
bem delineada, como outrora, e o corpo

intacto, pois a morte num ato de piedade
se absteve de lhe abater o porte,
no qual se nota ainda
a dignidade que teve ao viver.

Por um instante eu a contemplo,
emocionado com sua expressão isenta
de sofrimento, um exemplo de
serenidade mortuária, quando,
de repente, deixa o coveiro escapar
o caixão e a breve amenidade rui,
por inteiro, pois o corpo, semelhando
um torrão ressequido, se desfaz
em pó, ecoando no ar imaginário
ruído, como se ruído houvesse
um vetusto campanário.

O mais lamentável neste episódio
foi ter eu sabido que minha
mãe havia morrido em decorrência
de um ato de magia negra,
num momento de ausência
do anjo custódio. Duas vezes
vi confirmada esta suspeita.
A primeira por um vidente
que me descreveu, com minudência,
cada elemento usado na empreita
de tornar minada sua saúde
até leva-la ao ataúde.
A segunda numa consulta

a uma mãe-de-santo, que
tornou mais evidente o ocorrido.
A segurar um punhado
de búzios depois de falar
em Iorubá com seus guias,
me disse: Vou jogá-los sobre
a mesa. Se todos caírem abertos,
houve magia com certeza.
Nos vários lançamentos,
nenhum búzio caiu fechado.

Para mim – observa Homero – teria
bastado o sapo que apareceu
no seu jardim, com a boca
e os olhos costurados. Seu pai,
depois de vê-lo, não logrou
apanhá-lo, sumiu por encanto,
embora procurado em todo canto.
Mávri mageía, meu caro,
maligna arte igualmente
praticada na Grécia pelas
feiticeiras Circe e Medeia,
hábeis na produção dos
phármaka – poções e unguentos
e venenos. Indigna ocupação
a tisnar suas vidas memoráveis.

É bem provável ter sido
o senhor também atingido,
ao menos em parte, pelos

abafamentos decorrentes de tal operação.
Porque a bruxaria é como
erva daninha. Uma vez semeada
corre solta e invade terrenos
adjacentes, até mesmo os recobertos
por tijolos, pedras ou cantaria.

Caminhando lado a lado, seguimos
por uma alameda do cemitério. Aproveitando
nossa estada neste espaço deletério –
diz o Poeta – poderia o senhor
superar o embaraço que o afastou
emocionalmente de seu pai
e lhe visitar o túmulo, deixar ali
estas flores. (Entrega-me um ramalhete
surgido sabe-se lá de onde.) Com este
singelo lembrete amenizaria
as dores e quebraria o gelo.
Repousa meu pai em outro lugar –
respondo, um tanto irritado por ter que
falar sobre algo há muito superado.

Aqui está. Chegamos –
diz ele diante da campa sob a qual
se encontram os restos mortais
de meu progenitor, abandonada
por mim desde o instante em que
subi aquela rampa, em triste
jornada, para o deixar ali, sabendo
que ali não estava. Era esta

a razão e não o desamor
que me impedia de visitá-lo
sempre que dele me lembrava.

Engana-se o senhor com este
pensamento, pois a verdadeira causa
foi a eira em que pôs a secar
o ódio causado pelo espancamento,
pelas atrocidades saídas daquela
boca enquanto seu pai, irado,
lhe batia, na certeza de que lhe dizia verdades.

Com aquela rudeza
julgava encaminhá-lo a brilhante
futuro, afastá-lo do monturo
de mediocridade em que viviam seus
amigos, cuja alacridade permanente
o irritava, por ver nela um sinal
de inevitável fracasso, ante o duro
batente, como então se dizia, para empurrar
a vida e ganhar o pão de cada dia.

Desejava fazê-lo vencedor e o braço
com que batia na verdade traduzia
estranha forma de amor, pois entranha
em sua alma uma sensação
vazia, uma dor tão doentia,
que parece transformá-lo, de vez,
num descampado pleno de aridez.

Coloco as flores no cápide
de concreto que encima a lápide,
ornato nada discreto, a lembrar
orgias do Império Romano, apropriado
a quem da vida fez um sonho erotizado.
Sorri o Poeta ao ler o que penso,
um sorriso sério, a frisar
a inconsistência de meu sentimento,
suspenso por um fio de ódio sobre
o serôdio vulcão da emoção reprimida.

Equivoca-se o senhor, insisto,
a propósito de seu pai – prossegue,
qual médico a aplicar severo
compósito às chagas que estão
a supurar. – Na sociedade primitiva,
o adolescente era submetido a uma
aflitiva prova, que parecia despiedade;
mas seu verdadeiro sentido consistia
em fazer dele aguerrido guerreiro,
dotado de competência para sobreviver
num mundo pleno de violência.
Encare pois os espancamentos
como vantagem em relação aos seus
amigos, um necessário rito de
passagem a marcar, com seus tormentos,
um grito de independência, a travessia
de uma a outra margem da existência,
a viagem do adolescente, a deixar

o inocente isolamento para entrar
no bostelento universo do real.

Ao espancá-lo, seu pai fez do senhor
um irado, tornando-o portanto
preparado – embora isto possa
parecer estulto – a agir
e a pensar como um adulto.

Os ciprestes do cemitério oscilam,
agitados pelos ventos, em cujo bojo rodopia
o mistério de tantas vidas aqui jazidas.

Acuada pelos argumentos do Poeta –
embora ciente do absurdo de sua proposição,
a fazer de um abuso a pino
o fuso que ao girar da roca
enrola o fio de meu destino,
na verdade desatino, a formar
intrincada maçaroca – minha
mente vacila. Deixo-me levar
e, como se estivesse convencido,
me dou por vencido.

Traçando um arabesco no espaço,
Homero nos conduz de volta ao terraço.
O piano continua a tocar, para
adormecer talvez minha argúcia
e manter a fidúcia com que
lhe sigo os passos, apesar dos

crassos absurdos a medrar
em meio a tantas fantasias.

No diálogo com o Titã – digo,
impaciente –, obrigou-me ele a assumir
a postura do flamingo. Análogo enigma
intrigou-me ao mencionar uma
porta localizada ao Norte, quando
porta não havia. Trata-se de mera
fantasia ou devo buscar algum
oculto sentido no singular
proceder daquele estranho vulto?

Sorve o Poeta um bom gole de cerveja
que, para minha surpresa, continua
gelada. – Veja meu caro, como a dúvida
permanece entalada em sua mente, qual
serpente pronta a lhe cravar o dente.
Neste palácio de espelhos em que
nos encontramos, devemos deixar
de lado os reclamos da razão
e seguir os ditames da intuição.

A tal porta, que agora lhe parece
de tão avultado porte, está a indicar
seu próprio Norte, sem o qual
permanece o senhor paralisado,
preso à sua visão rotineira.
Ao abri-la, verá a si mesmo
em versão original, sentado,

a sorrir, no Trono Imperial.
A chave – e quem o diz
não é qualquer esotérica
ciência – permanece oculta
no escaninho de sua consciência.
Mas não há fechadura, nem
qualquer ranhura, sistema
ou engrenagem que lhe abra
a passagem para o coração
do enigma. A chave, capaz
de mover a trava do estigma
que o aprisiona é a sua imaginação.

Quanto ao flamingo, pousado
numa só perna, não o tome por
ludíbrio delirante de mago
feirante, mas como evidente prova
de equilíbrio e um avaliar
de suas asas, cuja envergadura
tanto lhe permite um voar
rasante, como galgar as vertentes
do céu e planar a grande altura,
das trevas em direção à Luz.

Por outro lado, como todo símbolo
pode ser entendido de diversas
maneiras, talvez lhe pareça tolo
esse meu interpretar e prefira
concluir que o gigante pretendia
apenas se divertir com sua gingante

e ridícula figura, tentando manter
a linha, julgando-se um flamingo enfatiado
em plumagem de domingo, quando,
na verdade, mais parecia uma galinha! –
conclui ele a rir, enquanto eu, em
desvantagem, me vejo como galináceo
apanhado pela raposa em
herbáceo descampado.

Esqueçamos por ora esse tema
desprovido de interesse e suas decorrentes
ladainhas; e enquanto bebemos,
a saborear estas batatinhas e este
apetitoso torresmo, deixemos vagar a esmo
sua imaginação, a flutuar como balão,
por um instante, sobre a exuberante
paisagem de sua libertinagem, sem
nos preocuparmos com a ordem
cronológica dos acontecimentos,
pois não estamos a percorrer
uma trilha pedagógica, montados
em lombos de jumentos.

Navegamos ao sabor dos ventos,
como convém a heróis e aventureiros,
e aquilo que buscamos – o senhor
como aprendiz e eu no papel
de mistagogo – voa sobre os vales,
outeiros e montanhas; é um pássaro
de fogo, dotado de malícia

e artimanhas, em cujo ninho,
oculto na blandícia de seu
coração, repousa o penedo
de Prometeu, na verdade um ovo
que, uma vez quebrado,
nos revelará seu verdadeiro Eu.

E agora vamos às mulheres da vida
que sempre o ajudaram em suas labutas
contra a solidão e o decorrente medo
de se perder no tedo desterro
a que se viu lançado pelo
erro, a seu ver, cometido por seu pai.

XI

Pouco antes dos catorze anos
fui conduzido por amigos vários –
verdadeiros corsários, a arrostar perigos
de bravios mares sensuais – à zona
do meretrício, onde o bulício
dos marujos carnais lembrava
um enxame de índios canibais.
Para meu vexame, em decorrência
da pouca idade, levava eu, camuflado
na bagagem, o segredo de minha virgindade.
Delatado por um companheiro como
marinheiro de primeira viagem,
ingressei na sacanagem pelas mãos
experientes de uma jovem que me
proporcionou muitas *noches calientes*.

Embora tivesse recebido rigorosa
educação religiosa, não me pareceu
descabido aquele pecar furioso,
ensandecido, pelo qual me vi
desde logo envolvido; nem me causava
qualquer repulsa o lodoso ambiente
a que minha alma convulsa se via
arrastada pela carne, até chafurdar
em deliquescente torpor, para
depois flutuar, qual intocado loto,
iluminado pelo amor.

Um sentimento de reverência
provocado talvez pela transparência
daqueles corpos nus,
que em plena voragem da libertinagem –
a beirar a depravação – deixavam
à mostra corações inocentes,
livres de todo mal, tão amplos
e iluminados quanto a nave
de uma catedral.
Ignorante do submundo, das
cruéis engrenagens que movem
os cartéis do vício, a transformar
em suplício aquelas vidas consumidas,
privadas de suas virtudes em plena
juventude, eu via aquilo como brincadeira,
divertimento, jogo, no qual dois seres
gozam o momento, sem notar que
o calor a arder na charneira diante
de mim aberta nada tinha
a ver com amor; era sim um grito
de alerta contra o fogo consumidor.

Depois de adulto continuei
a visitá-las, mas agora se fora
a inocência e a consciência via
naquilo um insulto, que eu procurava
amenizar com gestos de carinho,
como se possível fosse levar água
àquele moinho, fazer do lupanar
um verdadeiro lar.

E assim vivi, durante alguns
anos, dominado por uma espécie
de galopante furor, incontrolável,
gerado talvez pelas artes de alguma
entidade detestável, sob cujas
ordens eu movia minhas pernas,
em caminhadas noturnas pelo
centro da cidade, à procura
de cavernas sensuais, furnas habitadas
por insaciáveis lêmures carnais.

Lembro-me de atravessar,
a cada noite, o mesmo viaduto, após
deixar o abominável reduto e seguir,
sem rumo, qual fumo, um funâmbulo
grotesco a equilibrar meu espírito
sonâmbulo sobre o abismo daquele
universo dantesco, perverso, no qual
eu exercia as funções de barqueiro.
E enquanto conduzia à outra margem
meus sentimentos e emoções fanados,
a receber no rosto a aragem noturna,
chorava a seco, por ver abandonados,
sem relutância, ao fundo
de um beco sórdido e imundo,
os inocentes sonhos da infância.

Por um instante permanece
Homero em silêncio, a olhar para
o céu, como que buscando no bruxuleante

lucivéu estelar um austero julgamento
do que acabo de dizer, para, afinal, com
impecável atilamento, me dar seu parecer.
Estava o senhor ciente, embora
disto não fosse ainda consciente,
da sacralidade do sexo, a estabelecer
um nexo, desde a Antiguidade,
entre o homem e a Mulher Divina;
pois é a isto que se destina a potente
energia, na qual, em estado latente,
reside o verdadeiro Amor,
transcendental, uma espécie de recordação
do nosso paradeiro inicial, vívida
celebração da consciência ao se ver
livre, por um momento, do estado
de dormência, de entorpecimento.

No passado, ao chegar à puberdade,
a jovem ia ao templo, a fim de ofertar
sua virgindade a qualquer estranho
que a quisesse tomar, em troca
de simbólica oferenda, não pelo ganho,
eclesiástica prebenda, mas a servir
de invocação da deusa. Havia
também as hieródulas,
sacerdotisas que, em atuação mais
drástica, sem chulas intenções,
erguiam suas camisas e regalavam
o sexo a varões desconhecidos.
Por meio de seu corpo, proporcionavam

esteio à manifestação da deusa,
sacralizando assim o ato da prostituição.
Dado o exemplo e excluída a
sacralidade presente no templo,
substituída pela cobiça dos rufiões,
a explorar a ingenuidade
e a necessidade de mulheres atormentadas
por suas desilusões, grassou,
no meio social, a prostituição
venal como hoje se conhece.

A intensidade de sua angústia,
ao buscar desafogo em regaço
remunerado, testemunha o laço
que o prendia à feminil divindade,
em relação à qual "ficara o senhor
à ústia", como diz a gente lusa,
depois de alterado o fogo do sagrado
pelo ardil com que a Igreja intrusa
tornou superado o culto
aos deuses da Antiguidade.
Contudo, não se trata apenas
de evocar a presença da Mulher Divina.
Há também a avença com a Grande
Mãe, uma espécie de incesto sem pecado,
original maneira de retornar
ao útero carnal – em sentido figurado –
desejo manifesto de reencontrar
o aconchego dos primeiros anos vividos no lar.
Simples seria tal conjetura

se ausente estivesse a dura consequência
do ato venéreo praticado com mulheres
da vida, cuja inconveniência mais
presente é o estado a bem dizer funéreo
de sua energia, sugada entre
suspiros e gemidos pela dissimulada
casta de sensuais vampiros.

Há nesta atividade uma atração
funesta, diabólica, oculta sob
a aparente banalidade de uma relação
transitória entre os sexos opostos,
na qual avulta uma guerra sutil,
quase simbólica, em que o sexo
viril, ao cabo, jaz estirado sobre
a coxa, enquanto erra o espírito,
desviado de seu centro.
Certas mulheres, mais experientes,
antes do coito costumam praticar
a felação; e o homem, já no
prazeroso introito, adentra na mofina
condição a que será reduzido
ao ejacular, por haver perdido,
além de sêmen, a energia
sutil, causa da letargia que
o leva, por algum tempo,
a um estado próximo ao senil.
A evidência de tal emasculação
pode ser constatada na orgiástica
celebração à deusa Cibele que,

chegada ao apogeu, causava em
alguns místicos uma espécie de loucura
extática, a ponto de, no auge
do delírio, levá-los à castração
e ao uso de vestes femininas.

Considere agora o senhor que
somos um campo de energia.
No contato venéreo, sem amor, causado
apenas pela falsa magia do momento,
ocorre de fato um embaralhamento
áurico, uma impregnação mútua,
na qual o inocente cliente
e a prostituta se fundem.
Ao sair do puteiro, já não está
o senhor inteiro, pois deixou,
em penhor, além do sêmen uma
parcela de sua entidade, levando
consigo, a passear pela cidade,
sabe-se lá o quê, um inimigo talvez,
solerte, a trabalhar sob falsa
identidade. Uma zica de fazer
pai de santo se benzer.
Eis aí portanto – e não creia que minto –
uma boa razão para saber
onde está a colocar o pinto!

Não tive a intenção de ser
didático e nem de ofendê-lo por seu
passado um tanto errático. Falei

com o coração, por saber que tal
procedimento acabou por lhe trazer infindo
sofrimento e prejuízos materiais
dos quais até hoje não se recuperou.
De fato – respondo – minha
vida desandou. Cheguei a captar
imprecisos sinais de que entidades
astrais rondavam meus caminhos,
a fim de baldar meus indecisos
esforços; e despendi uma enorme energia
para me livrar daqueles seres
e de seus daninhos poderes.
Comprovado está, portanto, o que
acabo de lhe dizer – acrescenta ele.
Até mesmo o amor verdadeiro se apresenta
eivado por disfarçada rivalidade
que faz da mulher uma entidade
fadada, em seu inteiro teor,
a dissolver o homem, a fim de lhe
absorver a essência.
A pertinência de tal afirmação tem
comprovação num ditado taoísta:
"Unir-se a uma mulher,
como carta a envelope,
equivale a correr num cavalo em
desembestado galope e notar, ao saltar
um fosso profundo, estar o animal
ajaezado com aparelho gasto, velho,
apodrecido, que nos levará ao tremebundo
e insondável desconhecido".

Estamos já no terreno
da magia, pois como dizia Paracelso,
médico excelso e famoso alquimista,
possui a matriz feminina – apesar
de sua aparente condição passiva –
uma potente força atrativa que, por
meio de contrações, preme o falo,
rejeita o esperma e, retendo
o sêmen, apodera-se do gérmen.
Conclui-se pois que tanto nos
braços de uma prostituta quanto
aconchegado ao ser querido,
está o senhor mal arranjado,
a bem dizer fodido, por não
saber se resguardar.
Mas não me compete aprofundar
o tema. Deixo a seu cargo a solução
deste amargo dilema, que se reflete
em toda a sua existência, conforme as
regras da sobrevivência.

Que acha de pedirmos uma
pizza? – Acende um cigarro, com
ares de quem tira um sarro de minha
ingenuidade; e dando vasão à sua
alacridade põe-se a dançar,
à grega, o rosto banhado de luar,
um presumido ancião reanimado
por haver ressuscitado
de seu bem-dormido sono.

Sinto um cheiro de linguiça
calabresa e vejo, sobre a mesa,
uma enorme pizza, em seu inteiro
frescor, assada conforme a tradição,
tendo como adição um azeite italiano
e vinho *chianti*, legítimo toscano,
puro deleite. *Avanti*! – brada
ele, com entusiasmo, e se põe
a comer, arrostando o marasmo
daquele papo nefando.
Concebida em ignota pizzaria
astral e trazida por algum
motoqueiro infernal, a pizza
é saborosa e não se nota haver
sido produzida com matéria etérea.
Homero come com verdadeiro
apetite e nossa prosa prossegue,
descontraída, entregue a si mesma,
sem prévio roteiro, talvez um tanto
protraída pela dificuldade em
me sacar do atoleiro da falsa
realidade que imobiliza minhas asas.

XII

Após o cafezinho, torrado, moído
e coado numa outra dimensão,
comezinho ato de fascinação, ele
saboreia um docinho, fuma um cigarro,
apruma o porte bizarro e, a se olhar
num espelho imaginário, inferior
à sua condição, ao seu alto rango
literário, deixa escapar um suspiro
e declara, em inesperada confissão,
estar na verdade orgulhoso
de sua rara e inconteste genialidade.

Considera-me o senhor uma
autoridade no que concerne à Poesia? –
pergunta ele. Claro que sim – respondo. –
Permita-me, então, uma confidência
na qual não há qualquer presunção,
apenas a evidência que se tornou
incontestável. Comparado a mim,
Dante era um farsante despeitado
que, ao se ver expulso de Florença,
tomou a pulso vingar-se de tal
desavença. Guardou cada inimigo
em seu caderno e os meteu a todos
no odiento Inferno.

Camões, a quem além de faltar
um olho faltava talento,

produziu um espavento
linguístico, guindando seus conhecidos
a heróis, enaltecidos com deslavados
encômios quando, na verdade,
muitos deles pareciam saídos
de primitivos manicômios, caracteres
depravados, tomados de instintivos
raciocínios, dados ao furto
de propriedade, a crimes, a latrocínios.
Virgílio, que serviu de guia
a Dante, no seu Inferno, era uma
enguia cega, que não via sequer
o tornozelo da Originalidade,
aplicando-se com zelo em me imitar.
Chegou a pensar em destruir a Eneida,
por julgá-la imperfeita, no que
aliás estava certo desta feita.
A posteridade, senhora da História,
distribui os louros da Glória a quem
bem lhe aprouver e ao cabo já não há
quem discorde e todos,
num acorde, gritam amém!

Permaneço em silêncio, tomado
de perplexidade, ao constatar como
a vaidade, ao cobrar seu preço,
pode arruinar um legado secular.
Homero se põe a rir: Aí tem o senhor
a paródia de um proceder muito
comum que é fazer uma mixórdia,

com aparência de verdade bem
fundamentada, acabar entronizada.

É claro que eu estou a ironizar,
para levá-lo a compreender que uma
notória autoridade não é suficiente para
fazer de um absurdo um fato incontestável.
Dante, Camões, Virgílio
são gênios cuja glória deverá
perdurar ao longo da História.
Contudo, de agora em diante, nossas
convicções se vêm ameaçadas
por um grassar de mediocridades
exaltadas, em ritmo galopante,
pelo rompante da propaganda,
a fazer de quaisquer presepadas
um feito artístico, celebrado como
resumo do suprassumo.

Cortam um porco ao meio
e sem pudor ou receio, em vez de
servi-lo numa churrascaria
exibem-no em uma galeria;
e acabará, creio eu – caso não
apodreça e dele a gente não
se esqueça – como arte de museu.

Quando um bloco de mármore
se transforma na *Pietà* pelas mãos de
Michelangelo, o pétreo material

transcende sua condição original.
Mas após o desmantelo da arte
ocidental, iniciado por Duchamp,
com o *ready made* – mais correto
seria chamá-lo *ready fade* –, cuja
obra-prima foi um urinol, tornou-se
possível retirar do mar um tubarão,
ser marinho de escol, dotado de
enorme percepção, para colocá-lo,
morto, num aquário cheio de formol,
e exibi-lo numa galeria, óbvia
reversão, que faz de uma obra
de arte da Natureza um corpo
inerte, fadado ao apodrecimento.

Um amigo meu – digo eu –
estava numa festa em Pequim,
na casa de um milionário ocidental.
Um empregado oferecia uma iguaria,
num recipiente adquirido em antiquário.
Notou meu amigo que enquanto
os ocidentais se serviam, a louvar
o objeto de arte, graciosamente esmaltado
e colorido, os chineses não comiam.
Ao indagar a um subalterno pequinês
qual a razão de tal
gesto descortês, de tão grosseira
atitude, foi informado de que
o objeto fartamente elogiado
fora, no passado, uma escarradeira.

O senhor tem certeza de que
a festa não ocorreu na casa de Duchamp? –
diz Homero, a rir. Toda essa baboseira,
essa vileza – que reduziu a verdadeira
criação artística a uma *boutade*,
um repente espirituoso, como se
a pergunta mais premente que lhe
possa fazer uma obra de arte cheia
de bossa seja: Ô meu, sacou o lance? –
evoluiu na cabeça dos críticos.
Qual larápios são eles quem hoje
elaboram o cardápio
de qualquer galeria, museu ou bienal.
Aos nus de Duchamp,
a descer a escada em estático
movimento, a provocar espavento
no critério errático da crítica,
modernista, cuja base
é a simplista valorização
da novidade, seguiu-se o besteirol
gerado pelo espetaculoso urinol.
Não nego que haja talentos
na arte contemporânea, mas
em sua maioria são espaventos
embasados em teoria sucedânea,
adventícia, da qual o urinol
e seus congêneres constituem a primícia.

Despertos os neurônios com estas
lucubrações, deixemos o porco e sua

acrimônia, criados talvez em noite
de insônia, e retornemos aos demônios
obsessores guardados no embornal
de sua vida pessoal.

Qual periquito de realejo que
retira com o bico o papelote do destino,
revejo no malote do meu passado
uma tal variedade de ocorrências
que fico, por um momento
manietado pela ansiedade.
Ri Homero desse impedimento
e após três reverências,
à oriental, dirigidas talvez a alguma
entidade astral, retira do ar um envelope
transparente, dentro do qual avulta um
hissope dourado. Segura
o instrumento e, com aparente contrição,
aos céus elevando o pensamento, se põe
a aspergir sobre mim – o que muito
me apoquenta – uma boa quantidade
de água benta.

Procuro fugir mas ele me detém;
e como convém ao ato sacro,
começa a arengar em latim:
Qui non intrat per ostium, fur est,
et latro. Aquele que não entra pela
porta é salteador e ladrão. Disse-o
o Salvador pela boca de João.

Eis-me novamente em frente a uma
porta enigmática, como aquela, atinente
à astrostática, mencionada por Crono
após acordar do sono milenar.

Tem o senhor a singela mania
de sair e entrar pela janela – diz ele,
sem pedanteria, com zelo paternal que
me causa um certo mal-estar. – Refiro-me
ao seu tergiversar, ao desmazelo
com que trata qualquer enfrentamento.
Com esse vagar a esmo rouba o senhor
a si mesmo, adiando o cumprimento
de seu destino.

Se buscarmos a origem
dessa maneira de ser iremos ter
à vertigem causada pelos espancamentos,
assessorada pelos tormentos da educação
marista, cujo ponto de vista – Deus
seja louvado! – se funda na imunda
origem que nos mantém no pecado.

Por dois mil anos a Igreja –
essa velada extensão do Império
Romano, cujos planos tenebrosos
soube ocultar sob dissimulada
aparência – alimentou a versão
de ser a única representante do Deus
vivo, o que lhe permitiu manipular,

a seu talante, sem explicação
ou motivo, milhões de alminhas
desgarradas, entregues como rebanho
ao seu tacanho pensar, impedindo-as
de voar além das cercas edificadas
pelo medo de sofrer o suplício eterno,
mantendo-as assim manietadas,
por inteiro, nos limites do infernal galinheiro.
Para isto muito contribuiu
meu portentoso colega Dante Alighieri
que, num rompante de imaginação,
erigiu o Inferno em sua *Commedia*,
pavoroso ambiente povoado por humana
gente, cujo fado, em decorrência
do pecado, é penar até os confins
da Eternidade, banida pela Igreja,
ignorados a divina bondade
e o decorrente perdão.

Na bula de tal prescrição
consta, entre os diversos pecados
o da gula, responsável por
fazer o guloso arder em suplício
sem fim por ter exagerado no pudim.

Secundado foi Alighieri pelo
admirável Gustave Doré, cujo talento,
como se vê nas ilustrações do Inferno,
deu novo alento às especulações
dantescas, tornando renovadas e frescas

as cenas povoadas de sadismo,
como convém a uma obra destinada,
com seu realismo, a nos balizar
a atitude para nos manter
no estreito caminho da virtude.

Mas deixemos a falação, pois
à distância o vero de outrora semelha
fabulação. Uma única imagem resume
a redundância de mil palavras,
pletora de falazes significados
instilados no sangue da História,
ao longo dos séculos, quando a memória
dos fatos é já mero cadáver,
traslado carcomido por boatos.
Isto dizendo, estala Homero os dedos
e logo vai o presente esmaecendo
seus enredos; e ao vê-lo assim,
cabisbaixo, julgo estar a descer
a vertente de um desmaio.

Aos poucos, em meio à pálida
bruma, surge o vulto espectral
de imponente catedral, que exuma
de meu Ser abducente sentimento de
pavor, cujo lavor aguça o escarmento,
por reconhecer o infame crime perpetrado
sob o desolado olhar de Notre-Dame.
Atados a estacas de madeira, junto
às quais arde uma fogueira

meio combusta, diviso três vultos
de vetusta aparência, cujos gritos
e insultos parecem provir
de agudo estado de demência.
Mais do que dor, é o ódio
por se verem ali, naquele pódio,
execrados pela multidão, que lhes
faz arder o coração. Eles que, há pouco –
venerados detentores de ilimitados
poderes – comandavam hostes,
debatem-se agora, presos aos postes
como cães, cujos lamentos provocam
aulidos na matilha ondulante.

Jacques de Molay sufoca,
Guy D´Auvergnie estertora, Geoffroy
de Charnay, cujo espírito vacilante
e aflito paira sobre a ilha, lança
um último olhar ao infinito e, num
gesto estrênuo, cospe nas chamas,
antes de se entregar ao Desconhecido.
Molay, Grão-Mestre dos Templários,
outrora enaltecido por seus feitos
temerários, lança sobre Felipe, o Belo,
rei de França, e o papa Clemente V,
a maldição dos inocentes e convoca
suas almas criminosas e indecentes
a comparecer ante as luminosas
coortes do Tribunal Divino.

Dou-me conta, então, de me
haver imbuído o Vate de potente
intuição, que me era natural quando
criança, pois sob o acicate
da funesta circunstância reconheci
aqueles desgraçados a bradar por
vingança, vítimas da ganância real
e da papal vilania que, sob o manto
da heresia, destruíram não só
os soldados de Cristo como os sonhos,
agora baldados, de uma Europa unida,
não isto que hoje se vê, reles mercado,
à mercê do Capital, privado de missão
definida, mas um corpo dotado
de grande energia vital, capaz de mudar
a destinação da Terra, que hoje erra
em rota bêbada e suicida.

Imagine o senhor – acrescenta
Homero ao meu pensar – o que se teria
evitado em dor, guerra, destruição,
milhões de mortos a adubar o chão,
danamento que até hoje apascenta
o humano rebanho, a viver em estado
catatônico, como se tacanho plano
o mantivesse atado a um destino agônico.
Vivos os templários, superados
os falsos motivos pelos quais se viram
arrastados aos cadafalsos, Napoleão
seria, quando muito, um aldeão,

comandante de corsários, cujo maior
intuito consistiria em se ver rico
e triunfante, um falastrão, a se valer
do ensejo para fazer da morte
um negócio restrito ao varejo. Hitler
seguiria sua vocação de pintor,
a exibir seu talento em alguma galeria
de Berlim; e fosse ele um portento,
um gênio ou artista mirim, sua vida
seguiria em discreto movimento;
e ao findar o espetáculo, ele deixaria
o proscênio, sem espocar de fogos
ou troar de canhões, para, longe
das multidões, cair no esquecimento,
reduzido a verbete, como qualquer vedete
ao se despedir da carreira; ou talvez
fosse laureado – vale dizer mumificado –,
um semideus instalado
nas paredes dos museus.

Entre o imaginar e o divagar,
impam os condenados, sufocados pelo
fumo que mana dos ramos verdes,
em meio à pira, cujo sumo ferve e transpira.
Alguns, da turba, limpam
a garganta e escarram, outros premem
os olhos, mas nada perturba sua
atenção, o observar aqueles rostos
que gemem, tremantes, furentes,
a gritar impropérios, postos já no limiar

dos mistérios, a um passo do mundo
superno que os liberte de tamanho inferno.

Mister é olhar para bem memorar –
diz Homero, voltando meu rosto
ao amanho das chamas, dispensado
com muito gosto pelos algozes, a despertar
na multidão atrozes sentimentos que
de roldão parecem levar os últimos
resquícios de compaixão diante
de tão hórridos suplícios.
Jacques de Molay e Guy D´Auvergnie
agonizam, tomados por derradeiro achaque,
na verdade um murmúrio, um gemido;
mas há em seus rostos um ar zombeteiro
e posso ler em seus lábios o augúrio
que, num derradeiro esforço, dirigem
ao populacho, como se o tormento
e o despacho de suas almas implicasse
o cumprimento do que profetizam,
um escorço a resumir o futuro
do rei e de seu boneco perjuro.

Devorados pelas chamas, os últimos
farrapos de seus vistosos mantos
caem ao chão e a nudez dos supliciados
provoca risos na multidão.
Sem perder a altivez, Molay fita
um menino que, aos prantos,
observa a comovente cena, e sobre ele

evoca a Luz do Espírito Santo
e Lhe roga que ao pequeno reserve
brilhante destino, ameno viver,
livre de toda pena.
Rompe-se a pele, o sangue ferve,
os longos cabelos, tomados pelo fogo,
dançam ao vento e os oblongos
corpos, antes descompostos, estiram-se,
debatem-se e lançam ao Infinito
um grito aterrador, gerado
no ventre do espanto.
Molay semelha um imperador romano
– envolto em rubro manto – cujo túrbido
olhar abarca a plebe ignava, que na cava
de sua ignorância sequer suspeita
haver bebido o fel de futuros tormentos.

Morre aqui a empreita
de se afastar a demência dos cruzados
e tornar amena a convivência
de cristãos, muçulmanos e judeus,
cuja pena tem sido ver baldados
os planos de estancar a matança
entre irmãos nascidos de um único Deus.
Nos olhos dos infelizes assoma
a Morte, dispersam-se as últimas
resistências e agora eles parecem
felizes por ver suas essências
deixarem os atassalhados corpos,

amortalhados já pela indiferença
da multidão, que silencia.

Sobrestado o sofrimento,
vejo emergir uma súbita
querença por aqueles seres,
cujo estado lastimável empece a língua
e emudece o rugir, instando com os
corações a se condoerem
ante o nefando acontecimento.
Transidos pelo odor da carne
carbonizada, alguns mais achegados,
que ainda há pouco – tomados do ardor
da cólera, orquestrada pelos esbirros
do rei – amaldiçoavam os indômitos
réus em duro escarmento, presas são
de vômitos e clamam aos céus, com
gritos de arrependimento
e orações pelas almas dos aflitos.

XIII

Tomba o crânio de Molay, já
descarnado, qual gerânio a se
despegar da hástea; e rebolcando-se
nas cinzas parece ganhar vida,
numa espécie de maromba, como que
tomado por um sortilégio.
Descativando-se do régio e tredo
intento, o populacho vê a fogueira
transmudar-se em facho.
Por um momento as órbitas vazias
da caveira fitam o céu, quando
súbito se manifesta um ventar
sinistro, que vascoleja o arvoredo,
sacode gelosias e assesta sua fúria
contra a multidão, a qual, tomada
pelo medo, peleja por dar às pernas
para escapar à incúria de Éolo
ao escancarar suas cavernas.

Em meio à luz espectral que emana
das flamas e empresta à praça
um feitio teatral, o vulto de Molay
amanha o manto e com lentos gestos
arrebanha os lestos ventos e serena
o espanto do gentio. Surgem
em pós seus companheiros
e, por serem cavaleiros,
vêm os três montados em corcéis

ajaezados. Cavalgam ao redor de seus
combustos corpos, erguendo pontiagudos
fustos, a suster estandartes templários.
Grita um dominicano:
São artes dos demônios, esses plagiários
do arcano divino que, em mofino
ato de bruxaria, promover querem
a razia de nossa fé no Criador!
Cala-te, blasfemo, cínico inquisidor! –
rebate Molay. Tuas palavras são
escorpiões a rastejar nos porões
de tua alma infanda. Afasta-te
de mim, inico fantoche, gerado pelo
deboche de um poder corrupto!

Ex-abrupto, num efeito a bem dizer
cinematográfico, o majestoso cortejo –
cujos cavalos chapinham nas lazírias
do Sena, à imitação da Cavalgada
das Valquírias, a compor um desenho
heliográfico – galga as faldas do
invisível monte e some em direção
ao horizonte, no qual, envergonhado
pelo crime perpetrado, que lhe dói
na carne, como açoite, Apolo oculta
o rosto sob o manto da noite.
Esmaece nas cinzas o sonho
templário; e o populacho se agita
ao ver um derradeiro fogacho subir,
altaneiro, do monturo funerário

e bailar, por um momento, em meio
ao fumarento espaço, tornado baço
e irrespirável pelo findar de tão admirável
ordem, cujo excelso exemplo se perdeu
nas mãos dos vendilhões do Templo.

Findo o abominoso ato, ouve-se
ainda um derradeiro arramalhar
de vozes, como se defendido fosse praticar,
em jocoso tom, sobre o paradeiro
dos três precitos, cujas almas, ao deixar
o cenagoso cenário, tanto poderão
descender, rumo ao abismo,
como, escoltadas pelos exércitos celestes,
tender ao Empíreo, num glorioso
mimetismo em relação ao ambiente,
à santificada gente e às hostes
angelicais ali aboletadas.
Atarantada, a massa deflui
pelas ruas, em busca do lar silencioso,
ao abrigo da vozeria por ela mesma
instigada contra um inimigo pernicioso,
segundo se dizia, desconhecido na verdade
e agora vencido, apesar da ferocidade.
Na praça deserta um vento
agourento rosna sua braveza e desperta
em mim tal aspereza de sentimentos
que meus pensamentos se esgueiram
como cães, colados ao casario. Tudo

num átimo perpasso e já
me vejo de volta ao terraço.

Tem o senhor torvados os sentidos –
ironiza o Poeta –, um emaciado aspeito,
como quem, ao ver de Satã
os adumbrados talentos, sente
no peito o ruflar do coração
e um insaciado desejo de tornar
aos idos tempos em que, isentos
de penas, vivíamos todos insofridos,
livres de quaisquer contratempos.
Surgiram então as Harpias, aves
de mau agouro, que esvaíram os sobejos
da Idade de Ouro e prenunciaram
os hodiernos tempos: Celeno, a Obscuridade;
Elo, a Tempestade; Ocítoe, a Velocidade.
Habitam o vestíbulo dos Infernos
em cujo ceno foi a Igreja
voltear seu turíbulo, para incensar
a ira do Pai da Mentira.
Fraco me parece seu estômago
para estacionar em tal sentina,
tamanha a imundícia contida
em seu âmago, gerada pela impudicícia
de quem fez da batina avental
de magarefe, oculto blefe, cuja
manha, subliminal, é insulto
descarado, ato de cinismo escarrado
na face do Cristianismo.

Demolida foi a obra divina
pela serpente, como bem sabe o senhor,
introduzida sub-repticiamente no Terrenal
Paraíso, em penhor do livre pensar.
Com seu viso de fera domesticada, fez
da mofina Eva uma tola arrematada;
e depois de flanar pela estiolada herdade,
ano após ano, foi dar a bestiola a um
desvão que a levou ao porão do Vaticano.
Ali, acoutado em meio a descomunal
tesouro, dispartido pelo Bezerro
de Ouro e avidamente acumulado,
viu-se o Demo perdoado de seu erro;
e investido de inesperada graça,
vestiu-se de púrpura romana,
cobriu-se com mitra e para coroar
a trapaça acaciana, ao som da citra
e com ares de Alfenim, se pôs
a cantar eclesiásticos hinos em Latim.

Difícil não lhe foi se ver
recebido na Cúria como cardeal,
dada a incúria ali reinante quanto
ao banimento do mal, a bem dizer
flagrante, refundido com nova
arquitetura, portento de escuridade,
impostura acobertada pelo dom
da infalibilidade, privilégio
soberano gestado no Concílio do Vaticano.
Ficou assente que, por especial

assistência divina, Igreja e Papa
falam sempre veramente em matéria
de dogma e moral. Assim reza
a doutrina e não há nisso léria
nem pilhéria, pois se mentem por mera
conveniência, há de ser vera
a mentira em sua essência.

Foi destarte que, em decorrência
do orifício encontrado pela serpe
no empedrado e vaticano muro,
gerou a demência o Santo Ofício,
católica irrisão cognominada
Santa Inquisição, malfadada máquina
supliciante maquinada pela
clerezia ignorante para fazer
de cada réu herético um habitante
do Céu, após sofrer razia
que o tornava esquelético, uma pobre
criatura purificada alfim pela tortura.
Nada se assemelha
tanto à verdade quanto uma boa
grelha – diziam os algozes,
inspirados por ferozes intentos,
a preparar seus acicates, torqueses,
alicates e outras ferramentas
com que – abortados rebentos,
gerados por bruxas sedentas – extraíam
os exarados autos de confissão.

Silencia o Poeta, a sondar
o Infinito, e eu, debatendo-me
em conflito, procuro coadunar
a pira, que na memória continua
a arder, com o desenrolar de minha
história pessoal, iniciada
na pia batismal. Perjuro não sou e jurei
defender a Igreja, ainda que ímpia.
Pertencente embora
à grei romana, fiel ao *agnus Dei*
e sua Lei, é hoje o senhor ciente
do que na infância não poderia
saber – atalha o Poeta, do qual
emana uma aura de elegância.
E com gesto em que se nota
manifesto desdém, murmura: Deus
nos valha. Amém! –
Tira do bolso uma gaitinha,
a tal que me tinha soado
na íntima estrutura, e com desenvoltura
sopra a languidez de um fado.
Eu, por minha vez,
continuo atarefado, a lutar
com a consciência pois é de toda
evidência estar o Poeta coberto
de razão quanto a haver sido
Satã entronizado na Santa Sé,
onde passou a inspirar
os abominosos autos-de-fé.

Deixo-me ficar, por um momento,
a contemplar as ideias que vicejam
na vasta campina, onde cada
pensamento parece brotar da cardina
aderida às concavidades de meu crânio:
são verdades e mentiras que
rastejam e se engalfinham em busca
de uma saída nessa paisagem fementida
na qual definham as certezas.
Súbito, um volume descomunal
e tetro obscurece o fanal da Lua,
cujo lume – *vade retro satana*! –
agora mana do empedrado da rua.
Em meio à forma espectral
rugitam vozes que se põem a dizer
coisas atrozes. Gritam umas, outras
sussurram e aos poucos tudo
se deforma em sonidos roucos,
em transidos gestos que esmurram
o vazio em crescente desvario.

E eis que em movimento
abducente desfolha-se o conspecto
da criatura, antes que meu
circunspecto pensamento lhe possa
decifrar a catadura. E ante meu
exame transmuta-se o vulto
num enxame de máculas esvoaçantes,
mariposas funestas e ameaçantes,
dráculas, miniaturas cujas figuras

odiosas me trazem à lembrança
uma abastança de histórias indigestas.
Aproximam-se em voo rasante,
e eu lhes diviso o olhar rubro
e brilhante, de causar enjoo, um
viso de rancor provocado certamente
por uma dor ingente
que mantém o cortiço obcecado.
São as almas dos justos,
dos albigenses – diz Homero a bater
palmas para as manter ao largo,
como se o amargo esvoejar pudesse
me causar dano. Em remoinho,
a obedecer secreto plano, circundam-me
as ínfimas figuras, a amaldiçoar
seu infortúnio, alçam-me às alturas
e, íntimas do ar e de sua
eterealidade, arrastam-me em grande
velocidade a uma pequena
cidade que, sem tardança,
reconheço ser Albi, na França.

O que há pouco no varejo
presenciei junto aos templários agora
vejo no atacado, enorme fogaréu
ateado por mercenários sob centenas
de criaturas que lançam aos céus
suas desventuras em lancinantes
gritos, dos quais os mais aflitos
jorram das gargantas de infantes

envoltos já por mantas comburentes
e fatais, insufladas por demônios furentes.

Debatem-se as mães,
atadas a estacas, enquanto os cruzados,
afanados como cães raivosos,
atiçam-lhes o pranto com esgares
e gestos obscenos que redobram
os pesares e o desespero dos pequenos.
Impotentes, lançam os pais
a maldição sobre os algozes, cujo
destempero e acridez agravam
a condição dos penitentes, ao verter
mais pez e alcatrão sobre as fogueiras.

Em meio à fumarada avulta
Simón de Monfort, comandante
da cruzada, de rudes maneiras,
face estulta e rompante, duros
hábitos castrenses, que há anos
porfia em erradicar a heresia
dos albigenses. Em Beziers, ao lhe
indagar um conde o que fazer
com os que não eram hereges,
respondeu: Matem todos eles. Deus
há de reconhecer os seus.

Agora, nesta praça, entre os gritos
da multidão, desfere com exação o golpe
de graça na rebelião dos cátaros.

Caminha Monfort sobre
as cinzas e, satisfeito com o resultado
de sua façanha daninha, leva a mão
ao peito, onde lhe bate acelerado
o coração, ainda conturbado por sua
sanha assassina, e ergue aos céus
o olhar compungido, para agradecer
a Deus ter sido ungido pela sina
de se encontrar neste lugar e poder
exercer o papel de carrasco,
eliminando o nefando crime
que à Igreja provocou tamanho asco.
Dezenas de milhares foram
enviados a cumprir suas penas
e atormentados já devem estar
sob os olhares das hostes infernais.

Derruído pelo espanto e sacudido
por uma convulsão que parece
minar minha resistência, tomado
sou de inesperada abnuência
e me ponho a zanzar sobre
o cinéreo manto, vedando
o nariz com a mão e ansiando por
súbita anosmia que me livre
do ascoso odor. Estamos em
sintonia – grita Homero com
morboso semblante. Atormenta-me
igualmente o fedor, não obstante
serem meus nervos de aço. –

E num giro da mente deixamos os
protervos cenários e retornamos ao terraço.

XIV

Consistiu a profana crença,
a heresia, no seguinte: Afirmar
a existência de dois Criadores,
o Deus propriamente dito, com residência
nos Planos Superiores, um Ser bendito,
alheio à deletéria matéria, e um
Demiurgo, invejoso dramaturgo, fazedor
do universo e da humana gente,
contrafação inconsistente do glorioso
Mundo Verdadeiro, gerado pelo primeiro;
negar a encarnação de Cristo neste
errabundo Planeta, paradeiro
do demônio; evitar a procriação
e viver em casto matrimônio, ingênua
e original maneira de colocar ponto final
nesta irreal e charqueira existência.

Gozo por um momento a placidez
da noite, a suspensão do pesadelo que
a fatalidade fez descer, tempestuoso,
sobre aquela cidade, modelo de virtude,
na qual a pulcritude fazia parte do cotidiano.
Já nem me preocupo em
perguntar qual a origem das poltronas
que acabam de assomar, com ares
de matronas, do terraço ao fundo,
a derramar, no exíguo espaço,

seu corpanzil rotundo. Encontra-se
Homero apoltronado, a fumar
um charuto, com semblante austero,
quase senil, como que talhado
em bruto. Surpreende-me vê-lo
assim, envelhecido, o rosto empedernido,
talvez pelo desgosto de volver à vileza
estreme, a qual, rememorada,
parece renascer.
Viu o senhor apenas a extremidade
da cauda do dragão – diz ele –
cuja iniquidade defrauda o cerne
da religião cristã deglutida e jazida
na pança do Leviatã.

Fixo o olhar na porta enferrujada
que me espreita da garagem e nela
vejo refletida uma imagem,
de início esmaecida, morta, mas logo
em perfeita sintonia com meu
pensamento, nascida talvez da atonia
de que eu padeço. E então começa
a surgir, sobre um cabeço,
ao longe, um ser hagiográfico,
mitrado. Ubaldo Allucingoli –
sussurra o Poeta – entronado papa
como Lúcio III. Melhor seria
chamar-se Baldo Alucinado,
a pender, enforcado, de um ramo

de golí, por estabelecer
os fundamentos da Inquisição.

Olha-me a figura com riso
matreiro e, amanhando os santos
paramentos, se vai aos poucos
transformando no malsão Pai da
Mentira, instigador da ira e da tortura.
A seguir, na tela improvisada, a boca
escancarada do Maligno regurgita
uma procela de iniquidades, macabro
cenário em que se agita indigno
serpentário, cujo fabro, com magia
circense, tornou crimes em
banalidades, fez da sanguinosa orgia
dos Bórgia uma valsa vienense, mudou
a estrumeira inquisitorial em perfumosa
floreira, apagou da História todo
mal causado aos muçulmanos
pelo gládio cruzado, genocídio
de povos indígenas, seguidos
de deicídios, para gáudio de gentes
alienígenas, sem quaisquer abossaduras
na consciência, por se verem tais
criaturas em decretado estado
de não existência.

Tão chocantes e verdadeiras
são as cenas que eu acabo atontado,
como ao tempo em que bacantes

me arrastavam a estroinices e bebedeiras,
cujo resultado contrastava com meu
natural infenso a sandices.
Ante o fatal e imenso abismo –
que há muito é já truísmo – entre
a doutrina apregoada pela Igreja
e a latrina escavada em seus fundamentos,
vão-se de mim as ilusões derradeiras
que tantos momentos de dor aliviaram.

Deixo-me ficar, inerte,
nas lindeiras paragens do vazio,
debicado em meu Ser pelos tormentos
que acabo de ver, amargurado
com o fastio de tais imagens irrefutáveis,
acortinadas por afáveis doutrinações,
semeadas com instância
nos valadões de minha infância.

Mas algo em mim reage,
o menino talvez, ou o que nele restou
do ensino marista, dada minh´alma
em gage pelo juramento apriorista,
feito sob encantamento ante o altar
da Virgem. Respiro fundo, até me voltar
a calma e, saindo da vertigem,
deixo para trás o fosso imundo
e seu maligno colosso.
É infindo o bem que nos legou
a Igreja, digno de todo encômio –

digo finalmente. Se no passado negou
Jesus e com demente estatuto fez
de seu legado um manicômio, decorreu
já o tempo de luto, cobriram-se de breu
os malefícios e restam hoje obras
de arte, monumentos, edifícios que
atestam outros momentos à parte,
em que a privação dos sentidos
cedeu lugar aos valores da civilização.

Sopra um vento repentino
e a fumaça do charuto, que sai
com o alento de Homero, traça
no ar, em estilo serpentino,
um sinal de interrogação, cujo
escomunal perfil, depois de flutuar
ante meus olhos, rodopia
na viração e se dilui em mil
interrogações, que se levantam e se
antepõem como abrolhos,
a minhas divagações.
Seus pensamentos se atarantam
numa entropia – ironiza o Poeta.
Não há fragmentos no fluxo
do Tempo, que é, na verdade,
Eternidade. Cada instante desliza
sobre o anterior, num afluxo
constante, como um rio sem nascente
nem foz, esteja ou não o senhor ciente.

A nosso critério domesticamos
o Mistério e criamos o tempo,
imaginando-o veloz. Colocamos uma
coleira na Eternidade e a mantemos
na soleira, a cuidar de nossa herdade.

E enquanto nos entretemos, a ver
o tempo passar, fica ele no seu
canto, sem nunca descompassar.
Seja cá dentro ou lá fora, presente,
passado, futuro, vivemos somente
no Agora, não há divisão, não
há muro; e o que se pressente
ou vemos em movimento vive
sempre o mesmo estado, é na verdade
estamento, ave que voa parada
em meio ao nada.

Praticado o ato está, de imediato,
fixado no eterno Agora. O universo –
já o dizia Leonardo, ao arrepio
do saber moderno – vive e se move
sob o resguardo e alvedrio
de uma virtude espiritual, uma
potência que, em sua essência,
é incorpórea e impalpável.
Alude o magno pintor ao axial
Amor divino, de inimaginável poder
que, além de suster o universo,
serve-lhe de hiperbórea direção,

sem a qual, em perverso destino,
perderia o tino e ruiria
em inevitável dissolução.
Nesse âmbito amorável, nessa
virtude espiritual, tudo – tanto no
plano universal quanto em outros,
de oculta magnitude – tem sua existência.
Ali, alheia à nossa ciência, avulta
a Eternidade, um grão de areia
perdido na imensidade divina.
Em tal amplidão, estática
e dinâmica, flui a inerte vida
adâmica, a qual, num aparente
momento, gerou a solerte casta
arlequina, responsável pelo tormento
da Inquisição. Ainda arde a fogueira
ateada à beira do Sena e mil
outras queimam, sem alarde, pois
esquecido não foi o abominável
crime nem o fogo arrefecido.

É a Eternidade o adurente
processador da Infinidade, indiferente
mecanismo que tudo engole – pirâmides,
linhagens reais, tiranos e sua
prole, civilizações, heróis, vilões,
exércitos expeditos, planetas e suas
órbitas porretas –, para, afinal,
depois de nos moer, da moleira
ao terminal do rabo, verter o néctar

agridoce que os deuses, tomados
de leseira em seus corpos rotundos,
com desvelo e dois cubos de gelo,
saboreiam no entardecer dos mundos.

Solta Homero outra baforada,
cuja fumaça, em alterada fisionomia,
traça no ar uma batalha,
na qual uma horda de cruzados
porfia em liquidar alguns mouros
desgarrados, cujas cabeças, depois
de cortadas e privadas de seus couros,
pendem de uma corda. Um colar
macabro – sussurra um crânio
glabro. E o Poeta se põe a rir
e a esmurrar a mesa, a caturrar,
enfim, por não poder eu, pobre
dardânio, resistir àquele cerco,
ao aluvião lustral que leva de roldão
a iniquidade universal.

Para aliviar a tensão provocada
pela desconjunção do seu pensar
infante e dada a blandícia
da noite, sugiro deixemos a paludial
atmosfera do Mal, com sua
impudicícia, e caminhemos
pela esfera celeste, onde ao fero
existir humano se antepõe
um outro plano – diz Homero

a emergir da fumarada – no qual
Zeus dispõe de seus poderes
para gerir não só a alcantilada
Via Láctea como também
o viver dos seres humanos.

Mas acaba o senhor de afirmar –
contesto – que tudo tem sua existência
no amor divino, a tal virtude
espiritual. Supus ser Deus o sujeito
de tal referência e agora Zeus
ocupa seu lugar seguido certamente
pela celsitude olímpica, em alvar
e despiciente incoerência. Tem o senhor,
ao que parece, pendor para
fazer da comédia uma paródia.
Poupe-me de tal salmodia –
responde – pois adentramos no brejal
da altercação. Zeus, Deus e tudo
quanto possamos instalar em nosso
altar são apenas suposições,
necessidade de transcendência, especulações
quanto à origem da vida, do universo;
razão pela qual devemos chegar
à anuência quanto à torcida
Verdade, cujo império etérico
e homicida faz do mundo
um campo cadavérico.

Não tome tão a sério o que
lhe digo. Aqui persigo somente
um relampo capaz de iluminar
seu cogitabundo existir, de molde
a se deixar abluir pela catarse
que este diálogo esparze sobre
sua cabeça, embora no momento
pareça mais aborrecê-lo.
Pesa-me vê-lo assim, à deriva,
pois tal estado o priva da lucidez
e tece ao seu redor um emaranhado
de insensatez. À menor oposição
o ego se engrandece e submerge
na ilusão; cresce o desassossego,
perde-se o foco, o espírito, em sufoco,
diverge da matéria; e por inteiro
naufraga o senhor, sobranceiro,
no caos e na miséria.

Deixo-me envolver no felpudo
casulo de sua argumentação,
aceitando-a como válida por não
parecer cabeçudo; e, adotada
a circunspecção, espero de gandulo
sair transformado em crisálida,
para romper o meu acanhamento
e voar a pleno entendimento.
Cumpra-se o imaginado –
murmura o Poeta – e logo se
transfigura meu aspeito, vendo-me eu

provido de asas, a voar feito borboleta;
e a meu lado Homero, não mais
provecto, como há pouco, mas
a percorrer o ar em louco esvoejar,
sem qualquer tento, como quem
se movimenta em seu elemento.

XV

A mim se apresenta o abobadado
espaço um tanto ababelado, tal
a profusão de seres a transvoar ali,
em meio à confusão, com grande
estardalhaço. Não só insetos, aves
noturnas e morcegos, de hábitos
discretos, mas soturnas entidades
astrais, advindas de pegos surreais,
perdidos nos confins do Hades;
e outras, de lindas feições, fadas,
sílfides, elfos, devas e entes afins.
Superados ameaçadores aluviões,
contornados abismos e montanhas,
penetramos nas entranhas da sombria
selva, afombrada de relva e pontilhada
de estrelas. Em humanos corpos
caminhamos sobre elas, imbuídos
de bilaquianos sentimentos, a alma
alumbrada pelo indizível.

Somos deuses a perlustrar
o imarcescível universo! – exclama
o Poeta. – Ignominiosos pensamentos
avultam em minha mente, nada
condizentes com meus princípios
humanitários. Saltam os pés e com
ânimo perverso e movimentos
atrabiliários esmagam os astros

luminosos, deixando fosforescentes
rastros no chão.
Civilizações em ascensão
ou decadentes deixam de existir e eu
me ponho a rir, tomado de ânimo
enfadonho, próprio de um deus.
Na fatal brincadeira – arremata
Homero – liquidou o senhor, sem um
adeus sequer, uma galáxia inteira.
Tais estrelas, sei-o bem,
por ciência infusa,
são pijucas, cogumelos dotados
de azul fosforescência,
a brilhar como lucivelos
no breu da noite. Mas uma ideia intrusa
traspassa a couraça de meu crânio:
Que necessidades nos levaram
a trilhar o caminho de tais
entidades noctilucas?

Por um momento viveu o senhor
o endeusamento – responde o Poeta –
a sensação de ter nas mãos,
ou nos pés, se preferir, o poder de
preservar ou destruir. Não se trata
de mero jogo, pois ao esmagar cada
cogumelo estava o senhor a viver
o anelo de reinar sobre a natureza
e o próprio universo. E o fez com
toda rudeza e instinto perverso.

Sua momentânea paráfora é, de fato,
metáfora, *a coroa da Criação*,
mistifório de ostentação, poder
e loucura. Com o rabo no trono,
o deus humano, sem saber o que
procura, acaba por dar cabo
de quanto o rodeia; e como se acha
sem peia, se lhe antolhar
a veneta, qual voraz leirão,
há de devorar todo o planeta.

Se não me rateia a memória –
contesto – ouvi do senhor a história
de sermos deuses amoráveis.
Agora sua mente serpenteia
em direção antagônica e, de repente,
me vejo alçado à condição de
responsável por estar a Terra agônica.
Deuses, sim! – grita ele. Amoráveis
e respeitáveis em tese, pois na prática
não pode ser enfática tal assertiva.
A anamnese, de que nos fala Platão,
não inclui a recordação de tal
divinal estado, para se evitar
o mal daí decorrente. Mas não
se ofenda nem tome por reprimenda
ter eu tornado evidente sua tendência
à violência. Saímos a passeio
e não o quero desmotivado
em meio a tanta beleza.

Fico aparvalhado ao ver surgir,
do vazio, a magnífica figura de uma
sílfide, que em meio ao vozerio
se põe a cantar uma canção
de ninar. E não obstante
sua pequena estatura, inferior
a um palmo, sinto-me, no mesmo
instante, cativado e calmo, embevecido
por jamais ter observado algo parecido.
Envolta em etérea luminosidade,
a criatura aérea paira à minha frente,
com fremente bater de asas, qual libelinha.
Hipnotizam-me o canto abemolado
e o alado corpo da donzelinha,
recoberto por um manto diáfano
que deixa entrever formas perfeitas,
embora imprecisas, rarefeitas,
excitadas pelo afano de se mover
em posição estática, prática
a que está afeito qualquer ser
pertencente à quarta dimensão,
acima de nossas limitadas
teorias materialistas. E assim,
em dormente condição, entrego-me
a suas imprevistas intenções.

Permita-me esfregar o chão
de suas emoções – diz ela, a segurar
balde e vassoura, o que a meu ver
lhe desdoura o gualde senhorial,

sua aura de ser quase irreal.
A criaturinha começa a rir
e para minha perplexidade,
levada por vento de inesperada
tempestade, que torna lamacentas
as vertentes de meu pensamento,
entra-me pelas ventas, com expressão
afadigada de quem se entrega
a intenso lavor, e se põe a voar
em meu espaço interior.

Uma coisa é saber, teoricamente,
da existência de universos paralelos,
outra, bem diversa, é ter, sem anuência,
um gênio do ar a voar meteoricamente
em meio a nossos mais secretos
anelos e, por ação reversa, vê-los
dispersos e transformados em dejetos.

Entrada na privança da caixa
torácica, se põe a sílfide, sem tardança,
toda concentrada, a retirar a cica de verdes
emoções que, aderidas ao predeterminado,
tornaram-me pesado, propenso
a ilusões. Depois, pingueleando,
vai ela desaranhando a arquitrave
de meus lobos cerebrais, dos quais,
em revoada, saem fobos a guinchar
na abobadada nave do passado,
em cujo vigamento uma boa soma

de carcoma há muito fez
seu prendimento. Anojado, meu Ser
ressumbra um suor gosmento,
gerado na penumbra do embotamento.

Lesto, a cuspinhar e a casquinhar,
prossegue o gênio áleo, em seu
andorinhar, até eliminar o estado
funesto de meu ser dedáleo. De volta
ao proscênio, coberta de fuligem,
qual limpador de lareira, desperta
em mim uma caligem, um sopor,
uma leseira, dos quais a risível figura
procura me remir, pondo-se a rir.
No início irredutível, não por
vontade mas por me ver em estado
adventício, de caducidade, acabo
vinculado ao seu humor e deixo
escapar um sonoro gargalhar,
que abate a mor parte
de meu fragoso acicate.

Peço-lhe que não me leve a mal –
diz a figura, a estirar o corpo
e a recompor a compostura original –
mas seu estado é de lascar.
Há uma cópia de bolor nas engrenagens
do seu pensar, que uma vez
congesto, abarrotado, deixa manifesto
o aspecto mesto de seu existir.

Tem o senhor o intelecto imerso
em puro lixo, o que o torna prolixo
e disperso, a fazer de cada intuito
um curto-circuito, razão pela qual,
embora original, é de baixo
rendimento seu pensamento.
Limpei o duto das emoções,
reduto de ilusões, ratos a roer os fatos
da Realidade e a cobrir de caganitos
os granitos da Verdade. Passei o esfregão
em cada recanto de seu coração, lavei
os pulmões, cuja inhaca me causou
espanto, lubrifiquei tendões,
cartilagens, espanei as imagens do antigo
santuário, erigido na infância
e hoje mantido com relutância,
superado o interesse originário.
Para concluir, calibrei o estresse
da terceira idade com algumas
libras de sensualidade. E agora,
se me dá licença, cumprida
a avença com nosso Mestre Poeta,
vou dar o fora desta treta
encardida, enredo bordado
a medo na tela do seu passado.

Ah! Um momento... vejo
em seus olhos um elemento errático,
no qual vicejam restolhos de um
viés (odeio essa palavra) psicopático,

rebento de antiga lavra semeada
em sua cachimônia, que até hoje,
com acrimônia, lhe escalavra
o coração; uma aparente poeirinha,
na verdade erva daninha
a lhe distorcer a visão.
Permita-me então mais este
gesto de amor. Tenho aqui um
espanador, cuja plumagem, de fina
tessitura, retirei das asas
de encantador querubim.

Põe-se a criatura a cantarolar
e a espanejar a miuçalha; e como que
tomada por repentina malucagem,
dança, gargalha, avança, retrocede,
numa coreografia aparvalhada que
parece proceder de surreal cartografia.
Está o senhor – diz afinal –
em pleno uso de seu aparelhamento
visual, livre de todo abatimento
arquitetado no ceno de algum ser
abandalhado, o qual, ao lhe alterar
a visão, o fez perder o tino e reduzir
seu destino a uma tola irrisão.
Perdoe-me que lhe diga com
a sinceridade de uma boa amiga,
andou o senhor como Camões,
a enxergar a meias. Retrato-me.
A bem da verdade convém lembrar:

apesar de peias e privações, mais via
ele com um só olho que a mor
parte da Humanidade, travada com
o ferrolho da mediocridade, mergulhada
no torpor de um existir banal.
Quisera eu chegar-lhe o fogo ao rabo,
fazê-la arder como fanal, a ver se
ao cabo se punha tesa, desempenada,
qual Fenix ilesa, restaurada.

Noto-lhe, no viso, achar-se o senhor
indeciso quanto à veracidade do que
lhe digo. Abramos pois um postigo
em seu peito e visitemos a cidade
erguida na sua herdade, da qual
seu ego foi eleito prefeito. Respire
fundo, refreie o espanto, monte
o corcel do desapego e… aqui vamos
nós a visitar o Eu profundo mencionado
em loa por Fernando Pessoa. –
E assim, com ar afanado,
ela separa minha carne e nela
escancara uma janela.

XVI

Vejo-me ante mim, transmutado
em gigante; e, arrastado pelo braço,
penetro naquele espaço, a voar
entre costelas que me parecem
enorme travejamento, em cujo
vão ouço pulsar o coração.
Foge-me o raciocínio e me deixo
fluir naquele domínio, qual ave
a planar em meio à nave
de vetusta catedral. Porque agora
já não há órgãos a soar em mim,
sou apenas um vazio a percorrer
um vazio sem fim.
Ao que tudo indica, o seu Eu
se escafedeu – diz ela a rir. Está
o senhor sem conteúdo, já não há som
nessa cuíca, nem água a jorrar
de sua bica; ausente o ar, despenca
do céu a cambacica, silenciam
os galhos da oiticica, morre no seco
a mariquita; bêbados lamentam
o extertor da barrica, desprende-se
da não-orelha a pendurica,
morre de sede a burrica, põe-se
tiririca o tradutor do poema
por não encontrar rima rica.
E para arrematar esta futrica,
dou-lhe uma dica: sigamos

a intermitente luz daquele luzica
a volutear, com leseira,
em direção à caveira.

Sai o vaga-lume pela abertura
de meu peito; e como quem assume
a postura de um guia, ascende,
num voo perfeito, rumo ao topo
da cabeça, desolado outeiro, sobre
o qual se ostende o tropo sagrado,
ali crucificado, contrafação do verdadeiro:
Jesus, em icônica atuação de Marlon
Brando, nédia figura, posto que
agônica; o bom e o mau ladrões,
vividos por James Dean, suave
alfenim, e Jack Nicholson,
com seu costumeiro ar zombeteiro.
Entre as cruzes de Brando
e Dean, a baloiçar sobre as urzes,
vejo uma rede, na qual repousa
Homero, a sorver a água de um
coco. Estas cenas sagradas
dão-me sede – diz ele a rir.
Dos olhos da caveira ciclópica
projetam-se fachos de luz
estroboscópica e o som de uma
gafieira. É animado e vário
o seu calvário! – exclama o Vate,
o rosto banhado por salutar disposição,
proceder natural num pagão,

sem que nisso haja qualquer
desbocamento ou derrisão.

Voa a donzelinha através
da órbita descarnada e quase se vê
abalroada por uma andorinha
que exorbita. Alça-me o anseio
de adentrar no veio do meu Ser, a ver
se posso lá encontrar a tal essência
que dizem sustentar a humana
existência. Contudo, fatal surpresa:
ao transpor o portal, deixo de supor
e constato um tanto estupefato,
nada mais haver, em minha cachola,
se não antiga vitrola a soar sobre
velha mesa. Não há *spots*, projetores,
holofotes, embora centelhas ainda
se projetem aos magotes sobre os
estores da câmara mortuária, antecâmara
da Eternidade sobre a qual semeio
e colho a messe da vaidade.

Minha razão, antes ufana,
agora encolhe e titubeia; e o coração,
embora do corpanzil ausente, bate
mais intensamente. Como arremate,
em estado febril ardem-me os miolos
ao se porem os tijolos da funérea torre –
teatral efeito – a bailar. E logo
o cinério arcabouço começa a desabar.

Apagam-se as luzes, rompe-se
a cúpula craniana, saltam as cruzes
de seus pedestais, deambula um corvo
sobre a viscosidade que dimana
das rachaduras, desmancham-se
as descomunais estruturas; e, brutal
fatalidade, repentino sorvo engole
a criaturinha e eu a vejo mergulhar
no brilho do olhar galhofeiro
com que Homero se avizinha.

E a concluir tal enredo
estapafúrdio, Marlon Brando, com
trejeitos de ator do *Actor's Studio*,
acende um cigarro e limpando
dos peitos o pigarro, assume
um ar grave, ajusta o diapasão
e solta o camaleão vocal
a se arrastar no deserto do Mojave:
Meu caro Homero. A maior aventura,
por certo, que este seu aprendiz poderia
viver, seria dar fim à leitura,
que lhe abaula a cerviz, vestir calção
e camiseta, livrar da jaula os pés
e a ilusão, embarcar numa barqueta
e se lançar ao mar.
Falta aos literatos o contato
com o chão, coisas reais nas quais
deitar a mão, fatos evidentes em que
possam cravar os dentes; e, sobretudo,

a decisão de abandonar ilusionismo,
mesmerismo, metamorfismo, tudo
enfim que prejudique o organismo.

Inclua-se aí o aforismo. E na
infância, o excesso de catecismo.
Em alguns casos, a arrogância
e a abastança de cinismo
e o pretenso anarquismo. Ao hipertenso
recomendo abandono da gramática
e a prática do ciclismo.
Ao concluir, infla-se o corpaço
do icônico ator até explodir, qual
atômico reator, um canhonaço
que nos devolve ao terraço.

Caímos no colo das poltronas,
acolhedoras e bonachonas senhoras,
a contrastar com o gargalhar de Homero,
cujos pés, igualmente atacados de riso,
sapateiam no piso, em dança despiciente
a espicaçar meus já abalados nervos.
Mas sem tardança, ao me ver
alquebrado, procura desengraçar o ar
debochado, depura o olhar, cheio de malícia,
modera a letícia, procura um meio,
enfim, de afastar a negrura que
de mim se apodera; mas, sem aviso,
o humor retorna, a boca se retesa
e num esgar entorna um gargalhar

fulgurante, que afasta o estupor
e me submerge em frêmito contagiante.

Quase a ponto de sufocar, o Poeta
entra a fungar, num engasgo amargo
que lhe seria fatal, não tivesse
ele já se posto ao largo, em obediência
ao fado, para dar com o costado
no canil onde late o brutal e áspero
Cérbero. Seu rosto, de um azul-anil,
parece tão decomposto que um frio
arrepio me percorre o espinhaço
do cóccix ao cachaço, avulta nas pernas
e me catapulta sobre ele, que parece
estar morre-não morre.
Esmurro-lhe as cavernas costais
e um grito aflito, de emanações
imateriais, lhe salta da garganta, cai
ao chão e logo se levanta; minúsculo
ser de feições ancestrais e olhar indeciso.
É o riso – murmura Homero, cuja
aflição parece findar. Olha-nos a criatura
e se põe a chorar, talvez por se ver
sem um ser no qual habitar. Com gesto
sutil e carinho manifesto Homero
toma nas mãos o corpinho indefeso,
leva-o à boca e, num rápido gole,
o engole; e novamente o riso,
desentoca, de início tímido,

a crescer lentamente até engolfar
o Poeta num amplo e sonoro gargalhar.

Custa-lhe um pouco voltar
à respiração normal. Acende um cigarro,
vai a um canto expelir um catarro e,
com vozerio rouco, inicia uma falação
à qual não falta encanto, embora
me custe lhe captar o sentido. Fico
a olhar o casario que tem, ao luar,
um tom esmaecido. A voz de Homero
estertora num sussurro e súbito cresce
num urro de urso a buscar intercurso
com a fêmea. Meu coração emudece
e a mente, gêmea do medo,
busca retomar o enredo.

Desculpe-me se o assustei –
diz ele. Deixei-me levar pelo entusiasmo.
Falava comigo mesmo, em Grego,
sobre a arte da magia e, no final,
arrebatou-me um espasmo do ego.
Concluída a algaravia, prossigamos
na leitura do jornal de sua vida pessoal.
Impressionou-me o ocorrido
na outra dimensão – digo eu – e estava
aqui entretido a buscar um sentido,
a decifrar alguma eventual simbologia
no que o senhor desenhou com maestria.
Poderia me dar algum indício

que me possibilite decifrar o ror
de mensagens estampadas
na trama desse magnífico lanifício?
Símbolos não se explicam –
responde o Poeta – e cada um
os interpreta à sua maneira.
Mas onde há atores a atuar, é certo
depararmos um teatro.

XVII

Fale-me do branco – sugere ele.
Houve um momento em sua
vida no qual essa cor, hoje
esmaecida, lhe causou grande
estupor, uma aflição, um tormento
que embora lhe fuja ao pensamento
ainda lhe confrange o coração.
Vejo que se constrange por ter
a memória em branco no que
respeita a tal história, ou por lhe
obstar o pejo de ser franco desta
feita e me contar o episódio
que lhe causou tamanho ódio
e o obrigou a uma revista quanto
à convicção de ser um pacifista.
Feche os olhos e no amanho
de suas recordações, entre os escolhos
que a pique puseram suas ilusões,
deixe emergir o branco oculto
em meio a tantos outros.

Viveu o senhor inúmeros
brancos, dos mais variados tons:
do leite materno, cujo alvor,
não obstante o sempiterno amor,
viu-se manchado de lamúria
e prantos pela dor decorrente

da amamentação; do fremente
corpo feminino, pálida tentação
que o levou, quase menino,
a percorrer o caminho libertino;
das casas em Ibiza, onde pensou
um dia viver, ou da Grécia,
remissa de um plano que, de lhano,
desandou em facécia; do papel
feito batel em sua infância,
ou suporte de seus dilemas, de sua
relutância, traduzidos em desenhos
e poemas; dos vermes gerados pela
morte, ponto final de árduos
empenhos que, exarados com tanto
esforço, restarão inermes; da tela
imaculada na qual, como pintor,
risca o senhor o escorço da velada
realidade; do "Fantasiado",
pintado por seu amigo Mario
Gruber, com uma infinidade
de brancos, em diversos tons, fustigo
e obituário de detratores invejosos
de seus dons; de Jerusalém,
ao entardecer, quando o senhor
e sua esposa, diante da mesquita
de Omar, viram o mármore
transcender a matéria finita
e ganhar uma aura aurisplendente,
como se o Sol, num gesto reverente,
se tivesse posto de joelhos

em gigantesca almofada, para beijar
o rosto da cidade sagrada; de rosas
encorpadas, olorosas, a vicejar
num jardim – em delicadas nuanças
de jasmim, branco azuláceo, diria
quase ninfáceo – e que, embaladas
pela brisa e banhadas de luar,
parecem dançar ao som de uma romança.

Não só no jardim mas também
em mim cresceu a roseira que
o senhor agora rememora, com
prazenteira malícia – digo eu. Vem-me
à lembrança uma abastança
de sentimentos infelizes que se lhe
apegaram às raízes. Uma planta
frondosa que minha mãe, com rudimentos
de jardinagem assentou ao lado
da garagem, numa casa alugada
por meu pai, da qual
se viu afastada quando
a doença a acometeu.

Majestoso era o porte da roseira,
que embevecia quem passava pela rua.
E apesar do corte de inúmeras
rosas, das quais havia abundância,
ofertadas por minha mãe a quem
as elogiasse, novos botões emergiam
nas ramagens que encantadas pareciam.

Até o dia em que se deu o impasse.
Adoeceu minha mãe com
gravidade e rogou a meu pai que
a levasse para Niterói, cidade
onde nasceu e na qual definhou
até morrer. Não tornaria a ver
a roseira que, vibrante de energia,
continuaria a florescer, não a houvesse
o petrificante destino condenado,
por meu desatino, ao gume do machado.

Veio a lume a notícia de que
a casa havia sido, por mera
avarícia, alienada a um desconhecido,
sem que meu pai, a quem cabia
a primazia segundo a lei, fosse
consultado. Minha mãe ainda não
havia morrido e nós vislumbrávamos
uma réstia de esperança de que
ela superasse a daninha moléstia
e retornasse ao lar e à sua querida
roseira. Mas sem tardança o novo
proprietário, de gênio atrabiliário,
ignorando nossos argumentos
e lançando mão de meios violentos,
atirou-nos à rua. Chorava eu,
choravam os móveis à chuva, enquanto
meu pai tentava convencer os policiais,

que nos olhavam sem esmorecer
em seus desígnios fatais.

Esmagado pelo tormento, ocorreu-me
tresloucado pensamento. Peguei um
machado e ataquei a emaranhada
galhada, para chegar ao tronco. A cada
golpe que num galho repercutia,
a roseira se defendia com um
solavanco. Naquele desenxovalho,
estimulado pelo burburinho de minha
penúria, a picada de cada espinho
era uma bofetada a espicaçar minha fúria.
Despetaladas tombavam as rosas
e meus olhos choravam sem que eu
chorasse, pois estava num dilema:
desferia machadadas numa inocente
para atingir, com meu asco, o verdadeiro
carrasco, um sujeito indiferente,
pantomineiro, velhaco, que ao se apoderar
da roseira atassalhava meu peito.
O tronco despedaçado semelhava
sua cabeça e eu um Raskolnikcov,
um bronco em pleno delírio,
a machadar aquele bofe, a fazer
daquele martírio uma peça essencial
de um maquinário boçal. Obstei-o
da única maneira possível, decorrente
do amor devotado à minha mãe.

Está o senhor adumbrado
pelos fatos – retruca Homero. Não
nego a evidência do veneno que
tamanha ardência lhe causou,
a sanha, a feridade com que um
destemperado ousou não só transgredir
a urbanidade e lhe ferir os brios,
como ignorar a humanidade, a compaixão.
Tamanho pejo lhe causou
o despejo que passou a atuar como
chumbeira. Encontra-se o senhor,
desde então, trateado por lenta
combustão. Deite fora esta pouquidade
e semelhantes desenganos; retome
o deleite dos primeiros anos, quando
os queixeiros tiveram ingresso
no céu de sua boca e o próprio céu
era fiado por suas mãos, na roca de seu
ânimo, confiado, magnânimo.
Utilize o adurente combustível
de sua aflição como força ascendente
capaz de elevá-lo a um nível compatível
com a missão a si destinada.

Permita ao instante levá-lo em
avassalante movimento de alevantada
sinfonia, para, nas asas da Poesia,
dar cumprimento ao seu supino destino,
ou seja, transformar a vazia ilusão

na mais acabada consagração
da razia – conclui ele a rir.

Levanta-se e se põe a assoviar
e a dançar uma quizomba, enquanto
zomba de mim a sacudir a bunda.
Contagia-me o riso e eu me entrego
ao ritmo africano, enquanto
meu íntimo ignora o arritmo
do coração que, em verdade, chora,
posto que a razão reconhece o acerto
da palavra mas o sentimento
se apega ao desgosto inserto em sua
lavra, pois na bateia do escarmento
ele me enriquece.

Masoquismo confesso! – diz Homero,
sem qualquer traço de cinismo – um
embaraço, espesso nevoeiro a lhe velar
o altaneiro objetivo de poetar, muito
embora, mundo afora, uma grande mó
de poetas esteja a erguer tamanho pó,
que o jucundo Pégaso de antanho
se põe a tossir e a gemer; e por
não resistir à espurcícia da inspiração
adventícia, bate com as patas no chão,
a ver se Hipocrene lhe dá de beber,
mas em vão; e a infrene miúça,
a lhe entulhar a fuça, fá-lo
tombar do alto Empíreo – admire-o

enquanto cai, abatido gerifalto –
em direção ao chão, desprovido de encanto.

Deixemos, no entanto, a divina
cavalgadura e os pseudo-vates
a relinchar sua chatura e retomemos
o desencanto de sua sina e consequentes
disparates, após ter o senhor, dominado
pela cegueira, machadado a roseira.
Suponhamos que, isento
de estresse, houvesse o senhor fabulado
diverso intento, digamos... um legado
ao passante desconhecido, aquele
universo florido, como se a sua genitora,
ante a Eternidade, pudesse continuar
como gestora da felicidade alheia,
uma benesse abençoada pelo
anjo que a veio buscar.

Preservada a roseira, com este
arranjo sacado da algibeira, estaria
alterada importante faceta de seu
destino; e poderia hoje o senhor,
em discreta visita ao antigo lar,
colher infinita alegria ao contemplar
o roseiral, em supino crescimento,
a abarcar o jardim, o quintal,
a trepar pelas paredes, a invadir
os telhados e, para abrandamento
de seu esplim, subir aos céus

abobadados, em cujo cais tecem
os anjos as redes com as quais
pescam nossos pecados.
Ali, sentada num trono, envolta
em tênues véus, acompanhada de
querubins e outras entidades afins,
veria sua genitora florescer uma
pletora de rosas, a encanescer
ainda mais as adiposas carnes
dos vários seres sedentários,
dedicados à divina louvação –
noto que já o imagina –, o que
lhe daria aso a metê-las
num vaso loução a cada
entardecer, de maneira a arrefecer
o brilho e a zoeira das estrelas.

Considerando-se que ao ganhar
o firmamento passaria a roseira
a celeste, configurando-se um novo
abalizamento do plano sobre celeste,
o senhor teria poupado a discurseira
contra o desabusado e insano que lhes
tomou o lar, além de colaborar
para o aprimoramento da estância
divinal com o elemento odorante,
não obstante ser ela já perfeita
em sua emitância original e escorreita;
e seria eu sobremaneira poupado

desta canseira, cujo visado fim e única
função consiste em lhe açular a imaginação.

Contrariamente ao que na mente
se debate e nos desvãos do peito
me crava seu acicate fogem-me
as mãos (ante o perfeito desempenho
teatral, que desagrava a dor e torna
espectral o traço do meu desenho)
e se põem, para meu embaraço,
a aplaudir o ator. A sorrir,
curva Homero a cerviz e, movendo
comicamente o nariz, como que sorvendo
um afluente odor, turva o semblante
e, olhando ao redor, murmura, com ar
aliciante: Fenece a roseira,
arrefece a ternura; e os apegos
que lhe empecem o florescer
apodrecem e estão a feder.
Sugiro pois dê o senhor um giro
em seu parecer, que nos permita
repulsá-los em desova e baixá-los
sem delonga à cova,
pondo fim a esta milonga.

XVIII

Uma brisa suave move a nave
que, indecisa, singra o oceano do meu
pensar, em cujo arcano mergulho e vou
buscar o germe do meu orgulho,
que ora incita ora torna inerme
a minha alma aflita. Escondo-o na
palma da mão; e como não me orna
o parecer, hesito em dá-lo a conhecer.
Ri Homero e fá-lo aparecer sopito,
sob a forma de um camundongo.
Eis o mondrongo – diz ele – pejorativo
termo, alcunha de português.
Ante o rebarbativo tratamento
penso em pôr termo à caramunha,
ao abatimento que persiste. – Português
burro! – insiste ele, infenso com meu
vacilo. Daí provém o bacilo do orgulho –
arremata com um sussurro – a ementa
que eu agora desembrulho. Apodado
português burro, na infância,
viu-se o senhor acuado, um murganho
cuja ânsia era mudar-se em
manipanso, apagar do canhanho aquele ranço.

Português burro! – gritava a molecada;
e o apodo, embora pancada, açulava-lhe
o denodo. E assim, gota a gota, correu-lhe
nas veias o veneno; e de pequeno

indefenso, a poder de muita leitura,
cresceu-lhe o desejo de saber, germinou
a cultura e com ela avultou
o bagulho do orgulho.
A inciência é a cava do entono
aciculado, a eira em que o blasfemo
demo deitou o sal que tempera todo mal,
o entulho que libera o torpor
quando o Amor arrefece.
Escapou o senhor da burrice
mas não se livrou da tolice que embaça
a lucidez. Haverá na plateia
quem possa testemunhar a seu favor?

Eu! – grita na rua um menino,
tão pequenino que eu quase não o vejo.
Sua voz, aflita, provoca em meu sangue
uma estase, pois evoca um cortejo
de recordações, recolhidas emoções
que após vividas se fizeram à vela
para, em tempo asado, em meio
a uma procela, retornar
das brumas do passado.

Novos gritos reiteram contritos
sentimentos, levantam espumas, agitam
ventos e fazem adernar meu Ser
já combalido. Vejo-me então metido
em corpo de criança, rodeado pelos
garotos da vizinhança, um grupo

abandalhado, livre de amarras
amante de farras e alvorotos, temperados
com pitadas de maldade.
Coisas da infância, misto
de falsa inocência e ignorância.

Viceja ali certa despiedade,
reforçada pela truculência. Mata-se tudo
quanto adeja – borboletas, pardais, moscas,
sonhos, ideais – e, de cambulhada,
vão toscas historietas de risonhos dias,
a fazer da puerícia uma delícia
sem fim. Estas e outras fantasias
ocultam a amargura subjacente,
uma borra eflorescente a empanar
a anchura de minhas alegrias que,
de reais, passam a alegorias.

Na pequena rua de terra nua
ocorre-me um universo. O terreno
baldio, no seio do casario, sempre
cuidado e terso, é a rude cuna
onde se apascenta nosso fado, verdadeira
escuna de piratas a arrostar a tormenta
com berros e bravatas, uma zoeira
que só faz atormentar a vizinhança,
uma dança de São Vito, a mover
corpos e mentes em compasso expedito
e gestos afligentes. Embora lasso, meu Ser
vai de roldão, pois aqui o pequeno

se torna imensidão, ameno o ruidoso,
divertido o pavoroso, tudo enfim distorcido
pela magia de tamanha arrelia.
Vive-se de saliva e manha,
na reflexa tentativa de tornar convexa
a face cava de nossa fortuna.
Aqui se trava uma liça, na verdade
borduna, pela carniça do orgulho,
degenerado em vaidade, um mergulho
na insânia, a ver quem comanda
a nau capitânia.

Talvez à hodierna gente pareça
exagerado, grandiloquente, o que nos
medrava na cabeça, mas era assim
que a infância no meu bairro
transcorria, uma alternância
entre a descoberta e a conquista,
numa guerra aberta,
no melhor estilo arrivista.

Filhos de imigrantes, duros
e arrogantes, mentirosos e perjuros,
bem cedo aprendemos a vencer o medo;
trocamos a candura pela dura
sobrevivência mental e nos demos
o direito de levar no peito
um sentimento altaneiro,
livre de subserviência.

Hoje a criança de classe média
é uma galinha de granja, por inteiro
metida na canja da bem-aventurança;
potranca mantida na rédea da convenção;
miniatura que a solteirona tranca
num desvão da cristaleira; aventura
sem surpresa ou benefício, pois
já no início nos revela sua inteira
natureza; flor de *shopping*,
desbotada aquarela.

Tudo isto não se nota à primeira
vista. Estamos numa rua habitada pela
classe média de então, gente ordeira,
decente, que vota sua regrada
vida ao trabalho, consumida, sujeita
ao achincalho da grã-finagem,
um ente cuja espreita nos segue,
qual fantasma, a embaçar nossa imagem
com seu miasma. Não é financeiro
nosso espinheiro e sim um anseio
de pôr fim ao acarreio, ao avassalamento
que nos rebaixa abaixo do jumento.
E em meio a tal discriminação,
num bairro "carcamano", igualmente
alijado, sou eu ainda mais discriminado
por minha extração.

E por morar na parte inferior
de uma casa assobradada,

cuja fachada é um largo
portão de entrada que abre
para um corredor em depressão;
e por usar, aos oito anos,
em ocasiões formais,
terno e gravata, recebi a alcunha
de grã-fino de porão.

Português burro! – grita a molecada,
o que me põe casmurro.
Macerada foge-me a alma,
todo meu Ser se espalma
e, ao rés-do-chão, pulsa em agonia,
a buscar uma fantasia, uma ilusão
qualquer, de molde a possibilitar
um novo alento que transcenda
o jumento e tolde o efeito
da imerecida humilhação.

Sem me dar conta da abdução
encontro-me, adolescente, ante enorme
compleição de um vulto assurgente,
cuja fachada está iluminada
por um letreiro no qual se lê:
GRANDE PICADEIRO XAMÂNICO.
Uma aventura aos confins do pânico.
Talvez se trate de supersônico
divertimento que nos leve
à altiplanura de algum sentimento
obscuro – observa Homero. Entremos.

Apuro os ouvidos e em meio
à escuridão ouço latidos de meu
excitado coração. De repente, acendem-se
holofotes e eu vejo entrar no picadeiro,
aos pinotes, um palhaço, misto
de xamã e curandeiro. Na arquibancada
a criançada produz mais estardalhaço
que a passarada na entremanhã.

Cobrindo o viso com a mão
para amortecer o brilho da luz,
o palhaço avança com passo
indeciso em minha direção e,
a sorrir, se põe a zurrar
e a percutir um tambor. Para diante
de mim e grita: Respeitável público! –
Ouve-se um clangor e a banda regurgita
um som em lastimável tom. –
Com vocês, o Palhaço Luso, o mais
obtuso e confuso que já pisou
neste espaço sagrado!

Com mão enluvada agarra minha
camisa e, enquanto na arquibancada
cresce a algazarra a gestar um urro,
põe-me na cabeça um gorro
com orelhas de burro e, preso
ao forro das calças, da bunda
ao cabo, um vistoso rabo.
Arrasta-me pelo picadeiro e eu,

surpreso com a barafunda, esperançoso
de ser socorrido por Homero, sigo o mago
raposeiro. Mas o Poeta, sentado entre mim
e outro garoto, na plateia, parece
entusiasmado com o alvoroto.
Como? Terei eu o dom da ubiquidade,
a capacidade de me encontrar
concomitantemente em dois lugares,
como Santo Antônio de Pádua?
Pois lá estou em meio ao pandemônio,
a zombar de mim.

Responda-me se souber – diz o palhaço,
a estapear minha espádua: Como se chama
quem nasce na China? Chinês – apresso-me
a responder, para me ver livre do embaraço.
Errado! – grita o xamã, com gesto descortês.
Pode se chamar Lao, Chuang, Meilan,
Tsui, Mao, segundo o nome que lhe
queiram dar. O que é? O que é?
Português burro! – responde a garotada.

Após uma patada em meu pé seguida
de uma bofetada, indaga o truão: Quem
foi a primeira a comer a maçã no Paraíso?
Eva – digo eu. Não. Adão? Não! Chega de
asneira. Qualquer um deve saber, coisa
evidente, singela, que a primeira a meter
o dente na maçã foi a lagarta da mariposa
Cydia Pomonella, verdadeira praga

que nos pomares se farta. O que é? O que é?
Português burro! – sentencia a petizada.

Com uma risada que evidencia
seu desprezo pergunta o pelotiqueiro:
Quando e quem executou o primeiro
voo do mais pesado que o ar
por nós hoje conhecido?
Tomado de súbito enjoo, eu rezo
para não errar. Santos Dumont. Errado!
Irmãos Wright, em dezembro
de mil novecentos e três. Errado!
O herói a ser lembrado é um inseto,
o Arthropleura, que viveu
há mais de trezentos milhões
de anos. O que é? O que é?
Português burro! – gritamos Homero
e eu, na plateia, ao passo que eu,
no picadeiro, ajaezado, a sentir
o peso do arnês, estou por inteiro
transformado em burro pedrês.

Desnorteado e aborrecido, topo com
um jumento, saído talvez de uma fábula
de Esopo. Saúda-me em tom divertido,
a fazer tábula rasa do pouco sentido
de tal vivência: Seja bem-vindo,
irmão, apesar da inconveniência.
Nós, de asinina condição, devemos
sopesar nossa vaidade, submeter-nos

à disciplina do chicote, aprimorar
o trote e aceitar a bestialidade humana.
Suporte a troça e continue a puxar
sua carroça, pois a caravana
há de chegar a bom termo, ao chapadão,
ao ermo, no qual, retirados os arreios,
poderemos correr sem freios, pastar
nos prados e adormecer
à sombra de nossa predestinação. –
Move uma orelha, relincha e some
por uma frincha aberta no espaço.
Pesa-me a relha com que fendo
meu destino em terra sáfara – penso
eu – , que pede aço e resiste à metáfora,
ao franzino toque da Poesia.

A seguir sou colocado numa caixa
e serrado ao meio. Nada receio a princípio,
pois se trata de ardil bem conhecido.
Mas ao ver a caixa verter sangue para um
barril, meu pensamento, qual
bumerangue, corre do eu serrado para
o eu aparvalhado que olha
da arquibancada, sem saber em qual
dos dois está minha alma, talvez neste
derradeiro, visto que agora se abrem
as duas partes da caixa e eu me vejo
cortado ao meio, não sei se por artes
do xamã ou pelo afiado gume do serrote.

O curioso é que não sinto dor
alguma e tudo se resume no desejo
de reunir ambas as metades
de mim, sumir do morboso lugar
e pôr fim a este entrudo.

A uma ordem do palhaço, minha
parte inferior sai a trotar e a garotada
se põe a zurrar, causando tal desordem
que o diretor do espetáculo,
retirando do chapéu uma enferrujada
garrucha, atira para o céu,
de onde se precipita uma ducha gelada.
Esfriado o entusiasmo a plateia
silencia e o xamã, num espasmo
de irritação, manda soltar o dragão,
que surge do nada a voar sobre
a assistência tomada agora de
balbuciência, tal o pânico provocado
pelo afogueado hálito da fera.

Minha parte inferior, que está
à espera de nova orientação do vilão,
continua a trotar ao redor do picadeiro
e tenta se aproximar da outra metade
para que eu possa me refazer.
Mas quando isto finalmente ocorre,
aproxima-se outro xamã a empunhar
um alforge, o que concorre para
aumentar o desgosto que me abrange

por inteiro. Agarra-me pelos cabelos
e com ar galhofeiro, a zombar
de meus apelo, diz: Vou te fazer
em pedaços para que possas retornar
mais puro a outros espaços,
a uma nova existência, mais feliz
e harmoniosa, sem quaisquer
traços de burrice.

Finda a prosa, a meu ver sem
pertinência, desmembra-me com desvelo
e, com derradeiro golpe, decepa-me
a cabeça e diz: *Caput mortuum*.
Novos estardalhaços agitam a
plateia e surge no picadeiro outro
dragão, áptero, que para desespero
de minha alma aflita regurgita
uma geleia viscosa e expele
fogo pelas ventas.

Dois truões auxiliares despem
meus membros dispersos e os atiram
aos dragões, cujos maxilares se põem
logo a trabalhar. A cabeça, triturada,
deixa escapar uns versos e o dragão
alado, com os lábios sujos do mastigado,
se põe a suspirar e diz: Embora
atormentada por pensamentos indigestos,
gestados em momentos funestos,
a mente de um poeta é uma delícia,

dada a blandícia de sentimentos
temperados com abastança por infinda
esperança. Ainda prefiro um bom
pernil – contesta o outro – pois dele
retiro o tutano e seu arcano.
E ficam ambos a mastigar
e a tagarelar até nada restar de mim
nem de minha circunstância.
Levantam-se sobre as patas traseiras
e, com toda elegância e boas maneiras,
deixam escapar alguns flatos, saudados
pela banda com um bater de pratos
e desafinados acordes. O *pum*
do palhaço – penso eu na arquibancada –
já proverbial em nosso meio cultural.

Abrem-se os dragões, na verdade
macacões, e deles saem quatro saltimbancos
que aos trancos e bofetões deixam
o picadeiro. Respeitável público – diz
o xamã principal. Vamos agora
ao inigualável, fenomenal petardo!
Arrasta meu corpo reunificado
e, com viva emoção, me vejo metido
na boca de um canhão. Homero acena,
com ar divertido, colocam-me um capacete,
a banda toca um funeral compasso,
ouço um estrondo e lá vou eu
em direção ao terraço. Na rua,
a garotada, em voo de marimbondo,

prossegue com sua bulha infernal,
a zombar em voz alta: Voa pelo céu
o primeiro português-burro astronauta!

Não eram apenas os garotos – digo,
encabulado –, a derruir a estrutura vital,
copilotos da frota que fez de Portugal
um país de anedota, torpedeado pela
risota, pelo satúrnio pesar do escárnio.
Ao desprezar Portugal, o Brasil
abdicou da transcendência, ignorou
seu elevado destino como herança
natural deixada pela Pátria-mãe.
Nascido da estirpe de navegantes
e descobridores – maculado, é verdade,
pelos horrores da escravidão –
tornou-se um país probabilista,
governado pela casta economista, existente
apenas no plano mais elementar da realidade.
Enquanto George Washington
e Thomas Jefferson, senhores de escravos,
são reverenciados como bravos fundadores
da Pátria Americana, se veem os portugueses
rememorados apenas como
predadores e escravagistas.
Por ignorar nossa origem,
abrumados somos pela caligem que nos
impede de saber para onde vamos.
E o nosso anseio mais profundo,
que nos faz pulsar forte o coração,

é de quatro em quatro anos,
meter a mão na Copa do Mundo.

Súbito, cessa o rumor. Qual Senador
romano, reclinado em acúbito
e transportado por escravos, vejo surdir
um garoto a empurrar os ignavos que,
em alvoroto, procuram se furtar
aos bofetões. Com gesto destro aduna
minhas conturbadas emoções e, a sorrir,
se põe a reurdir meu sestro.
Esvai-se a desfortuna e desde então
deixo o convívio agreste e passo
a viver à sombra de um mestre.
Chama-se Mario e, apenas
entrado na adolescência, é já
dotado de saber literário. Abre-me
as portas da ciência, asserena-me
os ímpetos, responde ao meu
inquérito, desaliena-me o espírito
e memora importantes feitos e
ocorrências de outrora.

Emocionado, ouço com atento
ouvido os episódios que, em meio
a amores e ódios, compuseram o mofino
destino de Dante Alighieri, os horrores
vividos ante o tribunal infame, do qual
dimanou o ditame do exílio
e a ameaça, em ocorrendo a permanência

em domicílio, do horrendo arder
em ceifeira fogueira.
Fala-me de Beatriz, amorável
e beatificante menina entrevista por
Dante em companhia de sua nutriz
e de seu progenitor, um bafari, o rico
e respeitável senhor Folco de Portinari.
Ela oito e ele nove anos vividos,
de súbito comovidos, ele pelo Amor
– afoito pendor *que move o Sol*
e as estrelas – e ela por lhe
notar o interesse, o embevecimento.

Eu, que do verdadeiro Amor pouco
sabia, tomado fui de sobranceiro
dulçor, guindado a súpero estado,
como que gestado no útero da lenidade.
Julguei tratar-se de voraginosa
enfermidade, tal a desmoronação
de minha anterior identidade,
preguiçosa deambulação, merdice
inerente à meninice. Incendido
por aquela pulcritude, amei Beatriz
e dela me fiz um fido venerador,
um buscador da virtude.
Coisa de pouca serventia, dado ter
logo deslembrado e adentrado
no submundo da putaria.
Mal sabia que ao perder a via
em desastrosa camaradagem

com sestrosa gente, ver-me-ia, de repente,
na tal *selva tenebrosa*, exílio, viagem
medicatriz, sem Virgílio, sem Beatriz.

A lhe correr nas veias tem Mario
sangue italiano e descerra ante meus
olhos as epopeias do Império Romano.
Eu, um simplório Zebedeu, piso
agora o ensanguentado chão do Coliseu
e ouço do excitado auditório, pasto
de horrores, o rumorejar a pedir
a morte dos gladiadores. Ele me fala
de Cesar Augusto, cujo busto,
instalado em fúgida ala de museu,
não se compara ao da Lolobrígida.

XIX

Afetuosas lembranças, emboloradas
já, raposas furtivas a encher
suas panças com as plumosas de seu
galinheiro mental – conclui Homero,
com semblante faceiro e um tanto banal,
como se ante o Amor assim memorado,
em doce acalanto, quisesse opor um véu
petrificado, que não tolde a visão
mas barre qualquer emoção.
Beatriz é um mito – acrescenta
ele –, uma alegoria, uma representação
simbólica da humana sabedoria
em apostólica busca do Amor Divino,
um hino devocional ao supino
e transcendental destino.

Adolescente, não podia o senhor
compreender tal salmodia.
Contudo, apesar da ignorância quanto
à transcendência daquele Amor,
teve o senhor ciência, em segunda instância,
do conteúdo de tal enredo, sustentáculo
da *Commedia* que, na verdade, é remedo
de meus Infernos, acrescido de
supernos desideratos, entretecido
de crimes e seus cognatos.

Está o senhor a insinuar
que Dante o plagiou? – pergunto,
surpreso. Sabe o senhor com certeza –
responde ele – que na minha poética
empresa, a qual antecede em muitos
séculos a *Commedia*, prenunciei
a tragédia de Aquiles e, na aventura
de Odisseu, a afogadura de baixar
aos Infernos. Mas não desejo acoimar
nosso Poeta de plagiário, pois
o festejo como esteta, mestre do universo
imaginário, cujo terso rimar
nos eleva e nos ceva o agreste
espírito com a magia da Teologia,
írrito ensinamento, irrisão de fazer
tombar o mento e incendiar a razão.
Não quero ser inoportuno
mas, como bom aluno, deve
o senhor se lembrar ter ido
o Poeta se abeberar na fontana
da cultura muçulmana. Na urdidura
de sua trama há uma gama de símbolos
e expressões colhidos em esotéricos
terrões, dentre os quais os vertidos pela
mente de Sidi Mohyddin-ibn-Arabi.

A vara com a qual se mantém
equilibrado, qual funâmbulo
na corda bamba – contesto – é amálgama
de simulado elogio e crítica ignara.

A palmilhar tal maroma, zomba
do Poeta, de Florença, de Roma
e da cristandade. Se antes de atingir
a meta perder o prumo e alterar
o rumo, teremos arruinado o guisado.

Perdoe-me se o irrito ao zoar
o mito entronizado por Dante
no derradeiro patamar do edifício
divino: padronizado bulício
das coortes celestiais, balir
do Cordeiro a descer a pino sobre
o povaréu hipnotizado; recortes
de cartolina, luzes espectrais, poente
de alizarina, céu de crepom,
vestes ornadas com borlas de pompom;
e rente às orlas do horizonte
a gente recém-chegada, retida
pelos leões de chácara para
aferição dos cartões de entrada.
Tal cenário faz-me lembrar
o altar de sua infância no colégio
marista; e não me refiro ao aspecto
literário, criado com abundância
de detalhes pelo egrégio e circunspecto
Vate, grande medievalista. Firo,
sem achincalhes, o cerne da questão
e não espero que aceite minha visão.

A Igreja, com esmero incerne,
tomando por modelo a gavinha,
fez brotar da estaca divinal hebraica
um brando grelo, que ao final
se deixou crucificar; e retirou
da metafísica xicaca um segundo
apêndice que a crendice popular
aceitou como transcendente em
relação ao mundo. Esta nada
convincente história vigorou por
dois milênios, na verdade um arranjo
baseado em convênios: o Pai absconso,
o Filho uma herdade na memória,
o Espírito Santo, que além de esconso,
quando sobre nós tomba sem manto
o faz em forma de pomba.

Melhor estávamos nós, cidadãos
Helenos, pagãos, pois habitávamos
a vizinhança dos deuses, tão humanos
e obscenos quanto nós; e tal
semelhança nos garantia, por avença,
e conchavos, sem afanos,
ardência ou servilismos ignavos,
o gozo da liberdade. Não havia
em nossa crença hipnotismos
ou qualquer absurdidade eclesiástica,
fruto de pomposo ordenamento
dogmático. Viviam os deuses em
orgástica promiscuidade, em bruto

e ciumento convívio, dedicados
ao furto, ao crime, à vaidade.
Seu aristocrático nascimento não
os impedia de buscar alívio nos
abaçanados submundos mortais,
nos quais se urdia o destino
de valentes e errabundos heróis.

Aquiles nasceu de uma deusa,
Tétis, filha de Oceano e do humano
Peleu, em inopino consórcio, maculado
pelo divórcio de temperamentos.
Transmutado em cisne, Zeus burlou
ciumentos zelos de Tíndaro e engravidou
Leda, pequeno tisne, nonada
em sua já tisnada reputação.
Anfitrião era filho do mortal Alceu
e de Antidâmia, bisneta de Zeus.
Cruzou o portal da infâmia quando
prometeu a Elétrio cuidar de sua
filha, Alcmena, e traiu o pátrio
apelo, fugindo com ela. Depois
de o ter desposado, a jovem
caiu numa esparrela preparada
por Zeus que a iludiu com disfarçada
fisionomia e apossuiu, fazendo-se
passar pelo marido.
Da união de Zeus e Alcmena,
ludibriada mulher de Anfitrião,
nasceu Héracles, que na cena

celestial, tão celebrada, excedeu
seus pares, nicles significando
seu primacial valor no memorando
contemporâneo, embora não tenha
sucedâneo na história grega,
que o memora como estratega, signo,
o mais digno herói de imorredoura
glória. Hoje ninguém entesoura atos
patrióticos, gestos heroicos em batalha.
É tudo nulo, é tudo palha.
O triunvirato divino ocidental,
com lestos movimentos, firme desiderato
e instinto raposeiro, apossou-se dos
humanos sentimentos e traçou objetivo
distinto dos anteriores. Com draconianos
poderes, açambarcou quefazeres
e, pejado de egoísmo, levou a estertores
os deuses do paganismo.

Atribui o senhor à Santíssima Trindade –
contradigo – um ror de práticas
hieráticas quando, em verdade
verdadeiríssima tem diversa origem.
Rendo-me ao seu argumento – diz
ele. – Cabe à Igreja a responsabilidade
por essa razia; um mata-sãos que, sem
ambages, amputou a viabilidade da cura
e fez da impostura a sua sementeira.
Tal primazia afugentou os deuses
do Olimpo e os elementais da Natureza,

cujo impo já não comove ninguém.
Gestado com superior concepção
resultou o mundo dessacralizado.
Tudo quanto o homem preza e move
são cabedais, riquezas, valor.
A Natureza, antes soberana
só lhe interessa pelo que dela mana
como proveito, utilidade; e com tal
preceito, levou-a depressa à inanidade.
Conquistada a palma, sugou-lhe
o sangue, roubou-lhe a alma.
Hoje o meio ambiente periclita
e a Natureza, aflita, impotente, geme
sob o jugo humano, cuja vileza
não tem limite. Freme a floresta
em seu arcano, espoliada, estuprada,
incendiada; e o que resta vai sendo
roído pela térmite bípede, definida
como *rei da Criação*, rei predador abduzido
pela dementação. E singular temeridade
não comove a crepuscular Trindade.

Quanto a Zeus e seus convivas
olímpicos, nada lhes escapava: um
insignificante pranto, um vacilante
gemido, o apelo de um desconhecido
bastavam para fazê-los deixar as alturas
e prodigalizar seu aguerrido zelo.

Ao naufragar Ulisses, recolheu-o
a Ninfa Calipso. Amou-o à sua
maneira e, por um lapso, tolheu-o
de partir. Intercedeu Atena junto
a Zeus, que o mandou remir.
Desfeita a catena, deu a Ninfa ao Herói
suficiente madeira para um barco,
arrebanhou provisões e, ciente de seu
parco e desfeito encanto, deixou de lado
as derradeiras ilusões e lhe indicou
o empachado caminho dos astros.

Enéias, o mais valente e despachado
herói troiano, superado apenas
por Heitor, gozou também do amor
e proteção divinos no curso da ação
guerreira. Ferido no decurso de
uma carreira por Diomedes, viu-se
socorrido pela deusa Afrodite, igualmente
atingida. Colhido nas redes da morte
em duas outras ocasiões pelos mirmidões,
sorriu-lhe a sorte, retirado que foi
do solo adverso por Apolo e Posídon,
ocultado por espessa nuvem. Incontroverso
o derrubamento de Tróia, inútil
qualquer intento, estando ele quite,
deixou a cidade guiado por Afrodite,
levando com ele seus familiares.

Tal solidariedade olímpica ante
os azares do fado humano era corriqueira
e eu imagino que o senhor não queira
se dar ao mofino trabalho de passar
em revista este miuçalho, tão
distante de nossa meta original.

XX

Cabal é sua visão – observo – no que
concerne ao mundo pagão, mas não
discerne o senhor o profundo saber
que há no cristianismo. Talvez com
cinismo e ironia refere-se ao Pai
como absconso, ignorado, distante,
indiferente, vale dizer, inexistente.
Mas anteriormente afirmou que
Zeus é o gerente de um reino secundário,
enquanto Deus administra o vasto
lampadário que há nos céus e zela
pela permanência da Eternidade.
Isto sela a pendência quanto ao Pai.
Ministra com igual leviandade seu parecer
a respeito do Filho e do Espírito Santo.

Fala-me o senhor com fervor
e convicção sobre o Deus judaico-cristão
sem jamais Lhe ter deitado os olhos
a não ser sobre os folhos dos altares
das sinagogas, resguardado pelos
olhares dos rabinos e argentinos
ornamentos que envolvem a Torá –
diz ele, apresentando-me a palma
da mão direita sobre a qual repousa
a escorreita figura de um idoso. –
Pois aqui O tem. Gostaria de Lhe

perguntar alguma coisa sobre a existência
da alma ou da vida futura, o valor
da penitência ou da oração para se obter
a salvação e o prometido Paraíso?

Perplexo e indeciso mas estimulado
pela intensidade de tal imagem, que
parece emitir infinita bondade,
não encontro desvantagem em pôr
de lado a timidez e ter de vez esclarecida
a velha dúvida, cuja voracidade
há muito mantém abatida a Humanidade:
Quem somos, de onde viemos e para
onde vamos? E a minúscula boca
responde: Sois idiotas, presunçosos,
dissimulados, cobiçosos, agiotas,
poderosos ou lambe-botas; vindes
do sêmen e de úteros que fremem
e, no final, ireis para o buraco.

A mão de Homero se fecha,
a figura estrebucha e o Vate recolhe
num copo o sangue a verter como
ducha. Põe-se a beber e a gritar:
Enthousiasmos! *Enthousiasmos*!
Sacrilégio – digo eu, chocado. Privilégio –
responde ele a rir – de quem sabe
distinguir o verídico do imaginado.
Não pode o Deus verdadeiro ser
figurado. Mostrei-lhe apenas um

sortilégio, vã mandracaria vertida
pela arte da ventriloquia.
Deixa escapar uma gargalhada
e, com a mão ainda molhada
de sangue inexistente, corta, com uma
faca ausente, gorda talhada de melancia
que antes aqui não havia. Contudo,
ao mordê-la, sinto-lhe o sabor e o sumo,
o que me leva a crer ter sido hipnotizado.

Seu verdadeiro estado transcende
o hipnotismo – esclarece ele com ar
zombeteiro. Mais apropriado seria
denominá-lo alpinismo, pois sua
alma, arrebatada pelo entusiasmo –
a possessão, o toque da sagrada loucura
que nos livra do marasmo – sobe
as escarpas do vazio e, como se estivesse
num cio místico, procura atingir
o amplexo no reverso do convexo, que
nada tem a ver com os atritos do sexo.
Dito em linguagem corrente, respeitosa,
reverente, está o senhor a cavalgar
e acaba de galgar mais um degrau,
de maneira a transpor um vau
de orelha, para fugir à velha baboseira.

Dou-lhe agora minha sincera opinião
a propósito do Deus judaico-cristão.
Que incrível a imaginação humana,

que supõe ser possível colocar Deus
na palma de sua mão! Fosse uma
alma transportada ao mais remoto
lugar do Infinito, ao lá chegar,
em relação à dimensão divina,
nem sequer teria saído do lugar.
Uma águia a voar um bilhão de anos
no etéreo espaço, em meio às estrelas,
apenas roçaria a fímbria do Mistério,
seria menos que um momento,
uma cifra, um zero, mero traço,
uma abcissão no pensamento
do Altíssimo. Toda a areia contida
nas praias e desertos deste Planeta,
ao ser vertida no fundo de gigantesca
ampulheta, resultaria em grotesca
tentativa de medir a duração
dos lampejos insertos no vão
entre dois ensejos da ação divina.

Isto sela a pendência quanto
ao Pai. Mas o senhor ministra com
leviandade seu parecer a respeito
do Filho e do Espírito Santo. Não crê,
certamente, na divindade de Jesus.
E não me refiro, aqui, à limitada
divindade pelo senhor atribuída
a todo ser humano.
Se Zeus, como sabemos, de pletórico
sensualismo, derramou sua semente

e procriou uma infinidade de deuses,
semideuses e heróis, por que não
poderia Deus, admitido o paralelismo,
transmitir sua divindade a um único
filho, nosso Salvador?
Por não ter sido batizado – responde –
fui banido e estou albergado no Limbo,
que embora fornido não se compara
à alcantilada morada celeste. Uma
salvação, portanto, com cartas marcadas,
que deixa de fora os temporãos
e os devotados a outros credos. Mas
ponhamos de lado o riscado.
Fale-me da pomba, antes que a lomba
me derrube e eu adormeça.

Teria que virar de ponta-cabeça
os enredos de sua crença, a léria
de sua tença; mas levarei em conta
a simpatia e a consideração que
denota quando a mim devota sua
atenção. O Espírito Santo, que lhe
soa como enxertia na estaca
divinal hebraica, idiotia que nos
ataca o embornal do pensamento
ante o abissal mistério, prosaica
antropatia, é na verdade perusia,
o que nos mantém acesos, o estarmos
a arder sem sermos fogo, algo além
da carnosidade, a subordinação

do ser das coisas ao Ser de Deus,
segundo elucidação que Santo Tomás
de Aquino foi beber em Platão.
Não inquino com fútil
insistência – interrompe ele –
tal inconsútil asserção, dada
a sapiência do filósofo grego, à qual
agrego minha admiração pelo ardor
com que o senhor defende sua fé,
esteja ou não submetido à Santa Sé.
Fido não sou à Igreja – contesto.
E não se trata de fé, crença abstrata,
que independe do querer, mas sim,
da capacidade de ver com intensidade
a presença do Ser, inerente a todas as
coisas, por meio do qual as coisas são. –
E a essas bodas, a essa ligação
entre o Ser eterno a cada habitante deste
Inferno, chama o senhor Espírito Santo –
arremata ele com riso hiante. – Daí
a chama com a qual se manifesta,
mais açor que pomba. Pois assim
seja e que venha a proxima cerveja!
Mergulharei por inteiro neste seu
catecismo e, quem sabe, ao cabo
obterei de algum arrependido diabo,
egresso das trevas, um ingresso para
viver, travestido no celestial Paraíso.
Mas antes – digo eu – gostaria
de saber que barbantes moveram aquela

alegoria do picadeiro xamânico.
Não creio ter sido serrado ao meio
ou transformado em bala de morteiro.
Qual a razão de sofrer tamanho pânico?
Qual o significado, o sustentáculo
camuflado sob tão estranho espetáculo?
Homero sorri, tornando ainda mais
hermético o enredo e, à maneira dos sábios,
sela meus lábios com o dedo.

Só então me dou conta de estar
metido ainda em corpo de menino, uma
quase afronta ao meu já combalido
existir de macho alfa, um tanto franzino,
como se o Vate, com mordente acicate,
reduzir quisesse meu *status* varonil
à condição de *stultus discipulus* infantilizado.

Zoam ao redor os companheiros
há tanto esmaecidos na tela do passado,
curtidos pelo sol, trigueiros, em meio
à fera batalha campal contra a malta
que impera na região. Vai alta
a liça travada no capinzal de um terreno
baldio; e chove sobre nós a metralha,
saraivada de pedras e tijolos que atiça
o algaravio e nos move a avançar
sôbolos tiranos, com chutes, bofetões
e outros afanos pertinentes ao mourejar
guerreiro, a fazer de meninos bundões

paladinos contra a barbárie.
Um de nós, agarrado por dois
potentes adversários e amarrado
a um pinheiro, recebe dos sanguinários
o aguaceiro de uma cusparada,
acompanhado de murros, pescoções
e humilhante mijada; outro, com andar
vacilante, emite urros aflitos, o rosto
e as mãos cobertos de sangue. Exposto
à sanha da gangue, escapo de uma
tijoleira endereçada à minha moleira,
graças à manha de um garoto que me
arranca do tumulto e me devolve,
já adulto, ao terraço.

Da rota daquele tijolo escapou
o senhor por ignota intervenção de Apolo –
esclarece Homero, com intenção de me
dar em penhor ao paganismo.
Duvida? Atém-se o senhor ao cristianismo.
Além de salvá-lo está sempre Apolo
a inspirá-lo, visto ser o deus da Poesia.
Estender-me não quero em litania, apenas
insisto: o filho de Zeus, que no
Parnaso preside aos jogos das Musas,
só vem ao caso dadas as confusas
ideias instauradas no domo de sua
cachimônia, a lhe causar tanta acrimônia.
Aquele menino, Apolo? – gritam-me
crenças arraigadas. – Sim. Livrou-o

do carolo, da pancada na caixa do miolo.
Cabelos negros, de tonalidade azulada,
quase violeta. Em verdade – confesso –
recordo-me de tal faceta. – Pois ai tem!
Desce Apolo do Olimpo, em pleno viço,
e vem lhe prestar serviço.

Se deixarmos de lado o helenismo
em que o vejo atolado – observo –
e buscarmos em outro paganismo
o harpejo de nossa melodia, poderia eu
dizer, em vez de Apolo, Oxalá, que acima
do solo em que vivemos, o Aiyê,
é o mais poderoso Orixá. Recebeu
de Olorum, o Zeus africano, o oneroso
encargo de criar a Terra e seus
pertences, dentre os quais, a completar
o quórum, temos o aspargo humano.
E segundo o luso ditado – quem os pariu
que os crie – está Oxalá obrigado
a movimentar do fuso a engenhoca,
sem enlear o fiado. Sintetizado pelo
cristianismo, é identificado com Jesus.
Encerremos este breve antagonismo
atribuindo a inspiração poética – a que
não faço jus – a Ifá, Orixá
da sabedoria, sem a qual a Poesia
carece de orientação, é apenas casca
vazia, mera estética sem dialética.
Equidistantes da Santa Sé estão

o Olimpo e o Candomblé – arremata
o Poeta. Em jogo limpo e escorreito,
como convém ao esteta, moveu o senhor
as pedras do tabuleiro e, embora
contrafeito, embarco neste saveiro,
a dançar o jongo em meio
ao nevoeiro do rio Congo.
Joga o barco na marola, a jusante
de Matadi, no grande estuário;
e findo o itinerário desembarcamos
em Angola. Ante seus olhos ponhamos
um lindo panorama, projetado em
ciclorama; e nessa vastidão, um povaréu
acorrentado, rumo à escravidão.

Ainda mareado pelo encapelado
fluir do rio – não vejo o tal panorama,
pois sobejo é o escuro daquele drama – ,
ouço bramir a multidão, um lamento
de flautas e fagotes marcado
pelo estalar dos chicotes, gotas
de sangue a pontear as pautas
de angustiante sinfonia.
Mais adiante, botas pisam
o empedrado de meu amargurado
coração, em sintonia com o arrastar
das correntes e o choro dos infantes
que, persistentes, acabam por
sobrestar toda emoção, uma razia cujos
traços delirantes se fazem paralisia.

Naquela escuridão, toldado
pela cerração, vejo através dos ouvidos,
vasculho abafados gemidos, intuo
chagas, cortes, feridas, reconstituo
sagas, recortes, vidas e, em meio
à barafunda, tento apagar
a imunda cena que me avassala
os olhos e turba o pensamento.

XXI

Luzes, câmera, ação! – grita
Homero e, subitamente, urzes, relva,
arvoredo, selva, céu, oceano, porto,
enfim todo o fero cenário e seu enredo
avultam em primeiro plano, iluminados,
um calvário em que a arreliada
raça negra se vê crucificada.
Junto ao embarcadouro, qual
ave de mau agouro, uma nave
fantasma, tétrica, rotunda, pousada
em meio ao miasma que mana
da assimétrica e imunda amurada,
vai engolindo uma fileira de cativos,
prostrados, banzativos, entregues
à pasmaceira. Findo o lamento dos
adultos, manietados, achincalhados,
resta apenas o choramingar dos pequenos,
vultos cuja infância e suas amenas
brincadeiras deram lugar a outra
instância, à gestação de um novo ser,
alódio, feito de espanto e de ódio.

E enquanto o vampírico morcego
alienígena traga aquele povo, observo,
ao redor, o desenrolar da morbosa
ação: oficiais, marinheiros, capatazes,
negociantes isentos de emoção; cães

caçadeiros, loquazes, tonantes,
a ladrar e a arreganhar os dentes;
chicotadas, bofetões, chutes, empurrões.
E em tais cenas desprezíveis são
as almas visíveis, encolhidas a um canto,
escorraçadas, fanadas, tolhidas, derrotadas.

O horizonte, o infinito, o anseio, a ilusão
atravessam a ponte que conduz ao porão,
ao arreio, ao constrito. Desmaio, fome,
sede, morte são a paga de sua sorte;
e a tristeza que os consome olha-os já
de soslaio, último fanal que se apaga
ante o portal do vazio. Pais e mães separados,
choram bebês, gritam marujos agarrados
ao mastaréu, porquês fogem ao leu,
acossados pelos sabujos; e meu ser,
adumbrado, busca subterfúgios
que me permitam esquecer.
Esquecer? – exclama Homero. Como
olvidar o infausto de tamanho holocausto?
Essa razia aziaga é mancha que não
se apaga, pois ostenta a primazia
na saga da crueldade humana, avalancha
cuja anchura tem a imensidade
da loucura, a desmantelar com gana
o arcabouço da civilização, um pedrouço
lançado por Polifemo
à ambivalente face do mundo cristão.

Tal arrazoado cala fundo em
meu Ser acabrunhado, enquanto meus
olhos, a marejar, estão a ver
o navio negreiro se fazer ao mar,
velames ao alto, imenso gerifalto
em cujas infames garras se debate
o altaneiro povo africano. Isto posto –
conclui Homero – recolha o nojo,
o desprezo, as vertigens que sobejam
no bojo de sua sensibilidade, ponha-se
a gosto, livre de qualquer embaraço,
e retornemos à tranquilidade do terraço.
Agitemos os carcarás para afastar as aves
agourentas que desdouram seus orixás.
Em contraste com a algazarra por mim
presenciada o silêncio soa como bofetada,
arraste, aluvião a trazer de cambulhada
os restolhos de um naufrágio humano,
gerado no cerne de uma religião
enraizada na mentira, cuja copa é uma
Europa a baloiçar ao vento do cinismo.

Fale-me de sua adesão ao Partido
comunista – sugere ele, sem me dar
tempo de relaxar, reavivando
a chaga aberta no dia em que eu,
fementido, abandonei o projeto
ilusionista, nefando, cuja ação
encoberta pelo manto da salvação

universal, matou, em seus adurentes
porões, milhões de inocentes.

Embora a bíblia materialista
do Profeta Karl Marx esteja correta
no que respeita à mais valia
e à polifagia amoralista
da burguesia, fracassa quando
almeja, qual novel religião,
trazer o Céu à terrenal Babel
na qual demônios são legião.
Jovem contestador, abracei a atraente
ideologia, portadora da Verdade,
aletologia, incubadora de um mundo
renovado, radiante Amanhã
que mais adiante se revelaria
gestado no ventre do Leviatã.

Devorou o monstro inúmeros
seguidores, dentre os quais seus criadores,
em carnificinas decorrentes de lutas
intestinas. Na Rússia, para abalo dos
estetas, os dentes do esqualo
trucidaram seus melhores poetas:

Vladimir Maiakovski, emir de sua
geração, atormentado pela burocracia,
vítima do liberticídio, caiu em abulia,
em depressão, e cometeu
suicídio aos trinta e seis anos;

Alexander Blok, extinta sua saúde,
submeteu ao Poder um pedido para
buscar tratamento no exterior. Impedido
de viajar, faleceu aos quarenta anos;
Nikolai Gumilov, acusado de conspiração
com monarquistas e julgado por absolutistas,
foi conduzido ao paredão
e fuzilado aos trinta e cinco;
Vielimir Khlébnikov, após consumir
suas energias em deambulações
e privações nas ruas de Moscou,
ignorado pelo Poder, acabou por morrer
em lenta agonia aos trinta e seis;
Serguei Iessienin, censurado, atormentado,
pela prisão, não suportou a derrisão
e se enforcou aos trinta anos;
Ossip Mandelstam, por desagradar
ao comitê Central, contemplou o final
de seus planos, ilusões e toda léria,
aos quarenta e sete anos, quando
morreu nos valadões e atoleiros
da Sibéria, num campo de prisioneiros.
Atormentados foram também
outros escritores e poetas, embora
sobreviventes, que viram seus escritos
censurados: Anna Akhmatova,
Boris Pasternak, Alexander Soljenitsin
– execrado e desterrado para a Sibéria –
e Joseph Brodsky.

Como se vê, apesar de glutão
foi o Leviatão um *gourmet* – diz
Homero – . Têm os poetas um sabor
exótico, característico das grandes
altitudes, decorrente de labor
osmótico, apriorístico, cujas virtudes
se fundam no ente e sua consequente
intelequia, extensiva à barata
de sacristia – conclui, com ar
sorumbático a zombar de si mesmo. –
O versejar, para o insano raciocínio
do tirano, vale menos que zero
no escrutínio do morticínio.
Cai-nos melhor a democracia –
pondero. Sim – contesta ele com olhar
severo e maroto – em se tratando
de mim e de Vossa Senhoria.
Mas nefando pode ser o regime, criação
do capiroto, se o Poeta for negro,
crime não previsto pela Abolição.
Aboliram a escravidão mas não
aboliram os escravos.

Suponha um gênio negro,
merecedor de um Nobel, que more
na favela e ponha o nariz fora
da janela em noite de batida policial
com tiroteio a granel. Para ele não
há rodeio, convênio, direito
constitucional ou contrapartida cidadã.

No morro a vida é cã, é nonada.
Valem o esporro, o açoite, a porrada
em nome da segurança e liberdade
da sociedade; e nosso Poeta negro
pode se tornar mera figura
ensanguentada, estendida na calçada.

A tal soberania popular
é litania, canção de ninar.

Degenerou a democracia em artimanha
da burguesia, que amanha o solo
no qual o tolo semeia seu voto.
Semelhante ao *iceberg,* ondeia
o regime sobre ignoto fundamento,
achincalhante artifício, escarmento
em que a podridão das raízes gera
o botão cuja flor tem suave
odor para incautos narizes.
Nós só a aceitamos nos termos
em que se apresenta porque nos ermos
da consciência humana todo o mais
nos espaventa, são ramos de um baobá
carnívoro a devorar nossa existência,
um bê-á-bá abestalhante, gerado
por ignorantes, primatas, cujas patas
sapateiam sobre nossa liberdade,
em postura radical, fonte de todo mal,
ditadura dos que odeiam
o pensamento; instrumento abdutor

a nos roubar o horizonte.
Que a voz dos arautos ecoe
sob a nave dominical e reboe
ao longo da coluna vertebral:
A política, minha extremosa aluna,
é ardilosa engenhoca,
a troca do velho pelo novo
no lombo do povo.

Após a metralha com que
fuzilou a falsa democracia, Homero
gargalha e se põe a grulhar como
um grou e a desconjuntar a sordidez
com um movimento dos pés,
como que tomado pela embriaguez.
Sufocado estou eu por um
abafamento decorrente de me ver,
de repente, imerso naquele distante
universo e, no entanto, ainda presente,
pois o talante do escravocrata,
na verdade canalhocrata, é entre
nós ancianidade, estrige
a sugar o ar que respiro.
Sinhozinho ficô aperreado –
zomba Homero, a imitar um pai
de santo – , dependurado nessa maroma.
Sinhozinho tem sangue portuga, raça
de predadô e sinhô de escravo,
samessuga do mangue. Respirô
a fumaça do fugaréu ignavo

e ficô chorosinho.
Tenta negá esse elo, a posição
de co-réu, mas num tá à vontade
na condição de branquelo.
Com entusiasmo que me põe
pasmo, aplaude Homero
a si mesmo e fecha a endecha.

XXII

Comunismo, democracia – prossegue
ele – ; em que ramo tem
o senhor sua enxertia?
Livrei-me do açamo, do absolutismo
assertivo e procuro viver sem motivo,
com atenção assente no presente,
no instante, algo bem mais emocionante
que deambular à busca de um
sonho especular, hoje risonho
amanhã evanescente. O que não me
impede de viver consciente
da atividade política e de tudo
quanto quede em minha rede.
Não mais caio na tentação
da certeza. Prefiro olhar de soslaio
para abarcar a inteireza, a amplidão.
Buscar o foco pode levar ao sufoco
da intuição, capacidade de ver
o que há além da opacidade do parecer.
Deixo o plano do asfalto para
ver do alto, do altiplano.

Temo que tal altimetria
não passe de alegoria – zomba
o Poeta. Já o alertei sobre o fatal
desenlace de se viver no píncaro.
Para o mortal, sonhos de mortal,

recomendou Píndaro. Agradeça
ao seu fortúnio, pois não o vejo
alticolúnio, a buscar no céu
o que lhe dá o povaréu, ensejo
de conhecer a fundo o alvorar
e o anoitecer da vida, com a base
inserta no chão, enquanto,
liberta, voa a imaginação.
Admita pertencer a uma
esquerda romântica, adstrita
a teorizar, visto que a prática
não se presta ao romantizar.

Ainda há pouco prometeu
o senhor me levar a planar em
altaneira circunstância e agora,
quando eu me deixo arrastar
pela ânsia de alterar o curso
e ganhar altitude, condena-me
a atitude e me prende ao raso,
tolhendo-me o aso de erguer
o tom de meu discurso.

Procure compreender, meu jovem,
que embora nada perdure
tudo a nós com o tempo se avizinha.
Agora, seu planar de águia talvez
sofra um contratempo e acabe
por resultar apenas num voo
rasante de galinha.

Confesso que me emociona
sua altivez, vê-lo tão despido
de dobrez como convém
ao aprendiz que de galinha
passa a perdiz. É claro que estou
a brincar, pois já vai o senhor
a pairar bem acima do penedo
erguido por seu medo de voar.
Fale-me da sua prisão na ditadura.

No que me diz respeito,
prefiro deslembrar o empeno de me
encontrar no eito de tal adversia,
obsceno retiro com abastança de
agrestia. Onze dias trancafiado
numa solitária, apartado da restante
hospedança e oito dias numa
cela "especial", purgante menos rascante,
na qual os torturados eram pescados
com menor frequência. Uma deferência
ao "doutor", portador de um diploma
de curso superior, adipoma legal
que fere o constitucional preceito
de igualdade; pressuposto de que
o estudioso – em geral da classe alta
ou média – merece mais respeito
quando exposto ao poder, à feridade.

Não sofri espancamento, pois,
segundo a lógica daquele flagício

bastava o anciamento causado
pela tortura psicológica, refinado
suplício que visa a combalir o brio,
a detrair a autoestima, extração
a frio da íntima essência do Ser,
atascado na impotência, sem mais
valência que um dente cariado.
Ali o semovente perde sua
valença, é novilho entalhado
nos arames do cercado. Sua crença
em Deus Pai é rastilho aceso
pelo crasso trateador, cujos ditames
consistem em implodir resistências,
destruir consciências, aporrear
o adversor até fazê-lo abeirar
o estupor. O carnífice é competente
artífice da cantoria e sua única
razão de existir é obter a confissão.
Impotentes, os ouvidos do flagelado
recebem a anabolia expelida pelo algoz,
suplício equivalente ou mais atroz
que a pancadaria desferida sobre
o cliente, pela abundeza da animadversão
contida na defecação verbal,
na aspereza antiestética
vertida com boçal dialética.

O final do meu discurso tem
seu curso deprimido por um bocejo
e eu me vejo desvalido, evanescente,

como se de repente, num processo
evulsivo, meu corpo, cativo, mergulhasse
num vazio, num buraco opaco.
Após a vertigem, sem meu alvedrio,
dou por mim em meio à caligem
de um ambiente sufocante. Acende-se
uma vela e eu fico ciente de me
encontrar numa cela. Diante de mim
um arapuqueiro, presumido carcereiro,
de suspeito parecer, faz-me saber ter
havido um corte de energia e estar
eu metido numa solitária que,
retardatária, ainda na memória perdura,
trazendo-me de volta a ditadura.

Vejo que você lavou o chão –
observa ele admirado. Não sei quando
vou ser liberado desta danação. Embora
prisioneiro, não quero viver num chiqueiro.
A caterva que o aprisiona
o está pondo à prova a ver se você
desova, detona seus companheiros.
Ah! Parece que a luz retorna, após
ter sido a energia desviada para
a sessão da porrada. Deixo-o na bigorna,
para ser martelado, desconjuntado,
dependurado no pau de arara. Sabe
meu nome? Homero, suponho.
Minha memória conserva seu

rosto mas não sei que lugar
ocupa em minha história.
Desconheço a razão de me ver
aqui posto, qual animal em jaula
espectral. Não me lembro sequer
de ter lavado o chão.

Está o senhor numa sinuca –
diz ele. – Cavaleiro andante,
um tanto delirante, julga fazer
parte de elevado clã, adversário
da treva, conhecido como templário,
a lutar contra gente maleva, cujo
desidério antecipa o deletério
derruir do mundo ocidental,
lançado já em tremebundo tremedal,
abaçanado pelo ruir do cristianismo.
Equivocou-se o senhor ao abraçar
o comunismo, um cristianismo laico,
ramo do flogisto judaico,
do qual se eliminou o Cristo.
Deixo-o entregue a seus
pensamentos. Boa noite. Sonhe com os
anjos e querubins, em companhia
dos cupins. Lembre-se, durante
o açoite, de que tudo tem serventia. –

Some o carcereiro e no espaço
mandraqueiro entre mim e a porta

de aço rompe-se a comporta de meus
temores, precipitando os horrores
que há muito venho abominando.
Deito-me e antes de adormecer
ouço o roer dos cupins, sinistro
cantochão de terroristas mirins
a obliterar a palha do colchão.
Ao despertar, outro bocejo me
livra do embaraço e em rápido
adejo, a esporear o ar, regresso
ao resguardo do terraço.

Ansioso aguardava o regresso
do bardo! – exclama Homero.
Como foi sua estada na emporcalhada
senzala em que servi de mestre-sala?
Não compreendo a razão
de tal imersão no passado – respondo
contristado. – E se lá voltei, por que
não reviver todo o sofrer? –
Um pernoite foi suficiente para
tornar emergente o açoite que havia
soçobrado na memória para
se tornar apenas refugado
tema em sua história.

Às vezes é necessário reavivar
um episódio para fomentar o ódio,
tempero discricionário sem o qual
a alma se amolenta e logo se vê

anestesiada e calma diante do quanto
representa uma abastardada concepção
da normalidade. É como se honra,
valor, justiça perdessem o prazo
de validade e a acepção de cada
palavra degenerasse em bolor,
a corromper o aso de qualquer
liça decorrente de agressão.

Onde houver ódio que eu semeie
amor é semente, irrisão vertida
na lavra do viver cristão, engodo
a fazer o escravo chafurdar no lodo
e beijar a mão de seu patrão.
Não me refiro ao ódio gratuito,
voltado a qualquer episódio fortuito,
menor. Não se odeia a sogra que
matraqueia, o cão a ladrar na madrugada,
a pele que laceia e se torna enrugada,
a vizinha que entorna seu mau humor
e se põe a gritar e a provocar rinha
com o zelador, o comerciante que rouba,
no peso ou o pequeno meliante, sem
eira nem beira, que bate nossa carteira.
Defendo o ódio sagrado,
um eflúvio em alto grado, capaz
de gerar o dilúvio, a devastação
planetária, a condenação que põe
o canalha a arder em meio à zorra infernal.

XXIII

Homero ri e já não sei se graceja
pelo efeito da cerveja ou se lhe vai no peito
um ardor capaz de fazer dele um vingador.
O torturado não deve esquecer
seu verdugo – conclui com olhar
esgazeado –, pois o covarde suplício
é indício de refugo da Criação,
via vicário do demônio a violar
a sacralidade do corpo humano,
transgressão do supino plano divino
quebra da harmonia universal,
origem de todo o mal. –

Superada a cena da carnagem
perde-se o olhar de Homero na porta
da garagem, iluminada agora
qual arruinada tela de cinema.
Passemos a outro tema antes
que o edema acumulado em sua
mente seja derramado e toda
merda deflua e em lerda
vertente acabe por invadir
o cerne de seu existir.
Enquanto o senhor arrebanha
seus pensamentos afugentemos
o espanto e brindemos a estes momentos
de liberdade com uma taça

de champanha. Seja ou não trapaça
a democracia, nos tem sido de valia
para fugir às garras da pantera
ante a qual Dante deu arras
à sua portentosa imaginação
para deixar a selva tenebrosa.

Com um gesto de manifesto
encantamento, para minha bestificação,
retira do ar um balde de gelo,
uma garrafa, duas taças de cristal
e, vestida com túnica gualde
e avental, cabelos adornados e perfumados
com anafa, uma beldade grega
a segurar a bandeja com tais desvelos
e graça que eu imagino estar ante
a imortalidade de uma deusa.
Assim seja! – diz Homero com
nova trapaça, a transferir o ouro
das vestes para a totalidade da figura,
tornando-a ainda mais celestial.
Seus olhos têm a cor do Mar Egeu
e eu me deixo cativar por seu olhar.

Apresento-lhe Circe, cuja
bandeja, além da tralha alcoólica,
pode lhe trazer uma mortalha.
Foi essa deia que, na ilha de Ea,
teve a ideia de transverter
os companheiros de Ulisses em

animais, cada um segundo
seus verdadeiros sentimentos,
ocultos no fundo de sua natureza.
A deusa sorri e nos entrega
as taças; e são tais suas graças que
o champanha não só banha meus
lábios como rega meu coração com
a ambrosia da mais rósea emoção.
Ela tem uma varinha
na mão e com ela toca meu ombro.
Reparo então que meu ponto
de vista se torna mais baixo,
estou ao rés do chão, fragilizado,
sem amparo, transformado pela
magia, em calunga, ratinho do mato.
Minha voz resmunga a buscar na
antropologia algum relato
a justificar tal desalinho na anatomia.

Eis então que um gato mia e meu
coração, aos pinotes, impulsiona
as pernas que, em saracotes, me fazem
zanzar ao redor da poltrona. Tomados
pelo terror, o corpo treme, a alma
freme, a garganta geme. Súbito, um
pisão prende meu rabo e eu paro
de supetão; mas por inércia o pavor
prossegue e, ao cabo eu desabo,
dominado pela exaustão.

Com delicado movimento, Homero
me suspende à altura de seu rosto;
e eu, descomposto, envergonhado, tento
evitar seu olhar, como se houvesse
desmaiado. Mas logo, agitado por
uma cambona, sinto um crepitar
de ossos na bunda, já acomodado
na rotunda poltrona.

Foi o senhor quem miou –
digo, com voz embargada. – Açodada
conclusão – rebate o Vate – mas fiel
aos fatos. Não só aos gatos se restringe
seu temor. E eu sou a esfinge, o ponto
de interrogação a lhe opor obstáculo,
cuja superação o tornará receptáculo
ontológico a conter a inteireza do Ser,
hoje ilógico, destituído de clareza
no que concerne à Verdade, camaleão
ferido por hibridação
de vários fatores: realidade, permanência,
fidelidade; logos, transcendência,
escolástica, descobrimento, existência,
juízo, valor. Criatura elástica,
de impreciso perfil, furta-cor.
Mas deixemos por ora essa
tarefa e busquemos a sanefa
a sustentar o arcabouço do pedrouço
que o está a obstar: o medo,
já mencionado, a ser melhor analisado.

Chegamos já ao albedo de sua
alquimia, enquanto mia o gato
em seu interior: o senhor, afastada
a ilusão da temeridade,
na verdade é um cagão.
Nascido no ano do Rato, segundo
o zodíaco chinês, símbolo
de riqueza e prosperidade,
é inteligente, mestre na esperteza;
atraído pela ousadia, ama
o desconhecido, a liberdade;
dotado de imaginação e criatividade,
não abre mão do silêncio, de viver
apartado, um veio de raro letânio
metido em seu subterrâneo; altivo,
desconfiado, sente receio de perder
o conquistado; sempre alerta,
à espreita do tredo adversário,
tem a mente aberta ao medo, mais
imaginário que real; fareja
o ar ao seu redor e ao menor
ruído foge espavorido.

Não borrou os fundilhos ao ser
assaltado, manteve a calma quando
encarcerado, honrou sua grei
ao rejeitar suborno, venceu
empecilhos na profissão, desafiou
a lei durante a ditadura, impediu
sua alma de naufragar no morno,

cumpriu sua missão em meio
à desmesura, abandonou empregos
ao se sentir desrespeitado ou por mero
amor à aventura, mandou patrões
à merda quando decepcionado.
Mas não derrotou o medo imaginário,
o vasto bestiário que tem seu pasto
no fecundo campo da fabulação.

Embora rato, desde cedo meditabundo,
abomina o escuro, o subterrâneo,
a abafação; e muito do apuro
que o apoquenta advém, de fato,
de todo o aparato consentâneo
a esse medo, cuja arquitetura
se assenta no excesso de cordura,
nesse atascadeiro em que, atolado,
se viu de rato mudado em cordeiro.
E tal lodaçal nada mais é
que o abatimento decorrido do
espancamento a que se viu submetido.
A insensatez paterna gerou
a timidez e o instalou no papel
de rato. Em meio a tal zoeira eu sou
a sua joeira, o substrato que o senhor
terá que atravessar, destinado a coar
o abstrato sobressalto, ausente
dos embates com a realidade
mas assente na raiz de todos
os disparates exercidos com leviandade

na tela de sua novela.
Cada fracasso, cada vacilação estão
presos com um laço ao cordame de fios
tesos que paralisa sua ação, um açame
atado ao focinho do atormentado rato.
Isto declarado, está o senhor
liberado para a contestação.

Posso dizer uma palavrinha! – indaga
Circe, que durante este simulacro
de peleja ficou a suster a bandeja,
imóvel qual ventoinha em dia de calmaria.
Já não nos tem serventia – responde
Homero, sem temer qualquer entrevero
por desagradar uma deusa. Bate palmas
a espaventar a miragem e logo
se manifesta uma voragem
a consumir tudo quanto ateste
a presença da divina beldade a nos
prestar vassalagem. Submisso estou
eu, a sobrestar a respiração
ao ver sumir-se no ar
aquele instante de perfeição.
Não se deixe imbuir pelo terror – sugere
Homero – pois o furor da feiticeira foi
dirigido a mim e mesmo que
ela o queira não o pode ferir.
Então, o que tem a arguir após
minha rigorosa avaliação?

Aceito a miuça e visto a carapuça –
respondo, contristado. Atravessado pela
agudeza de seu olhar a radiografar
meu ego, nada tenho a lhe esconder.
Apesar da rudeza, transmitiu-me
a certeza de que meu quase anonimato
provém da timidez do rato; e a aparente
placidez, meu proceder cortez, são
o biombo a ocultar o assombro,
o estar pronto a, de repente, sair em
disparada à procura de um buraco
para escapar ao saco, no qual
o pretenso e imaginário Mal
está prestes a me entalar.
Ante o enigma – diz ele –
quero passar em revista
as razões profundas de tal estigma.
Estou a ventar para que
suas velas se ponham rotundas,
pandas, e deixe o senhor suas andas
para elevar seu caminhar.

A fim de passar à segunda etapa,
sem preliminar, Homero me dá
um tapa no rosto e eu sinto um gosto
de sangue, embora não esteja a sangrar.
Recuo na idade e no momento
de tal adversidade tenho treze anos.
Meu pai, com o mento cerrado
parece desvairado. Tem na mão

a correia destinada a prender
a coleira do cão, que lhe serve de
açoiteira; e com ela, a mancheia,
desencadeia sobre mim uma chuvarada
de golpes e palavrões.
Apedreja-me o granizo, desabam
aluviões de impropérios, entremeados
de bofetões. *Filho da puta*! grita
ele, em meio à labuta, a mover
a correia qual bateia, à procura
de minérios ocultos ao fundo de meu
caráter. *Nunca serás nada*! *Tens
o sangue envenenado*!

A *alma mater* da tunda –
uma das muitas que sofri –
é a profunda amorosidade com que
ele zela pelo meu futuro.
Mas a ferocidade com que bate
abre uma janela e eu diviso
um monturo nauseativo,
pois o verdadeiro motivo da sova
foi ter eu me atrasado ao voltar
da rua sem que minha mãe
soubesse de meu paradeiro.
Tão desamparada e vulnerável
quanto eu, ela agora lhe roga
que cesse a destemperada
e execrável agressão, mas ele,
a gritar, lhe ordena calar

e a responsabiliza por minha
desobediência, redobrando o furor
da punição que baliza minha
existência com nefando sentimento.

*Devias cobrir a cara com
merda*! – prossegue ele, alucinado,
e coroa a desova paternal e amiga
com um chute em minha barriga,
pois eu, todo mijado, estou encolhido
no chão. O sinete de tal loa é o laço
do cordão do sapato gravado
no meu ventre qual tatuagem,
cuja imagem perdura na memória.
Então percebo que algo se rompeu
em minha ventura, no prazer que sentia
por viver. O negror que irrompe não é
o medo de morrer e sim a sensação
de não ser, de apagamento,
como se o sopro do pavor
tivesse extinguido a luz interior.

Mas apesar desse anulamento,
odiei meu pai somente durante
o tempo que durou o espancamento.
Com ele convivi até o fim de sua
vida, mas de maneira ressentida,
sem que o pudesse deveras
amar. Reconheço, contudo,
lhe dever, além do ar que estou

a respirar, tudo quanto pôde
fazer para me manter e educar.
Viveu em dois universos diversos,
um devotado ao lar, rigoroso
e moralista, outro que lhe possibilitou
flanar, qual abelha sensualista, a sorver
o néctar de flores olorosas, carnais.

Não tem o senhor lembrança
de momentos aprazíveis
em companhia de seu pai? –
indaga Homero. – Sim. Durante
a minha infância houve
uma aparente harmonia,
pois me eram invisíveis
os estamentos, a hierarquia
a reger o que a mim parecia
uma aconchegante vida familiar.

No meio da semana e aos
domingos à noite, anos antes
de terem início a humilhação
e o açoite, ocorria meu Nirvana.
De terninho e gravata, levado
por meus pais ao cinema
do bairro, deixava-me envolver
pelo bulício da multidão reduzido
a burburinho ao se iniciar
a sessão. Foi ali que eu,
atoleimado pela exuberância

do mundo exterior, desconhecido,
me vi tocado pela ânsia
de criar algo parecido
ao que via nas películas,
ridículas ideias, talvez,
se considerarmos estar
com apenas sete ou oito anos.

Os sábados eram reservados
por meu pai a exibir a amante
em algum restaurante, em meio
aos amigos, todos encantados
com seu estro, sem saber
do sequestro sofrido pela paz
em nosso lar, falaz espetáculo,
sustentáculo do sofrimento materno.
Anos depois, entrado na juventude,
ao voltar de alguma noitada,
encontrava minha mãe acordada,
a chorar. E quando lhe perguntava
pela razão daquela tristeza,
respondia-me estar a sofrer
de uma dor de cabeça.

Lembro-me da tibieza de sua voz,
um murmúrio angustiado
de pequeno animal acuado
em seu tugúrio. Isto não é
algo que se aceite ou esqueça.
Mas hoje posso compreender

que não vivia solitário destino,
pois naquela altura era esse
o ideário do macho latino.

XXIV

Hoje, tendo o senhor ciência
do ocorrido, a alma sufocada, o coração
ferido, procure evitar a auto complacência,
loucura controlada em que a calma
anestesia a emoção; e sua lucidez,
a dormitar, é presa de qualquer
tipo de fantasia. Circunscrito à angusta
anchura da memória, a relembrar
a sordidez de sua obsedante história,
anseia por uma surpresa,
como quem necessita de ar.

Desatemos a peia da mesmice
que o mantém atado à parvoíce.
Dinamitemos o pedrouço a vedar
a passagem da voragem ascendente.
Dê-me sua mão. Venha comigo.

Envolve-nos um turbilhão e subimos
à região celestial, ao encontro de um
planeta, nave cambeta a deslizar
na amplidão estelar. Em ascensão
vertical, atravessamos a amena
atmosfera da pequena esfera
e chegamos a um jardim no qual
escutamos o arrulho de uma pomba.

Sede bem-vindos ao Bergantim
dos Pais Exemplares – turturina a ave. –
Advindos de lupanares remotos,
perdidos nos ignotos idos da lomba
universal, onde predominam a ignorância
e o mal, estais inquinados com toda
sorte de pecados, inclusive o original,
pertencente à última instância do pecar,
consistente no ato de pensar.

O que é feito dos pais exemplares? –
pergunta o Poeta, a lançar um olhar
ao âmbito da naveta. Jazem no fundo
dos mares galáticos – responde ela –,
em decúbito, metido cada qual
numa gaveta, a vogar, errabundo,
ao acaso dos ventos lunáticos.
Trata-se, pois, de uma burleta – contesta
Homero. Drama, arrulharia eu,
velhacaria do Fado – esclarece ela –,
visto haverem morrido de enfado,
por se sentirem tão perfeitos.
Produzidos em série por maquinários
escorreitos, submetidos a testes sob critérios
incontestes, recebiam o selo de Pais
Exemplares, cujo zelo resultava
em proles venturosas e lares
estáveis. Mas tal desvelo produziu
afinal, desastrosas e fatais consequências.
A perfeição reduziu os contrastes,

as diversas frequências, modulou
o diapasão, ajustou os tons e tudo
submergiu no marasmo, na mesmice.

Pasmo, indago se não havia
pais violentos, espancamentos de filhos
adolescentes e outros inconvenientes.

Nada – responde a ave. Tudo corria
nos trilhos, sem qualquer
indício de sarilhos. Os filhos,
ao crescer, tornavam-se perfeitos;
e assim, geração após geração,
não havia lares desfeitos nem viver
fictício. E desse acomodatício
proceder decorriam a paz e a felicidade.
Até que um dia, como vos disse, caíram
todos na ratoeira da pasmaceira.
Já não sorriam, infectados pela opacidade.
Enfim, tomados por uma toleima
sem remédio, morreram de tédio.
Salvaram-se os animais – conclui
Homero. Houve uma queima, uma
liquidação – responde a pomba –
e num banquete procedeu-se
à mastigação da fauna. Mas a senhora... –
insiste o Vate. – Ponde atenção: após
o tal beberete fodeu-se o planeta.
Já não late o cão nem mia o gato.
Apenas uma sobrevivente – insiste

Homero. Não estais a ver que minhas
penas são artificiais? Quem
vos fala é um artefato, um bonifrate,
robô, fantoche, boneco. E vossa
visita um disparate, puro deboche.
Pegai vosso abatido antropopiteco,
querido vovô, e levai-o para longe
deste cambaio planeta, desta alegoria.
Falta-me energia, já não prossigo.
Câmbio... desligo.

Gargalha Homero – amam o riso esses
gregos, penso eu – e já nos encontramos
de volta ao terraço. Cheio de astúcia,
sem respeitar minha angústia, está
o senhor a zombar, a me abalar
com dorido trompaço, uma historieta
de um derruído planeta
e seus pais exemplares, evidente
sarcasmo a propósito de meus pesares.
Naquela importunice da morte
decorrente da mesmice, soprada
por sua loquela, ironiza a coorte
de genitores respeitosos, meros
atores, produzidos em série por
maquinários cavilosos, cujo
supino destino é serem reduzidos
a personagens de anedotários.
Suponho que a contrafação
seriam azoratadas figuras dadas

ao assédio, à violação, pais
espancadores, pedófilos, promotores
de descomposturas sexuais, orgias
tribais, o sonho da variedade
em busca da saciedade,
infalível alarvia contra
a morte por melancolia.

Minha intenção – replica ele –
foi apenas mostrar que não existe
perfeição, pois esta implica
eliminar a polaridade, sem a qual
cessa a comutatividade
da energia que move o universo.
Meus argumentos abordam sua
obsessão em perseguir a perfeição
implantada em seus ouvidos com
os grunhidos, ameaças e turpilóquios
desferidos por seu genitor.
Nunca serás nada é semente que,
ao germinar em circunlóquios,
buscará o sol da exação.
Mas a vida, tendo-se em mente a
humana condição, não é perfeita.

Buscamos o progresso, tentamos
vencer o Mal; e, para nosso
estupor, o levamos no recesso
do Ser, no sacrário da alma,
que tem em nós seu agente funerário.

Perfeito só Deus – costuma
dizer o povo, mas temo haver erva
daninha infiltrada nesse eito. Como
condição para remir o pecado de Adão,
impôs o Criador que seu Filho
assumisse a natureza humana e
morresse crucificado, fixado
no lenho com cravos acerados,
pontiagudos, a romper ossos,
tendões e cartilagens. O mais caro
dos perdões obtido por ignavos
meios exarados nos textos sagrados.

Que pai, ainda que bruto, sabendo
estar um fruto envenenado, o deixaria
ao alcance do filho recém-criado,
inocente, recomendando-lhe não o comer,
tendo nas cercanias uma serpente
lábil, falante, hábil em velhacarias?
Que pai, por mais aberrante,
exigiria, para remir uma dívida,
que seu filho entregasse a vida
às mãos de torturadores, até
se consumir em horrores, batido,
cuspido, chicoteado, achincalhado,
para ser, enfim, supliciado?
Comparado a tal desancar, o proceder
de seu pai chega a ser exemplar.

Da existência, divindade
e perfeição de Deus e de Cristo não
desdenho. Apenas não me agrada o desenho.
Um pai criado à nossa imagem
e semelhança, distorcido pela teológica
ciência, para sua conveniência.
Não há lógica no personagem,
verossimilhança, uniformidade,
tão parecido com os humanos
quanto Zeus e seus pares,
enredados em constantes afanos.

XXV

Homero acende um cigarro e a fumaça,
em espirais, ascende e traça um desenho
bizarro que lembra paisagens ancestrais.
São turcos – diz ele, com o cenho contraído.
Perdoe-me por tê-lo agredido. Às vezes
há exagero em meu esmero,
bestagens à maneira zen.
Tirou-me da pasmaceira – respondo eu.
Brindemos! – grita ele, e já
o champanha borbulha nas taças,
na temperatura ideal, e após alguns
goles meu ente mergulha na artimanha
e as baças lembranças da imatura
adolescência adquirem opalescência
e, qual tênue *néon*, vagamente iluminam
as trevas de meu lentescente sentir,
ao som de nostálgico *bandonéon*,
interrompido bruscamente por um rugido.

O Poeta abre os braços e exclama:
Salve Dioniso, deus da mística embriaguez
e da inspiração! – Viro-me
e deparo uma carruagem vinda
dos espaços, tirada por dois leões,
atrevida alucinação exercida sobre
minha mente fragilizada por tantas
emoções. Risonho, a cantarolar,

desce do carro um adolescente,
ligeiramente ébrio, e me oferece
um cacho de uvas, que eu rejeito
por lhes temer o efeito.

Impressionante figura, de mediana
estatura, tem o deus basta cabeleira
dourada, adornada por uma coroa
de pâmpanos, como se uma videira
lhe tivesse brotado nos arcanos cerebrais.
Leva na mão um tirso, bastão
encimado por um lavrado em forma
de pinha e enfeitado por sarmentos
e folhas de hera, viçosos, como se
estivessem a brotar em plena primavera.

A que devo tão honrosa visita? –
indaga Homero. Vem degustar nosso
champanha? De antemão lhe assevero
que não nos podemos embriagar,
pois estamos em fervorosa campanha
para livrar o poeta aqui presente
das garras do maligno sequestrador.
Pois é nesse tourejar que eu
o posso ajudar – responde o deus.
Contudo, não me parece condigno
o método adotado. Ao longo dos
anos tenho observado seu pupilo
e até o estimulei aos tresvarios
da embriaguez. Era um jovem

apaixonado, alegre, um tanto rezingueiro,
é certo, por buscar a perfeição, como
quem aguarda a chuva no deserto.
Mas agora, durante o seu mourejar
para dele extrair uma odisseia,
não vejo surgir aquela figura
irreverente, irônica, de temerária
compostura que, num almoço entre
amigos, causou alvoroço ao lançar
aos pratos – qual pedreiro ou acrobata –
bifes, verdura, purê de batata
e variado acompanhamento, para
desmistificar requififes místicos,
escarmento à banalização do sagrado.

Onde está o destemido e imprudente
que durante a ditadura, tendo ele
a investidura de assessor de imprensa,
no Palácio do Governo, ao ser
advertido de que havia microfones
no teto, a gravar qualquer ofensa
ao Poder ou desvio ideológico, trepou
numa cadeira, para testar o ilógico
desvario, e se pôs a elogiar as mães
dos governantes, destemperado descarrego
que lhe custou o emprego?

O que é feito do audaz que,
afeito à aventura, deixou cobiçado
emprego e se mudou para o Rio

de Janeiro apenas pela ventura
de lá estar, em altaneiro flanar,
a perseguir a Poesia para a qual
a elite do universo empresarial
não vê serventia além de elogiar,
em verso, uma nova marca
de xarope capaz de curar a bronquite?

Qual o paradeiro do jovem
confiante que ante a cigana a lhe
perguntar se seria capaz de lhe entregar
todo dinheiro do qual seria possuidor
no momento, sem receio do que
lhe pudesse acontecer, esvaziou
os bolsos, isento de temor, e alguns
passos adiante encontrou um amigo
que, sem saber do ocorrido, o presenteou
com uma quantia superior
à que ele havia despendido?

Foi tão variada a ocorrência
de situações semelhantes, que não
vejo conveniência em mencioná-las
neste breve discurso.
Tudo isto se perdeu no roteiro
por você desenhado, Homero, pois
o que agora se me antolha é um
camundongo assustado, choroso, a lhe
revelar a faceta mais triste e sombria
de sua personalidade. Talvez por

timidez, ao se encontrar diante
de incomensurável esteta, de um gênio
cujo talento atingiu tamanha enormidade,
se veja ele em palpos de aranha,
incapaz de resistir a qualquer argumento
gerado por sua intrepidez.

Nas prezas da aranha estou eu –
responde Homero – ao me ver
obrigado a contestar uma divindade
cuja autoridade não lhe dá aso
admitir incertezas. Meu caro
Dioniso. Permita-me lhe dizer
que seu conhecimento se resume
às videiras, às estrumeiras a lhes
servir de alimento e ao vinho.
É de comezinho conhecimento consistir
a odisseia, extenso poema, em narrativa
de grandiosa concepção, destinada a provocar
admiração, espavento, maravilhamento,
não nos cabendo, portanto, lhe
acrescentar gracejos, brincos, truanices,
bufonarias e outras mandracarias
de espetáculo circense, esmorecendo
o efeito dramático que tem, como
receptáculo, a alma do ouvinte ou leitor.

Tudo quanto de jocoso lhe foi
dado ver aqui tem como objetivo convencer
nosso poeta a deixar o morboso

estado no qual se vê trateado.
Considerando-se, no entanto, a autoridade
de sua divindade, creio ser possível
deixar interdita essa norma,
por ora, e proceder à reforma
de tanta desdita com um pouco
de leviandade, a fim de que
nosso paciente se ponha mais à vontade.
Tem alguma sugestão? – Sim. Uma viagem.

Excelente ideia! – exclama Homero.
Exorcizemos o álgico momento
e deixemo-nos partir à busca do sol,
do encantamento. Mergulhemos por
inteiro nas delícias do Rio de Janeiro,
não o de agora, motivo de alarme,
que turba os sentidos com rompantes
de milícias e traficantes, destrutores
da ágora, amantes do furtivo, dos
desvãos, captores e carcereiros de seus
irmãos, a serviço da falsa elite,
cheirante, fumante, fungante, mãe
da bala perdida que rouba o alento
de quem rala para ganhar a vida.
Vamos ao Rio de outrora, quando
a juventude colhia, amiúde,
instantes floridos, vibrantes, nascidos
como que por encanto do puro espanto. –

Subimos na carruagem e Dioniso
instiga os leões que, a rugir e a agitar
as jubas, assumem suas posições.
Mal iniciamos a viagem e já
nos encontramos a sobrevoar a
Guanabara, em radioso dia; e eu,
como sempre, fico encantado
com a beleza que ela irradia.

Lembra-se de quando você
e um amigo alcunhado eletrônico –
momento para mim icástico –
decidiram brincar no carnaval? –
indaga o deus. Tomados de entusiasmo
orgiástico, oposto ao maninho cotidiano,
a naufragar no marasmo, beberam
um garrafão de vinho e você
acabou numa festa de casamento,
sem saber como havia chegado lá;
e, trepado na mesa, bêbado,
louco de manicômio, se pôs
a discursar contra o matrimônio.
Como estava por mim protegido,
além de não ser expulso terminou
a representação muito aplaudido
e sentado junto aos noivos.

Dioniso ri, e Homero preocupado
com o andar da carruagem, receoso
de ter seu precioso trabalho arruinado

pela voragem inebriante que acompanha
o deus, desvia-me a atenção para
a grandeza do cenário; e, numa
peripécia, funde com a paisagem
uma vista da Grécia. Maravilhado,
vejo confundidos o Atlântico e o Egeu.
Uma colagem digna de Braque em tons
esbatidos pelo entardecer.

Põe-me basbaque – digo eu a Dioniso –
este seu proceder, um cântico de exaltação
à vida, oposto ao meu modo de ser,
apolíneo, tão racional e retilíneo.
Nem tanto – contesta ele – pois vejo
em suas pegadas um rastro
irracional que atesta passadas
tendências ao onírico,
a descambar para o orgíaco.
Cuidado! – grita Homero, agitado,
e eu me vejo prestes a abalroar
o Corcovado, desfecho de uma experiência
aloprada em que um poeta,
super-homem, cruza a atmosfera.

Acabamos de entrar num desvão,
numa ranhura da realidade, cuja
atomicidade lhe foge ao conhecimento –
observa o deus. Vejamos como reage
enquanto voamos no interior da montanha. –
Segura-me pela camisa, para

me transmitir confiança, e numa
investida precisa atravessamos
a rocha, como se estivesse descosida,
deliquescente. Ao sairmos na vertente
oposta, critica minha racionalidade,
imposta pela mediocridade circundante,
incapaz de perceber
a esfuziante magia do universo.

Abandone a liturgia – diz ele –,
ande na contra-mão, aferre-se à ilusão,
reúna o disperso, esparrame a mente
una, liberte-se do açame, colecione
bolhas de sabão, fareje como um cão
a intuição, cavalgue o ciclone
retome a loucura de sua mocidade,
epitome da virtude na terceira idade.
Mistérios estão à sua procura,
barrados por deletérios costumes,
peles endurecidas nos cortumes
das falsas tradições, com as quais
encasacamos nossas emoções e invernamos
a consumir a gordura acumulada em nossas
vidas. Abandone-se à aventura,
deixe-se fluir na acendrada
amplitude da vivência restaurada.

Vá se fazer de lero em outra
freguesia – diz Homero ao deus,
visivelmente irritado. Estala os dedos –

gesto de profilaxia, para evitar que
seja eu contaminado pela atmosfera
de prazer carreada por Dioniso – e faz
sumir, de supetão, carruagem, leões, deus
e todos os seus pertences.

Estou a despencar em queda
livre, com a aragem no rosto, mas
a mão do Poeta me agarra, descemos
vaguejando o restante da tombada
e após atravessar um telhado estou
a desabar, em culapada, numa
aconchegante poltrona. Homero vem
arquejando, com ar aparvalhado,
a cavalgar, qual desajeitada amazona,
endiabrada e invisível cavalgadura,
e acaba por descambar no tapete,
com o topete a sofrer descompostura.
Mas logo recompõe o porte e se põe
a rir, tentando protrair o embaraço.

Reconheço de imediato esse espaço,
como se não houvesse transcorrido
um hiato de meio século. É uma
casa em Santa Tereza onde eu, movido
por afeto e curiosidade, gozei momentos
de inteireza e densidade, após sondar
com um espéculo as entranhas da sociedade.

Em viver discreto, um jovem
casal decidiu abandonar as artimanhas
grupais, subiu a montanha e criou aqui
um ninho singular, no qual alguns fugidos
do burburinho, da gadanha sistemática,
acabaram por se instalar.
Embora confrangidos pela
ditadura, que ainda não se tornara
dramática, buscavam preservar
suas almas ao abrigo da candura
emanada desse lugar.
Ela, assentada em serena altivez,
levava consigo um encanto, decorrente,
penso eu, da amena convivência com
o mistério, com a quietação latente
em seu olhar. Havia nela inata
ciência, uma ascendência com a qual
organizava o contingente do pequeno
falanstério. Ao marido competia a ação.
Autodidata, artista, artesão, consciente
de sua empatia, era um tanto abnuente,
zeloso quanto a admitir alguém
em sua intimidade. Seu semblante,
caloroso, irradiava simpatia, veracidade;
e seu olhar abarcante ocultava quanto
sabia sob a capa de um sorriso
à socapa e uma falsa bonomia.
Admirava-me ao ver tanta
maturidade em jovens na flor
da idade. Longe da praia, da superficial

existência litorânea, preservavam
a proverbial ciência do povo da
montanha. Graças a eles brotou em mim
um renovo, uma original maneira
de ver através do postigo
que oculta a enferma terminal
denominada Civilização Ocidental.

Ouço vozes no corredor
e o casal entra na sala a rir
e a brincar com Ava, uma cadela,
que salta e corre ao seu redor,
escava o tapete, à procura de um osso
imaginário, deita-se e finge que morre.
Reconheço a cena, advinda
da obscura região de um passado
autoritário, em que a esfinge
devorava quem, na berlinda,
não soubesse decifrar a desrazão
do tirano abancado no Poder.
Vejo-me entrar na sala, com porte
lhano, ainda tão moço, um esboço
do que hoje sou, e abençoo a sorte
de ali ter vivido em tão afável companhia.

Eles não dão por nossa presença.
Apenas a cadela sente no ar algo
escrutável, de sua conhecença,
e se põe a farejar. A jovem busca
o sol junto à janela e sua beleza

ofusca o olhar de Homero, em que noto
um traço de tristeza por ser já defunto
e ter perdido, no remoto passado juvenil,
a emoção de um abraço feminil.
Irritado, levanta-se a simular
um porte loução, na tentativa de ignorar
a morte, e presto me arrasta através
de uma parede, de volta à vasta paisagem
tropical, à qual, preso por uma rede
sutil, há muito presto vassalagem.

XXVI

Como que transportado por avião,
eis-me chegado ao estúdio
de televisão no qual trabalhei,
no antigo Cassino da Urca, estapafúrdio
destino, coroação de uma aventura
pela qual abandonei a espurca vida
social, em busca de ventura
e celebração que, por meio do cinema,
vislumbrei existir fora do sistema.
Para dar início a tal proposta
de me livrar da crosta serviçal,
abandonei um emprego vitalício, deslizei
no tobogã da grã maluquice e passei
a viver em estroinice, a ver se por
meio do desvario mental encontrava
o veio que me levasse ao espiritual senhorio.

Procurando sobreviver dei com
o costado na função de assistente
de estúdio, robô abestalhado,
prelúdio de algumas desventuras
mas repleto de paixão. Persistente, enfrentei
a temeridade de atravessar cada
noite sob o açoite da fome, a tragar,
pressuroso, um lanche discreto, pois
na televisão o *show* é constante avalanche
de brilharetes para manter

a emoção e a venda de sabonetes.
Mas apesar das estultícias
aquilo era um jardim de delícias,
vivenda de horrores, caverna
de Aladim, senda bifurcada em direção
ao riso, à pilhéria e à eterna
exposição da miséria. Um parque
de diversões nas imediações do Inferno.
E eu, que abandonara terno e gravata,
acabara sob a pata do sistema, verdadeiro
apostema a torturar meus brios,
atoleiro de dar calafrios.
E, no entanto, era feliz. Por estar
no Rio de Janeiro, a surfar
no espanto, a rir ao simples abrir
da janela, tendo por cenário a favela
e, ao fundo, a cara visão da Guanabara,
o azul profundo do céu
e, mais além, o mundo.

Encontro-me agora sob os ralos
aplausos de uma claque basbaque,
mal remunerada, formada por
idosos, ansiosos, pelo momento
de receber como pagamento
um sanduiche, um refrigerante quente,
uma cédula aviltante e a crédula
oportunidade de ovacionar seu fetiche.
Sobe ao palco a mais popular
cantora do Brasil. Qual maestro

de pavilhão ordinário, aceno à redentora
senil que lota o auditório no sentido
de elevar o diapasão da ovação,
mas obtenho apenas uma nota aguda,
um gemido, enquanto a arraia miúda
permanece inerte e muda. Redobro
o empenho, espanto o sono da galera e
obtenho o dobro do entusiasmo:
dois gemidos e algumas palmas
que parecem saltar de um espasmo.
Quase a chorar, sacudo aquelas almas
com esgares aguerridos, pareço
um botocudo em meio a seus pares.

Que porra de silêncio é esse? – grita
espavorido o fone acoplado ao meu
ouvido, um ciclone a reproduzir
a voz de meu senhor, o diretor.

São quatro horas da manhã
e o proletariado elevado à função
de aplaudidor dormita em infinita
quietude e sua maior virtude – condenada
pela direção da casa – é o mutismo.
Estar ali é já heroísmo, longe
do tranquilo movimento de um asilo.
No próximo bloco, a maior voz
do Brasil! – repete o locutor tentando
manter o foco, enquanto uma vedete
rebola com ardor para regalo do

telespectador. Entram os comerciais.
A diva, ralentando o tempo, à espera
de receber quanto se lhe deve em respeito
e admiração, estufa o peito e olha
com desdém a plebe xexelenta.

O diretor, encastelado num aquário,
no alto do estúdio, abre a porta, bufa
e deita falação, um jorro de acidez
em forma de esporro atrabiliário,
como convém a quem ostenta o primado.
Estamos gravando o videotape
e a cada erro retornamos ao ponto
em que seja possível a emenda.
Cabível, portanto, a reprimenda.
Para completar o desemperro, serve-se
outra merenda e logo os aplaudentes
se mostram contentes, retomam a cor
e estão dispostos a mostrar seu valor.

Todos a postos! Luzes, câmera,
ação! – grita o diretor por meu
intermédio. E eu a bocejar
e a morrer de tédio. Um novo
auditório se revela sob o influxo
da mortadela, não mais o perfunctório
esvoejar de palmas expirantes mas
um fluxo de energia a transbordar
em palmear e berrar delirantes
que afugentam a letargia.

Homero, abancado na primeira fila,
assovia, delira, sapateia e eu não
sei se está encarnado ou se é apenas
um vulto que vagueia em meio
ao tumulto, de maneira a curtir
as cantilenas. Estica os lábios,
a imitar o bico de um fuinho, para
me lançar um beijinho de
estimulação, quando a cantora
enfuna o peito, qual impávida escuna,
e com trejeito de prima-dona, ávida
de glória, solta a maviosa voz e detona.

Transcorrem assim alguns
minutos, sem novidade, até que
a sonoridade se altera, segundo
os argutos sentidos do diretor, que
solta um profundo suspiro em meus
ouvidos: Essa bruaca, essa vaca
ainda vai cagar o VT! – geme ele,
referindo-se à maritaca e ao video tape. –
Faz um sinal pra ela se afastar do microfone. –

Ela obedece mas logo sorrindo
e ondulando o material sentante, acaba
provocando um exasperante ruído.
O VT está fodido! – grita o diretor.
Deita no chão e dá um murro no dedão
do pé dessa filha da puta! – Vou à luta,

ouve-se um urro, a diva esbraveja,
a galera festeja a interrupção,
o diretor sofre uma recidiva
e cospe uma erupção de palavrões.
São quase cinco da manhã,
minha carreira soçobra em hábitos
deletérios, vai-se a harmonia,
esvai-se a saúde e o tempo cobra essa
zoeira estafante com uma galopante pneumonia.

Há nesse episódio – observa
Homero – dois sérios componentes que
não se tornaram evidentes por estar
o senhor a zanzar nesse pódio sob
os holofotes a lhe ofuscar os dotes
do pensar. Tratou os Aplausos com
leviandade quando, na verdade, foram
criados por Croto, nascido de Pã
e de Eufeme, uma das Musas,
suas irmãs de leite.
Usados como complemento
do alvoroto televisivo, massivo
entretenimento, não recebem o devido
respeito, já que tiveram por fim
externar a admiração que o referido
Croto sentia pelas Musas, as quais,
em retribuição, pediram a Zeus
que o transformasse em constelação.
Não se trata portanto de fantasia

dizer que os Aplausos
fazem parte da Teogonia.

Quanto a esmurrar o dedo
da cantora, piora o enredo. Atitudes
como essa trazem um não acabar de
contratempos, já que a Fama alça
seus ungidos a grandes altitudes,
tornando-os semideuses.
Nascida em tempos idos, logo
após a criação de Ceu, da raça dos
Titãs, tem supinos poderes, segundo
a descrição que dela traça Virgílio,
aprimorada pelos dizeres de Ovídio.

Dotada de vários olhos
e numerosas bocas, voa a Fama
pelo mundo em vertiginosa velocidade,
como compete a uma deidade. Ainda
agora mora num palácio de bronze,
provido de tocas e cavidades
através das quais soa uma infinidade
de vozes que são devolvidas depois
de ampliadas. De sua corte, a provocar
atrozes consequências, fazem parte
o Erro, a Sedição, o Terror, a Credulidade,
a Falsa Alegria e os Falsos Rumores.

Ato de pura insanidade foi
esmurrar o dedão de cantora tão famosa,

na qual se concentra, além da sonora,
uma quantidade de energias canalizadas
pela estrondosa repercussão de sua
imagem e nela dinamizadas, como
numa grande central de força.
Ela é um ídolo para milhões
de fãs, consolo de seus pesares,
ilusões e frustrações. Agredi-la equivale
a desafiar o Fado, a tocar num fio
de alta tensão, desencapado,
e só pode resultar em punição.

A pneumonia a que o senhor
se referiu não surgiu de vírus
ou bactéria mas da desarmonia causada
por sua ação desastrada e deletéria.
E o senhor foi apenas o intermediário.
Imagine o que sucedeu ao temerário diretor.
De fato – concordo – minha vida
desandou, naufragou meu sonho
altaneiro atingido no rebordo por
uma onda de adversidades que me
levou a deixar o Rio de Janeiro
e suas aprazibilidades.

Tem sido o senhor um tanto
absorto, andando a torto e a direito,
com nefando desproveito para
sua vida interior. Escapam-lhe
os pormenores, a minudência,

o cerne das coisas, das situações,
vale dizer da verdadeira ciência
que no momento lhe concerne,
a qual o senhor apenas abeira
em superficial julgamento.
Atente para o fato crucial
de que tudo é signo, tudo tem
um significado exato, jamais
eventual, jamais desnudo.

Uma estrela cadente risca
o espaço sideral e eu me vejo
de volta ao meu axial terraço.
O luar tem matizes violáceos
a competir com o olhar de Homero,
de raízes tão vetustas quanto
os terrenos arenáceos e as adustas
paisagens da Grécia antiga,
paragens a infundir amenos sentimentos,
benignos ao filosofar e ao poetar.

O que me fascina na trela
de Homero é ser desenvolta e traquina,
equilibrada entre o vero e o fabuloso,
sem chegar à pantomina; inteligente
mas isenta de fanfarronada.
Ardiloso, matreiro, sorri com
ar sorrateiro, tudo pela ingente
necessidade de revelar a verdade
e derrocar minha indiferente postura

quanto à importância desta aventura.
Qualquer banalidade ganha em sua
boca status de autenticidade; e a veracidade,
com um olhar que a desloca,
soa como mentira deslavada.
A arder numa grelha, sobre o fogo
desse olhar, tento acompanhar o jogo
sem perder a compostura e acolher
cada centelha de seu intento.

XXVII

Parece-me estar absorto, como se
o seu espírito, após tempestuosa
travessia, buscasse um porto – observa
o Poeta. Aborrecido talvez por ter sido
abruptamente retirado daquela afetuosa
circunstância ou pela irrelevância,
a seu ver, de meus comentários
a propósito da irreverente agressão
à cantora, compósito
de imprudência e desrespeito.
O que me preocupa – respondo –
é a grosseira maneira como se comportou
com Dioniso, a compor uma catadupa
de situações em que não prima
o senhor pela sutileza.
Na sua adolescência – responde ele –
enfrentou espancamentos, agressões, saraiva
de tijoleiras para conquistar espaços
em meio ao preconceito; e agora,
fragilizado, infectado pela macieza
decorrente das emasculadas relações
sociais, influenciadas por gurus
e comedores de arroz integral –
fatal opção quando o Ocidente
se defrontar com as hordas
comandadas por Gog, da terra de
Magog – me aparece como um

não-me-toques. Não houve Dioniso
algum. Sou eu, sempre, a mover
os cordames dos fantoches; e tanto
o filosofar quanto o zombar, sejam
elogios, deboches ou remoques,
nascem de meu raciocínio, a fim
de promover o morticínio de sua
lerdeza, de seu excesso de delicadeza. –

Não consigo saber se está deveras
exaltado ou apenas a preparar uma
de suas cenas; mas logo a seguir percebo
que sua intenção é me fortalecer.

Gostaria de ouvir algumas palavras
sobre seu filho – pede ele, conduzindo-me
à angustura que sobreveio à pradaria
na qual minha vida transcorria.
Comecemos pelo fim – respondo,
para enfrentar logo (e aliviar
os postremos) o primeiro couce –.
Galgou um outeiro, como fazia a cada
dia, para ver o sol poente; e tomado
por hediondo sentimento, em lastimoso
estado, matou-se com um tiro.
Dado o tormento que em mim
se reacende ao falar e transcende
o angustioso, prefiro calar.
Não se furte ao necessário
enfrentamento – insiste ele. O tumulário

ato roubou-lhe o Norte e se o senhor
não o reviver não há como serenar.
Talvez seja mais fácil retornar
ao momento em que ele, pequeno
e grácil, despertou-lhe simpatia,
amor, encantamento e o senhor
se decidiu a adotá-lo.

Fábio tinha seis anos e eu
já me havia afastado de Luisa,
sua mãe, por entender que seu
constante estado depressivo, embora
compensado por rara beleza,
certamente poria a perder
nosso consuntivo relacionamento.
Menos de um mês havia transcorrido
após nosso afastamento quando,
com estranheza, descortino o menino
a pedalar, esbaforido, sua bicicleta,
numa região distante de casa.
Por que você sumiu? – pergunta,
com voz inquieta e ofegante. Não some
não. Volta com minha mãe.
Quero que você seja meu pai.
Ante o sincero parecer meu Ser
se desconjunta e eu retomo a relação,
tentando estabelecer um lar. Mas
o garoto continua a morar com os avós,
mesmo após o nascimento de Alessandra,

minha filha, pois o avô, ciumento,
não quer abrir mão do neto.

Sem ter uma Cassandra que me
propicie a necessária advertência,
sou surpreendido, em decorrência
de um dissídio, por uma tentativa
de suicídio. Minha companheira sobrevive
mas a cada empecilho seu ânimo
debilitado mergulha na enxurreira
de traumas e problemas, um rastilho
à espera de uma fagulha para
tornar nosso lar implodido.
Sob constante ameaça de suicídio,
seguida de muita bulha e choradeira,
fico sem saber o que fazer. Mas não
quero dar a entender que nossa
vida fosse sombria, pois havia
muitos momentos de alegria e até
de entusiasmo, embora pontilhados
por imperceptíveis fragmentos
de marasmo, camuflados, imprevisíveis.

A beleza de minha mulher atraía
os olhares e lhe dava ares de realeza,
uma gavinha que se lhe agarrou
à alma – um misto de vaidade
e futilidade – e acabou por levar
a palma, suplantando suas muitas qualidades.

Embora amargando algum sofrimento
por ter sido abandonado pelo pai,
Fábio parecia ignorar causalidades
e viver cada momento apegado
à circunstância, como que tomado
por uma ânsia de tudo usufruir.
Era sorridente, vibrante, e em meio
ao instável fluir de nossos dias
seguia adiante, num ingente esforço
– hoje presumo – de tornar
superável qualquer adversidade.

Receber um filho de seis anos –
observa Homero –, além da experiência
de o ter já pensante e falante, semelha
encontrar um tesouro que, na verdade,
é enigma a decifrar, um ser a cujo
nascer estivemos ausentes; é navegar
sem bússola ou paradigma, um
gesto decorrente de sentimentos
aquiescentes, assente apenas na intuição,
algo não racional, que brota
no coração, amor incondicional,
profundo, frota de caravelas
a enfrentar calmarias e procelas,
na ânsia de decifrar um novo mundo
camuflado pelas ligeirias da infância.

Todo ente é um continente
a desbravar e conhecê-lo uma

aventura que demanda desvelo,
coragem, pois a paisagem revelada
tem sua agrura, sua nefanda chuçada
à espreita para, de repente,
sob a aparência escorreita,
nos desferir um bote de serpente.
Difícil é inferir qualquer
evidência, uma pista, sob o mote
da normalidade; e somente após
passar em revista a miuçalha
contida na joeira em que se deitou a vida
podemos, talvez, em meio à palha,
encontrar um indício de quem
seja o ente adventício.
Tem razão – digo eu. Fabio,
embora muito querido, permaneceu
quase desconhecido para mim.

No velório, seus olhos, semicerrados,
ainda apegados ao mundo ilusório,
pareciam querer ver o que se passava.
Talvez ansiassem por lançar um derradeiro
olhar ao horizonte, às montanhas,
ao azul do céu, à cava do despenhadeiro
contra o qual, dias antes, sua asa delta
se chocara, conduzida pelas artimanhas
de um vento aziago, cuja intenção, ao cabo,
fosse porventura matá-lo para
poupá-lo de se tornar suicida.

A lesão na cabeça, resultante
da queda, rompeu a fina tecitura
da censura que o mantinha relutante
quanto ao desfecho tantas vezes
insinuado em brincadeiras e alusões à morte.

É provável que as Fiandeiras
já houvessem concluído o entrecho
e lhe insinuassem, junto ao ouvido
a tarefa que a Átropos competia,
o derradeiro corte, e que ele, prestativo,
tivesse anuído a tal serventia – observa Homero.

Lembrei-me então dos pássaros –
prossigo –, mortos por mim quando
adolescente, após ganhar uma espingarda.
Dispostos numa enfiada, sobre a mesa,
ao fim da bastarda investida,
tinham aquele mesmo olhar de fresta,
a indagar algo que até hoje me requesta:
Ao atirar naqueles seres inocentes
traçara eu o destino de meu filho?
Um crime covarde e insano,
que me fez padecer ingente amargura.
E súbito, a cobrança, um colapso
na andança de meus dias,
que me prostrou constrito,
incapaz de agir e de raciocinar.
O poder do olhar. Não de meu filho,
agora tão desvalido, mas daqueles malditos

pássaros, um fitar rancoroso,
ressentido, que tornou pavoroso
meu descuidado proceder de adolescente.

Certamente não lhe trará consolo
saber que heróis e semideuses
da Grécia também deram cabo
da vida – acrescenta Homero,
com expressão compungida.
Mas talvez compreenda melhor
o multívolo proceder do Fado,
que igualmente atenta contra um mero
mortal e um ser cardinal,
esteio de uma nação, respeitado
em seu meio como exemplo
de exação. Foi o que ocorreu
com Fedra, esposa de Teseu,
Leda, mãe de Helena, Eurídice,
mulher de Creonte, Jocasta,
mãe de Édipo, Egeu, rei
de Atenas, Dejanira, esposa
de Héracles – depois de ter ele
provocado a própria morte.

Por ser este o herói de maior
porte que teve a Grécia,
quero lhe mostrar como o Fado
o envolveu numa armadilha,
uma facécia a zombar de seus
inúmeros e imorredouros feitos.

Após matar acidentalmente Êunomo,
parente de Eneu, seu sogro,
Héracles decidiu sair de Cálidon,
ao norte do golfo de Corinto,
em companhia de sua mulher
e de seu filho Hilo.

Vendo-se diante do rio Eveno,
em cuja margem habitava
o Centauro Nesso, que transportava
os viajantes para o outro lado,
foi o herói obrigado – por
atravessar o rio a nado – a deixar
Dejanira entregue ao barqueiro,
contra o qual, no passado,
lutara duas vezes, erro agoureiro
que lhe custaria a vida.

Durante a travessia, Nesso, leviano
e travesso, tomado de adversia,
tentou violar a mulher, a qual
se pôs a gritar. Héracles, exímio
arqueiro, com certeiro arremesso
trespassou o Centauro com uma flexa
mas não o matou de imediato.

Ato contínuo, Nesso recolheu
num recipiente um pouco
de seu sangue e do sêmen derramado
durante a tentativa de violação.

Entregou-o a Dejanira dizendo-lhe
que se um dia pressentisse estar
ameaçado o amor que a unia
ao marido, poderia preservá-lo
embebendo no líquido uma peça
de roupa do esposo e fazendo
com que ele a vestisse.

Quando Héracles tomou Íole
como concubina, Dejanira,
temendo ter como sina o desamor
do marido, embebeu no líquido
a túnica por ele usada.
A inocente mulher ignorava
que o sangue de Nesso estava
contaminado com o veneno
da Hidra de Lerna – de nefando
e fulminante efeito – que havia
impregnado a flexa com a qual
fora morta por Héracles,
utilizada posteriormente
para atingir o vingativo Centauro.

Ao vestir a túnica, o herói
sentiu logo o efeito do veneno,
que lhe penetrou na pele;
e ao tentar se livrar das vestes,
coladas ao corpo, arrancou
com elas fragmentos da própria carne.
Tomado por uma dor lancinante,

ergueu uma pira, subiu nela
e rogou que a acendessem.
Tendo Filocletes atendido
ao seu pedido, cresceram as chamas
e antes que atingissem o herói,
foi ele envolvido por uma nuvem
e arrebatado pelos deuses,
tornando-se um dos imortais. –

Sei que a intenção do Poeta
não foi apenas me contar
a história de um suicida
mas uma tentativa de desviar
minha atenção da aflitiva
circunstância adormecida na memória.

Homero suspira e eu, ainda tomado
de afligente sentimento, me vejo
a caminhar na alameda do cemitério.
Rogo a Deus conceda a meu filho
o perdão pelo ato extremo,
que o poupe de vagar sem rumo
no Astral Inferior ou permanecer
aprisionado pelas águas do Estige.
Para meu espanto, determina o padreco
do interior que ele seja metido
num vão do muro, pois o suicida
inquina o Campo Santo e nele não
pode repousar. E assim termina
ele seus dias, tão promissores:

engavetado, arquivado, vilipendiado.

Quando consultei o oráculo
para saber qual a razão
de não ter sido meu filho
protegido pelo anjo guardião,
respondeu não haver existido
qualquer obstáculo exterior
à referida proteção.
Na verdade não estava ele
resguardado de si mesmo.

Mas eis que o solene e funéreo
momento é interrompido por
meu retorno vertiginoso ao terraço
sobre o qual tomba, espavorido,
um bólido aéreo afugentando
com seu estardalhaço,
o bando de urubus a rondar
os despojos de meus sentimentos.
E desse truz emerge uma fêmea
de avestruz, a caminhar aos trambolhões
sobre o lajedo. Venho das vastidões
celestiais – diz a pernalta – para
revelar um segredo. – E após
ligeira mesura abeira o plumoso
traseiro da mesa e nela deposita
um ovo transparente que semelha
o cristal. E, num movimento

lampeiro, embora não possa voar,
lança-se ao ar e ganha altura.

Minha mente hesita em
aceitar o surreal evento, mas o ovo
ali está, iluminado por ligeiro alvor,
em meio a uma bruma que aos poucos
se esfuma, deixando entrever um casal
a labutar, com ardor, junto
ao que parece ser um atanor.
E puxado por invisível estrovo,
lá estou eu, dentro do ovo.

Bom dia, meu jovem, novel
tanto na vida quanto na Arte.
Quem vos fala é Nicolas Flamel
e esta é minha mulher, Perrenelle.
Sede bem-vindo à nossa lida –
acrescenta ela, a sorrir. Mas logo
se cala e se avizinha a uns
lençóis estendidos em varais,
cuja função é recolher descaídos
eflúvios celestiais.
De buscador vos convertestes
em curioso – prossegue Flamel,
a regular um espelho junto
ao atanor. – Espero que prossigais
no vosso intento de buscar
a Pedra e para tanto vos apresento

um conselho que vos aliviará
de afanoso lavor.

Atentai: a misteriosa e gloriosa
Pedra não medra do chão; é uma
água que não chove nem deságua,
não emerge de frágua, em vapor,
nem se move em convulsão. Nasce
da respiração da Natureza e é,
com certeza, tudo de que necessitais.
Para completar basta lembrar a Tábua
de Esmeralda: o Sol é o pai, a Lua a mãe.

Aconselho-vos, portanto,
a esquecer a árdua labuta que
vos balda a esperança; e, assumindo
a inocência da criança, deixar
de lado a simbólica animária –
águias, corvos, quimeras, touros,
salamandras, pavões, cisnes,
pelicanos, hidras, peixes, cães,
unicórnios, camaleões, lobos,
serpentes, vacas, rêmoras, cabras –,
incluídos nesse rol Fênix, Pégaso
e Hespérides –, bem como toda
a parafernália com que os
sopradores, abusando talvez do absinto,
construíram o labirinto de sua fútil
mitologia. Assim vos tenho apresentado –
e espero que vos seja útil –

o essencial da Alquimia.
Devo alertar-vos, contudo, de que
a preocupação com a sobrevivência
do corpo é uma espécie de demência,
uma usurpação, invencionice
do catingudo instalada na parvoíce
mental de todo mortal.
Não vejo aí nada de novo – digo eu.
E ele, a rir com bonomia, conclui:
antes que me torneis indigesto o dia,
peço-vos que, em ritmo lesto,
vos retireis deste ovo.

Após uma reverência, caminho
em direção à rubescência do
horizonte, onde o Sol, acomodado
em seu faetonte, desce o alcantilado
perfil de uma montanha, cuja
dimensão, tamanha, faz do ovo
um dossel a competir com a Torre de Babel.
E eu, aflito, pondero que talvez
esteja a caminhar no infinito
da imaginação, ou num desvão
da Eternidade, em cuja herdade
os deuses guardam seus instrumentos
e convênios, quando, cansados de criar,
decidem dormitar por milênios.

XXVIII

Já vai a noite em seu apogeu
e o céu é um gineceu em que
deusas galantes abrem seus
porta-joias, para exibir
braceletes e colares de diamantes.

Chego afinal a um parque
de diversões que avistei à distância,
a cuja entrada um abacial
apresentador instiga o povoléu
para que embarque no Carrossel
das Ilusões. Mas a multidão parece
concentrada ao redor de uma roda
gigante, cujas dimensões tocam o céu.
O corpanzil de aço escancara
sua hiante goela, guincha, e após
alguns safanões para de repente,
deixando sair a massa, não só pela
cancela como também pelos ares,
retirada por afligente enxame
de avatares, anjos e demônios, cujo
atarefado movimento faz deste
advento um açame que lembra
judeus e babilônios, pois a maioria
das figuras resiste, a gritar e a
espernear, principalmente bebês
e crianças que mal acabam de nascer.

Move-se uma nuvem e se me
depara um luminoso em que lê:
Samsara, a Roda dos Renascimentos.

Vestido com um uniforme e boné
vermelhos, Homero acena para mim,
diante do Pavilhão de Espelhos.
Aproxima-se, acompanhado de um
ser informe, que parece saído
de um museu de abantesmas.
A criatura geme e murmura frases
sem sentido e eu fico
penalizado com suas dores.

Permita-me que lhe apresente
a senhora Forma-Pensamento –
diz ele –, um ente gerado por uma
pletora de sentimentos hostis – ódio,
ira, inveja, mentira, maledicência,
impostura, corrupção, crueldade –,
a coroar, qual mento, cimalha, a colossal
estrutura de uma sociedade canalha.

Olhe-a bem e tente reconhecer,
na mistura, a parte que lhe cabe
nessa carnação, quais os tijolos
assentes por sua mão. –
Aguarda um instante e ante
minha perplexidade acende um
isqueiro e o pobre ser não tarda

a arder por inteiro, deixando
ao redor um odor de bestialidade.
Vejo que o apanhei no laço –
diz ele a rir e a me oferecer o braço. –
E agora, para espairecer, vamos
à eletrizante aventura da roda gigante!

Sem opor resistência, deixo-me
conduzir e, ao me sentar no banco,
crescem meus pesares, pois sou eu,
em várias idades, a ocupar todos
os lugares, com tal grandiloquência de gestos,
risos, frases e banalidades que incontrolável
defluência de energia me faz descambar
em estado lastimável.

Permitiu o senhor correr à deriva
um verdadeiro caudal de saliva,
a despencar no despenhadeiro do
tempo perdido – observa ele quando
a roda começa a girar. – Uma tal
quantidade de cuspe seria capaz
de acionar turbinas e iluminar
uma cidade. – Aturdido, tento
retrucar mas a implacabilidade
da evidência me obriga a calar.

Em cada assento amontoam-se,
ao meu redor, mulheres, amigos,
inimigos, desconhecidos a mim

relacionados por afazeres, amores,
compromissos, laços familiares, tudo enfim
que em meio a dores e alegrias desenha
os traços de minha história.
Não só vejo mas revivo cenas
com toda intensidade e tenho ensejo
de modificá-las, distorcendo a verdade,
podendo ampliá-las ou delas fazendo
um acontecimento fortuito, apenas
no intuito de torná-las amenas,
palatáveis, assimiláveis pela consciência.
Mas há algumas intragáveis, que me
provocam engulhos, pois evocam
entulhos acumulados no sombrio
porão da percepção.

Desenrolam-se também episódios
típicos da adolescência, num dos quais
em tribunal escolar, sem complacência,
a extravasar nossos ódios, ao término
de um processo inquisitorial,
degolamos uma pobre mosca.
Em outro assento, a atuar como
derviche, no recesso de uma choça
improvisada, arquiteto uma troça
contra um desafeto e lhe curo a perna
ferida com uma boa mijada.
Mas isto não ocorreu! – protesto.
E Homero, com maroto sorriso, contesta:
Às vezes, algum verna, um diabrete,

egresso das regiões abismais, por pura
travessura, penetra nos torreões
celestiais, folheia os anais e,
com um falso lembrete,
provoca um embaralhamento cármico.

E assim se desenrola o enredo
de meus dias, uma existência que se evola
em desenredo, um punhado
de fantasias sem concrescência,
sem sentido que as ate – gestos,
risos, palavras, movidos por cordéis
invisos, que agora se tornam
molestos, cruéis. São suas lavras –
diz ele. Não as rejeite
como achamboadas nem
as considere águas passadas.
Quer queira ou não, hão de segui-lo
qual cão fiel. Sugiro-lhe, pois, que
lhes vá atirando alguns ossos,
para que ao final, quando seus
destroços derem à praia terminal,
estejam ao seu lado, a ladrar
e a abanar o rabo, para influir
na decisão do Magistrado.
A contrabalançar qualquer deslustre
sobressairá sua faceta ilustre e acabará
o senhor isento de labéu, na proa
da naveta que o levará ao céu.

Chegamos! – completa. A acerada
estrutura estremece, zoa, sacoleja
e se detém com um solavanco,
lançando-me para fora do banco.
Amparando-me, Homero amortece
a pancada e pede aos meus eus
que a mim regressem em fila
organizada. A multidão rumoreja,
crescem protestos daqueles que
há muito me deixaram,
perdendo-se na vastidão do outrora.
Após certa demora, sinto que
se acomodaram os mais fiéis,
acompanhados de todos os seres
a mim relacionados, com seus
pertences, mobílias, cabedais,
utensílios, dotes morais, papéis,
cacoetes, ademãos e até mesmo
a sarna e as pulgas de seus cães.

O que restou de minha história
metido nos escaninhos da memória.
Podemos ir – conclui ele, em meio
a derradeiros e abafados burburinhos.
Pisamos a marna molhada
pela chuva e ao atravessarmos a roleta
leio numa tabuleta: VOLTE SEMPRE.

De regresso ao terraço, ainda
sinto o embaraço daquela situação.

Não se tome tão a sério – aconselha
Homero, após materializar uma dose
de ouzo, através do etéreo portal
de que se serve. E sem perder
a verve, apesar do meu ar
carrancudo, abre um jornal do qual
saltam pedras de gelo e um canudo
que, a dançar no espaço – novo
engabelo – mergulham no copo,
em suave pouso de ave. Conhece
o ouzo? – pergunta ele, enquanto
o gelo e o canudo orvalham
a mesa ao agitar a bebida, numa
dança garrida que a torna
leitosa. Por seu acentuado sabor
de anis – completa ele – é a bebida
preferida em meu país.

Embora irritado com a prosa
agradeço e lhe peço que me explique
o sentido de reviver o já sabido –
alegoria, alquimia, a intrujice
da burrice, a sequência dos eus
a despertar a ambivalência, a embaralhar
meus sentimentos. Às vezes – responde
ele com aquele sorriso que me põe
de sobreaviso – temos que labutar
com denodo e agitar o lodo até
encontrar alguma enguia fugidia.
Não o faço por nequícia e para

selar nossa amicícia
convido-o a provar esta delícia –
conclui, a segurar outro copo
de ouzo, sem a tal coreografia,
o entrudo do gelo e do canudo.

Brindamos e eu desisto da porfia
após o primeiro gole do licor, cujo
sabor elide por inteiro meus
reclamos, chegando a tocar a abside
de meu crânio e a provocar
sensações sem sucedâneo, algo
anormal, que advir parece
do plano espiritual, primo irmão
do peiote, que me abala como o estalejar
de um chicote. Por um momento
o negror da noite se torna mais profundo,
mais intenso o brilho das estrelas,
e sou tomado por um sobre-humano
sentimento, como que num ascenso
a um plano insondado. Acende-se
o rastilho e centenas de estrelas
cadentes percorrem as vertentes
do celeste edifício, num efeito
de fogos de artifício. Há sombras
visíveis na sombra, entes de um mundo
rarefeito, indiscerníveis aos olhos,
a não ser em transe profundo.
Vou beber outro gole mas ele
me detém e diz: Não suportaria

a mole das emoções que o levaria
aos fundões da insanidade.
Basta-lhe, por ora, esse pequeno
fragmento da Realidade,
um bamboleamento de sua estrutura.
Que infelizmente não perdura –
completo, já assente no anterior
estado, uma espécie de estupor
forjado pelo meu limitado conspecto.

XXIX

Movamos a quilha da embarcação
para tornar à anterior direção – sugere
ele. Fale-me de sua filha, a quem
devota supino amor, cujo nascimento
lhe alterou o destino. Tornou-me
razoável – digo eu – ao me ancorar
na paternidade, improvável circunstância
para quem, até então, vivera
na contramão, na militância da rebeldia.

Serei econômico nos elogios a Alessandra,
pois acho cômico o proceder de pais
aborrecidos, mormente os tardios,
capazes de retroceder ao nascimento
de algum rebento e, com alentada
eloquência, documentada por fotografias,
descrever as altanarias de caráter,
beleza, inteligência do biografado.
Poupá-lo-ei de tal frivoleza.

Ao saber da gravidez, roguei a Deus
que a criança enviada, além
da higidez física, estivesse dotada
de luz interior. E meu pedido foi
atendido. Acrescido de beleza
e inteligência – completa ele.
Além de iluminar meu destino,

até então agrestino, minha filha
resgatou-me do retiro, do alheamento
no qual o principal atarefamento
consistia em cuidar de mim mesmo.
Postas de lado as paternais fantasias,
ela tem sido a bênção de meus dias
e espero que tais alegrias me acompanhem
ao longo dos anos hibernais.

E Alessandra lhe deu um neto.
Sim. Francisco, agora um jovem
reflexivo e discreto, criativo, um tanto
arredio na infância mas hoje
sociável, de temperamento gentil
e agradável, condoído com o desvalimento
dos que sofrem a arrogância, a injustiça,
em favor dos quais porfia.
Sua descrição atiça-me a curiosidade –
diz ele, com malícia. Tem aí uma
fotografia de tal amenidade?
Rimos ante minha pieguice
avoenga, arenga de parvoíce. –
Desculpe-me. Deixei-me levar
pela puerícia dos velhos que acabei
de criticar. Desculpa aceita.
Prossigamos na colheita da complexidade,
oculta pelo jogo de espelhos, a compor
o afogo de sua personalidade.

No que se refere às mulheres,
participou o senhor de um banquete
para muitos talheres. Mas nem sempre
se saiu com louvor, o que reflete
sua natureza inquieta, propensa
à recidividade, embora mais
circunspecta que a de seu pai,
infensa a se meter em searas
matrimoniais alheias. Com essas
credenciais, poderia o senhor concorrer
ao título de galã suburbano, cujos
anseios tiveram suficiente pano para
navegar em mar agitado, qual
piloto versado mas despiciente,
que vê o mastaréu de sua nave perder
os esteios, em meio ao babaréu
das sereias que antes o encantavam
com o suave tom de seu gorjeio,
enquanto o atavam com suas peias.

Das tantas que encontraram
espaço em seu abraço – excluídas
as farçantas de teatro mambembe,
as de astro temperamento, as rancorosas,
as de gênio ciumento, as rabugentas,
as furiosas, as dengosas, as lacrimosas,
as fingidas, as mentirosas, as de pelos
nas ventas, as retorcidas, as marotas,
as encrenqueiras, as infiéis,
as frequentadoras de motéis,

as picotadoras de escroto, as amantes
do alvoroto, as lâmias sexuais,
as mexeriqueiras, as alpinistas
sociais, as amorais, as matreiras,
as divulgadoras de infâmias, as iracundas,
as de olheiras negras, profundas,
que só pensam em fornicar,
as aventureiras, as castradoras,
as de olhar acusatório (escasseia já
meu repertório) – quais as que
mais lhe penetraram a veia
e lhe chegaram ao coração.

Aos sete anos me encantei com
Miriam, a filha da professora,
e meu afeto foi correspondido.

Quando revelei a minha mãe os planos,
o projeto de que estava imbuído –
aos olhos dela nefando –, ou seja,
lançar-me à centrifugadora social
e assumir um compromisso conjugal,
no qual bebês fariam as vezes
de bonecas, vi o esquisso
de meus sonhos ir à costa, atingido
por um sermão nada cortês.
O que lhe pareceu um importuno
acautelamento materno – pondera Homero –
certamente se fundava no receio
de que o prematuro devaneio amoroso

resultasse num futuro retardamento
de sua maturidade sexual, como
nos ensina Freud, muito embora
sua mãe não me pareça versada
em tal disciplina axial. O senhor
teve um amigo que declarou ter sido
iniciado aos oito anos, por inteiro,
nos braços de um jardineiro.
Está então justificado o zelo
de sua mãe, excessivo, por certo,
pois não se pode comparar o inocente
amor entre duas crianças com
o lascivo e rasteiro proceder do horticultor.

Busquemos outras palomas nesse
pombal. Talvez abrasamentos arredios
que, de alguma forma, lhe tenham
arranhado os brios, o pundonor, um amor
baldado a lhe provocar abafamentos,
uma verruma a lhe perfurar
a carapaça até chegar ao âmago
do Ser, a ponto de lhe revirar o estômago
e fazer jorrar seu discernimento em aguaça
a correr pelo chão de sua exaltação.
Fê-lo pagar caro por seu desvelo,
por mergulhar naquele olhar verde-mar.

Não só os olhos o atraíram mas
o conjunto, os cabelos castanho-claros,
o sorriso, os meneios, o fato

de no bestunto haver a jovem
acumulado, aos dezenove anos,
seis idiomas, feito de provocar
tremores e uivos nos faustianos
anseios da classe média pelos
pendores ao inusitado. São estes
os rizomas dos quais brotou
a comédia de erros que o levou
ao desespero, agravado
por seus aferros e destempero.
Saltemos sobre este episódio – sugiro
eu – , plasmódio que me infectou
o sangue, a provocar febre e calafrios,
um abalo cujo alcance me levou
a escrever um romance.

Na verdade, Homero não me
parece interessado no detalhamento
de minhas emoções mas à procura
de acessibilidade, de uma fenda
no abaluartamento, que lhe permita
encontrar a embocadura e soprar
no meu barro o definitivo
despertar. Estratagema bizarro mas
efetivo, uma espécie de enema
a revirar meus intestinos, para
me guindar a triunfos supinos.

Algum tempo depois de ser
desconjuntado pelo quebra-bunda

do desencanto, fui apresentado
a Sidney, uma jovem da Califórnia.
Não estava nos meus planos, pois
retomara a esbórnia, navegava
em mar de gim no que restara
de mim, uma nau avariada pelos
escolhos da paixão anterior.
Seus olhos e cabelos eram
castanhos, suas águas um vau, uma
enseada, um remanso; mas a mente
agitada, ávida de conhecimento, e seu
temperamento superior ao comezinho
à palermice, à previsível mesmice
cotidiana, certamente decorrente
do caminho percorrido na pátria
americana, da *Banana-Split*
à *Beat Generation*, das passeatas
contra a guerra do Vietnã
aos comícios anti-escravocratas.

No convívio era serena, sorridente,
mas hostil a qualquer cantilena
vazia, ao pestilento ar da demagogia,
ao palavrório sedento de atenção,
ao voltear do incensório sem que
houvesse qualquer razão para incensar.
Tocava um violão de doze cordas,
cantava Joan Baez e Bob Dylan;
tinha coragem, determinação, e levava
na bagagem a altivez conquistada

nas batalhas contra as hordas
machistas sem acorrer à clarinada
soprada pelas feministas.

Nasceu em San Pedro, seu pai
caçava ursos, o padrasto, de amplos
recursos, ancorava seu barco junto
ao veleiro de Humphrey Bogart,
altaneiro astro de quem era amigo.
E havia ainda o tio, aquele
velhinho desdentado, coadjuvante
nos melhores filmes de faroeste.

Imerso nesses vapores, nesse
universo quase celeste, passei
a me sentir íntimo dos atores.
Velejei com Bogart, cavalguei nas
pradarias ao lado de John Wayne
e Walter Brennan, em revanches
contra os comanches; e em sinuoso
percurso, nas geleiras do majestoso
Alaska, enfrentei uma nevasca
e participei de uma caçada ao urso.
Um deslumbramento, enfim, que
só tem cabida num olhar
toldado pelo subdesenvolvimento.

Não foi propriamente amor
o que nos uniu, talvez um afeto
discreto, ardente camaradagem

entre duas solidões, que após
dois anos partiu, sem quebrantar
nossos corações. Ela regressou
ao Primeiro Mundo e eu submergi
na voragem ditatorial, que mal
se iniciara, ignara vivência, atoleiro,
do qual emergi iracundo, consciente
de me encontrar num país
privatizado, governado por gente
corrupta, indecente, a fazer
da bandeira mortalha, a manter
o povo imerso na leseira. Com esse
anátema, foge o senhor ao tema –
observa ele a sorrir, em recôvo. –
E já que enveredamos pelo
tremedal patriótico, façamos uma
pausa na travessia deste caudal
de emoções. Permita-me ser anedótico
e lhe dizer um pequeno poema,
um cochilo em que lhe imito
o estilo, para encerrar o capítulo.
Tem como título "Mar de Rolhas".

A verdadeira história de Cabral
inclui uma colossal bebedeira.
Estava ele em Sagres, em meio
a vinhos e vinagres, a tomar
na adega real, com Dom Manuel Primeiro,
rei de Portugal. Era janeiro, fazia
um frio cão; e tendo adormecido

o rei, viu-se metido em pavoroso
dandão, fantasia dantesca
de palavroso enredo, aqui resumido.

Havia Cabral sumido, com sua
soldadesca, num tredo e encapelado
mar de rolhas, em cujo umbral, Netuno,
imerso em bolhas e espumas, chamava-o
gatuno, por lhe invadir o universo
e lhe roubar do mar a supremacia.
Ao sair das brumas viu o rei
sereias e nereidas, que ao agitar
a bacia do mar erguiam ondas
de cortiça, frascos, garrafas,
ostreidas e marinhos cavalos
de coloração mortiça, cujos daninhos
cascos, sem estafas ou intervalos,
coiceavam, a espadanar os vinhos.

Tais cenas agitavam de tal forma
o coração do rei que o tímido
Cabral, com amenas palavras – como
quem se põe a despertar uma criança –
o retirou das aquáticas lavras.
Dom Manuel, ao se ver livre do tropel,
segurou a pança, pigarreou, tossiu
e, a encerrar o assunto, exclamou,
com voz firme e varonil:
Puta que nos pariu! Que Deus nos ajude
por acalentarmos no bestunto a bestial
ideia de descobrir o Brasil!

XXX

Rimos um bocado, eu desacorçoado
por ir a noite alta e me encontrar
ainda a sofrer o açoite de minha
mente peralta, a se mover qual despiciente
macaco, no âmbito da Carochinha,
sem que esse trânsito me depare
um naco de outra realidade, além da
banal, sustentáculo de minha identidade.

Busca o senhor um fanal que
o ilumine – diz ele – um espetáculo
de pirotecnia a preencher sua existência
vazia, um salto da consciência que lhe
permita apreender, num hausto,
os mistérios do infausto destino humano.
Tudo a seu tempo. Permita-me saborear
este pepino em conserva e logo trataremos
de seu contratempo, essa erva daninha,
cuja gravinha, a seu rogo, continua
a se agarrar a seus mais extremos
sentimentos, para, ao seu redor, amoldar
uma cafua. Faltam-lhe apenas alguns
elementos, um nada, um assovio-de-cobra
para a conclusão de sua obra.
Façamos um pequeno desvio em nossa
conversação, que talvez resulte no desempeno

do tirocínio para, absortos os empecilhos,
ganharmos a cidade dos mortos.

E logo, em grande velocidade,
a contrariar meu raciocínio,
chegamos, não a um deletério
cemitério mas a animado *shopping center.*
Mais acertado seria dizer *doping center* –
observa ele – considerando-se
a razia provocada pela anestesia, pela
droga do consumismo, cuja proterva
consequência é a abarcia, hoje
em voga, distorção do metabolismo,
a fazer dos olhos o aparelho da digestão.

Ponha tento, minudência, para
descoser os fôlhos desse altar
ante o qual a multidão se vem ajoelhar.
Observe o enfaramento que há em cada
olhar, o frêmito a anteceder
o vômito, limite imposto pela natureza
à ânsia do glutão. Cada vitrina
é uma Capela Sistina,
envolta na fragrância de escuso
turíbulo a incensar a abundância,
a luxúria, alimentadas por nossa
incúria e abrigadas sob
o zimbório de nosso ser ilusório. –

Não posso conter o riso
ao vê-lo desmerecer o desvelo com que
a moderna sociedade procura prover,
à saciedade, qualquer necessidade
de seus cidadãos. O *shopping* está
abarrotado de gente sorridente; até mesmo
os cães abanam o rabo ante
a exuberância de ofertas, e suas
línguas pendem das bocas abertas
quando as fragrâncias dos bifes
e da abundância de iguarias lhes chegam
às caninas narinas. Lumes esfuziantes,
cores, perfumes... São esquifes,
acronia da alma, egolatria! – grita
Homero, ao ler meu pensamento.
À primeira vista está o senhor
a sofrer uma recaída marxista:
"De cada qual, segundo sua capacidade;
a cada qual, segundo suas necessidades".
Mas, no consumismo, a cada um
segundo sua voracidade!

Abra a porta, olhe ao redor e veja
quanta gente morta há nas ruas,
nos *shoppings*, nos cafés, bem mais
que ao tempo de Ramsés. Falta-lhes
apenas deitar sob as pirâmides!
Envergam clâmides a pender dos ombros
mas têm as almas cobertas de andrajos.

Vejo-o, de repente, transformado
em velhota de sacristia! – exclamo,
exaltado. Não há como defender
essa gente! – rebate ele.
De tanto encarnar
a marmota, a viver na toca, está
o senhor a sofrer de alocromatia.
Nesse embaralhamento de cores
já não consegue distinguir os horrores
provocados pelo embasbacamento, pelo
feitiço da publicidade, que lhe é entregue
sob camuflados sermões e purificantes
abluções, os quais, nos embornais
dos psicanalistas são vistos
como lavagem cerebral,
argumentos aberrantes, mendacidade.

Com este preconceituoso pautar –
contesto – quer o senhor demonstrar que
o afetuoso gesto daquele pai,
ao impedir que sua filhinha emporcalhe
a roupa com sorvete, é apenas
sinal manifesto, lembrete, entalhe
no baixo-relevo mortuário? –
indago, ao sentir abandonar-me o enlevo
ante o atrabiliário julgamento.
Não me tome por aziago vaticinador –
diz ele, a rir –, a tornar embaciado
seu encantador panorama.
No presente estamento pelo senhor

presenciado, posso afirmar que aos olhos
de Brahma, supremo deus dos hindus,
manifestação de Brahm, alma universal,
princípio impessoal e divino,
o pai e seus antolhos, a menina,
a lhe impressionar a retina,
e sua infestação de piolhos,
a roupinha, o coração a palpitar
quando se avizinha a guloseima,
o refunfar, a teima, o sorvete,
a garçonete e o quanto mais
sua visão abarcar, é tudo
finado, morto, acabado. *Teleioménos*!

Não se trata aqui de figura
de linguagem ou de alegoria
e sim de uma secura a devorar a
paisagem interior, um bolor
subjacente, oculto pela aparente
euforia, a queda da alma,
kathodos, uma verdadeira *katastrophé*!
Porque a alma, ao cair, produz
um esvaimento do Ser, um derruir
da entidade, que se reduz
a vulto carunchento, roído pelo
gorgulho. Nesse mergulho fatal
oblitera-se o fanal que o norteia.
E tornado nulo, dele restando apenas o
casulo, vagueia, entorpecido,

à procura de algo perdido,
da própria alma deslembrado.

Pode o senhor reconhecê-lo
pela aspereza do gesto, pelo olhar esgazeado,
pelo manifesto desejo de possuir,
abarcar, incorporar, uma espécie
de maligna fagocitose, insaciável
anseio pelo incomensurável.
E, nos casos mais extremos, decantado,
terso impulso de abocanhar o universo.

Não julgue ser apenas um problema
periférico. Estamos diante de um
ágape luciférico, no qual
cultuadores do Mal, de apurados
paladares, apreciadores de acurados
sabores, preparam, nas avernais
cozinhas, milhões de alminhas
já temperadas por seus degenerados
instintos, bem ou mal passadas,
segundo o gosto dos infernais comensais.

A interromper o macabro banquete,
vejo aproximar-se um ancião acompanhado
de seu cão. É um xamã – observa
Homero – e tem a trotar ao seu lado
não um pastor alemão, como lhe pareceu
em seu afobo, mas um lobo
das estepes. Se o senhor atentar no olhar

de ambos, verá que estão vivos,
enxutos, livres de xurumbambos,
cacaréus, e se movem sem dar atenção
aos mausoléus, concentrados em seus objetivos.

A cena é deveras impressionante,
como se duas feras, em sintonia,
estivessem à espreita, à espera
do instante perfeito para atacar
de surpresa e levar à agonia sua presa.
Na entrada de uma loja, uma cadelinha
peluda, fofinha, se aloja sob um banco,
ao qual está presa por uma guia, à espera
da jovem atarefada em provar
uma camiseta vistosa, felpuda, apropriada
a lhe destacar a silhueta. Desavisada,
a cadela, que acaba de passar
por uma tosa moderada, lambe
uma patinha enquanto se avizinha
o lobo feroz, em breve seu algoz.
Na loja, a jovem sorri ao constatar
que a camiseta realça ainda mais
seu encanto. O ataque é silencioso
e fulminante. A alça da coleira
balança, ensanguentada, enquanto,
sob o olhar de um basbaque passante,
a pobrezinha, mastigada, já desce
à pança do canídeo selvagem.

Se despertar é isto – digo eu, aflito –
prefiro dormir. Julga-se desperto quando,
profundamente adormecido, começa já
a ressonar – observa Homero.
Pode lhe parecer malvadeza mas foi,
com certeza um ataque necessário
para restabelecer a inteireza da jovem
consumista, cujo ideário consiste
em amar os animais como a si mesma
e ignorar a humana criatura, ainda
que a sofrer a maior desventura.
Com este ato, aparentemente pavoroso,
rompeu o lobo o círculo vicioso
e promoveu um vazio afetivo, a ser preenchido
por outro desiderato menos restritivo.

Ao dizer estas últimas palavras,
Homero me parece um tanto
esmaecido, vacilante, como se a sua
imagem, por uma variação
de voltagem, se tornasse um sarrabulho
de formas e cores, um holograma
prestes a esvaecer. Ante o impasse
e a possibilidade de o perder,
de assistir a tal fatalidade, deixo escapar
um soluço. E ele, a se contorcer, como que
atormentado por fortes dores, espicaçado
por invisível chuço, exclama:
Depressa, algo adocicado, um refrigerante que
reponha minhas energias.

Lanço um olhar às lojas vazias
e nada vejo que nos sirva. Saio então
em disparada pelos corredores e entro
num supermercado, já um tanto exasperado
e descrente, visto me parecer iminente
o desfecho. Após andar em círculo,
sem encontrar o que procuro, sinto
estar preso num labirinto, cercado
por um muro sem saída; e temo
que Homero perca a vida antes
do meu retorno. O confrangedor
pensamento é um transtorno adicional
e eu tento prosseguir, embora
as forças me estejam a fugir.
Mas eis que, no crucial embondo,
meu ser se revigora, pois vejo uma
senhora pondo mercadoria numa
prateleira. Pressuroso, não escondo
minha euforia e quase a abraço
ao dar o derradeiro passo.

Ela me observa com expressão
fria e olhar sorrateiro. E por
alguma razão que não faz sentido,
sinto por ela ter sido atraído
ao cerne do labirinto. Está vestida
com um uniforme de seda esbatida,
furtacor, cujo brilho me causa
estupor, a arder qual labareda,
a dançar e a tornar informe

seu vulto casquilho. Tem na lapela
um broche de ouro em forma de
cifrão, sobre o qual se lê uma inscrição:
Aracne. *Com este sinal vencerás* – patente
deboche lançado à face do cristianismo,
já oficialmente desnaturado.
Leva preso a tiracolo um tabuleiro,
sofisticado barroquismo ornado
com efígies de deuses pagãos, creso
adorno, mais apropriado a um
potentado propenso a suborno.

Com mãos delicadas, mantém
suspenso ante meus olhos um pichel
de vinho moscatel dourado. Beba – diz
ela, oferecendo-me um copinho
de cristal cinzelado. – É um Monte Cristo.
Recuso e ela, colocando-me na garganta
uma navalha, murmura: Insisto.

Sorvo um gole e sinto o sabor
da hóstia ingerida na Primeira Comunhão.
O labirinto se agiganta, qual muralha,
e faz crescer em mim a comoção,
o que me instiga a deixar o recinto.
Dona Aracne – pergunto em tom
educado. Teria a madama
não-sei-que-diga, por acaso, um fio
reforçado que me permita

descoser esta intriga e aproveitar
o aso de me fazer ao largo?

Na boca, o sabor da hóstia se faz
amargo e eu cambaleio, mareado,
enquanto a mulher me envolve
com um cordão prateado,
fiado numa invisível roca.
Perplexo, qual bebê judeu ao qual
se remove a acropóstia, sinto
haver chegado a um ponto irreversível
e me entrego ao amplexo da morte,
encerrado já num casulo.
Mas a mulher amanha seus pertences
e, transformada em repugnante
aranha, dá um pulo colossal
e, trepando pela amurada, encerra
o preternatural incidente.

XXXI

Imobilizado pelo nefando e pegajoso
envoltório e tomado por angustioso
sentimento, lamento não poder chegar
a tempo de salvar o Poeta. Atormenta-me
o blasfematório pensamento de que
o persistente sabor de hóstia esteja
a me provocar enjoo; e remoo
o instante, na infância, no qual
fui chamado papa-hóstia,
a reverência ao invocar o nome
do crucificado e o temor avassalante
de não Lhe dedicar suficiente amor.

Debato-me para me libertar
do gosmento pensamento, mais
adstringente que a baba do casulo;
e vejo, através da bandagem,
a distorcida imagem
de um homem com cabeça de touro.
Minha mãe, Pasífae, era uma
vaca – diz o Minotauro, a rir. –
Ou melhor, obcecada pela varonil borjaca
de um touro galã, meteu-se mamã
no oco de uma escultura
em forma de atraente figura
vacaril, tornando-se, com esse
ebuliente ardil, recipiente
de um volume nada pequeno,

cujo resultado sou eu, a viver
no ceno deste abafado recinto.

Alimentava-me de jovens, mas agora,
com a Internet, sinto que seus miolos,
na ânsia do perquirir e bisbilhotar,
perderam substância, pois há pouca água
a movimentar seus monjolos.
Também não o posso comer, pois
sua ossatura é dura de roer;
e a carnadura, marinada
no egocentrismo, cansaria minha
queixada até o paroxismo.
Ante esse quadro insano, acabarei
por me tornar vegetariano.
Tal perspectiva põe-me fulo
e, como invectiva, acho justo
deixá-lo mofar nesse casulo.

Tomado pelo susto, começo
a gritar. Abala-me súbito empuxo
rasga-se o véu e aí está o Bruxo,
a retirar a cabeça de touro,
a mugir, a promover um escarcéu
e a remover a grudenta maçaroca,
o que ainda mais me espanta,
por julgá-lo já à matroca,
a vagar no astral, à procura
do Limbo de onde veio.

Não vejo razão para receio –
diz ele, a pitar um cachimbo de barro,
com ar senhorial, bizarro.
Trate de recolher esse pensamento torto.
Não pode morrer quem já está morto. –
Solta uma baforada que abala
o fundamento da amurada
e logo toda a estrutura estala
e começa a ruir. Livre do nojento
precinto e do labirinto, meu corpo,
tomado de inesperada ventura,
se põe a dançar, sem que eu
nada possa fazer para o deter.

Encantado, Homero, a cantar,
sapateia até o cimo da escada rolante,
qual Fred Astaire a exibir seu donaire,
desce a correr pelo corrimão,
abre os braços e, com o impulso,
alteia-se em direção ao andar
superior. Sem me dar conta,
agarrado pelo pulso na passagem,
com ele sigo viagem.

Chegamos a um corredor apinhado,
com muita loja em liquidação,
essa máquina de estupor que leva
a mofina multidão a se estapear
ao disputar um botão. Sei que isto
o anoja – diz Homero – mas devemos

atravessar o espremedor, pois ali
adiante está a ocorrer uma luta
mortal, diante do portal
que leva a outra dimensão.
Numa vitrina, dois *Betta Splendens*,
peixes de briga do Sião, parecem
gladiadores em ferrenha disputa.

O aquário é pequeno, o que
os obriga à proximidade para
instigar seus instintos matadores.
São machos da variedade
Cauda em Véu – esclarece o Poeta.
Se atentar em suas caudas
e nadadeiras, exuberantes e coloridas,
lhe parecerá estar diante de verdadeiras
drag queens a extravasar seus *spleens*.

De fato, o mau humor se manifesta
com investidas cada vez mais
avassalantes, cuja finalidade é submeter
o adversário à sua autoridade.
Adversário neste caso imaginário –
esclarece o Poeta – pois o que lhe parece
um casal parelho é, na verdade,
um *Betta* solitário a lutar contra
um espelho. Inciente quanto à própria
imagem, nenhuma vantagem terá
ainda que lute por toda eternidade.
Pois aí está, meu caro, a realidade

paralela que nos governa, o Mundo
do Espelho, a Caverna de Platão
a nos manter na ilusão, no relho,
bonecos de engonço em palco frescário,
movidos por obsconso maquinário.
Para escapar de tamanha inciência,
que nos valha o fio da consciência
tomado à aranha, com o qual
inconsequentes viajores, antes de beijar
seus amores, higienizam os dentes.

Ele ri, toma meu braço e saímos
a caminhar e a falar sobre a Grécia
Antiga. Não há no céu traço
de nuvem, a Lua nos obriga
a sonhar; e assim, a oscilar
entre a sisudez e a facécia,
chegamos ao acolhedor terraço.

Esgotado pelo esforço acrobático,
Homero se mostra sorumbático por ter
sido seu torso estorcido e um tanto
amarrotado. Sopra uma aragem,
antes incorpórea, agora materializada,
e o Poeta ressurge, metamorfoseado,
como se a condição quase estertórea
mais não fosse que imprecisa
miragem, criação de minha
mente conturbada. Zune ao longe
uma cigarra, a desoras, e ele,

qual bandarra, mandrião, fadista,
imune aos meus protestos, agarra-me
pelo ombro e se põe a dançar,
com passos e gestos que me remetem
a Zorba, o Grego.

Deixe-se levar, atente
aos compassos dos *bouzoukis*
e *tambouras* – diz ele. Procure
incorporar a alma da *sirtaki*,
livre-se das armadouras, das escoras,
e em transe, qual dervis, anteveja
novas auroras, infindos universos
emersos da mente de Zeus, Deus,
Brahma, segundo o diorama à sua
escolha, etéreos como bolha de sabão
a flutuar na vastidão de sidéreos
espaços. – Homero bate palmas,
estala os dedos e meu coração,
ainda atado por laços, antigos medos,
bate mais forte, a divisar o espectral
vulto da morte que, a bocejar,
me aguarda recostado no umbral.

Tem o senhor, ao dançar,
a vibração de um cadáver insepulto –
diz o Poeta a rir –, a emoção de quem
acaba de sofrer um dissabor.
Desaba numa poltrona e, enquanto
procuro desfazer o quebranto,

acende um cigarro, atona a testa,
lança-me um olhar pela fresta
das pestanas e, com um gesto charro,
de impaciência, parece ruminar
uma advertência, mas acaba por
sorrir, condescendente. Basta
que esteja presente – conclui. – Esta
é a chave do Mistério, sem necessidade
de monastério, de remover qualquer
entrave, sem luta contra o apego do ego,
sem meditação, sem isolamento em
qualquer gruta oriental ou viagens no
Astral, apenas abraçar o momento.
Não é isto, afinal, o que procura
desde que empreendeu a aventura,
a dura tarefa de buscar,
de estudar livros de Alquimia, Zen,
Taoísmo, Xamanismo, uma
ânsia jamais saciada? Sempre
o alvo distante. Lembra-se da ocasião
em que seu coração sofria por ver
arder a Floresta Amazônica
enquanto, em sua mesa, um amaranto
de sede fenecia sem que
o senhor lhe desse de beber?

Não se ofenda – atrevo-me
a responder – mas toda esta reprimenda
se deve a não saber eu dançar?
O senhor se comporta – diz ele –

como se estivesse numa escola
de dança, a aprender o que fazer
com os pés. É o senhor quem deve
ser dançado, levado, sem nada
premeditado, oco de ideias, como
a criança ao nascer, receptáculo
da vida enquanto aprende a viver.

Deixemos por ora o tabernáculo
de sua transcendental intimidade
e regressemos ao cipoal amoroso
em que o senhor, aperreado ou venturoso,
viveu com toda intensidade
a busca do amor predestinado,
que só logrou encontrar após atravessar
recinto labirinto. Estávamos em sintonia
com sua companheira da Califórnia
e o senhor não chegou a dizer
o que aprendeu ao viver com uma
jovem tão determinada.
Ganhei suficiente confiança
para saltar no vazio sem redes
de segurança. Aprendizado fatal –
observa ele – que por diversas vezes
lhe causou sérios revezes e o levou
a despencar do alto de sua vaidade
para se esborrachar no chão da realidade.
Soberbo treino, contudo, para quem almeja
comandar seu próprio reino.

Digo a Homero que o sabor
da hóstia e o amargor perduram,
e ele me responde que o vero motivo
é a agnosia, a perturbação intelectual
instilada com o vinho abdutivo
ministrado pela aranha, que fez
do Cristo fatual bacafuzada,
artimanha do anjo extraviado
em meio ao infernal flogisto.

A origem do amargor não está
em sua boca mas na falta
de amor do povo cristão, que fez
da hóstia e do vinho sagrado
contrafação, por não haver
correspondência entre suas ações,
fundadas na hipocrisia,
nos rasteiros conchavos de sacristia,
e os ditames da consciência.

Remediemos o desarranjo – conclui,
com um meneio. E eis que uma
abelha, em rápido volteio sobre
florida corbelha, colhe o néctar
e vem depositar uma gota de mel sobre
meus lábios. Pela virtude da Alma
e do Verbo – diz ele – está o senhor
livre da marota atitude e do encantamento,
como penhor de sua salvação. – Bate
palmas e uma viração entra

de esguelha no terraço e leva
abelha e corbelha a flutuar
em direção ao sideral regaço.

Luisa veio logo a seguir – suponho –
prossegue ele. Não. Houve outra relação
que não lhe quero referir, de pouca
duração e, para ser sincero,
foi apenas mais um dos transtornos
por mim criados. Meteu-lhe os cornos!
Não. Fui à caça e acabei presa
de meu apero, uma empresa burlada
pela trapaça. Passemos então ao largo
de tal empreitada que lhe trouxe
amargo desfecho e retomemos
o entrecho à altura de sua desventura
com Luisa, memorada a voo de pardal,
como se de arval se tratasse, quando,
na verdade, foi nessa herdade
que o senhor mais labutou para
manter o amor que ali medrou.
Amor, sim, não nego, mas de tal
modo envolto em desassossego que
se tornou mar revolto, no qual eu
marinhava a ponto de sossobrar
uma encrava sem solução
que nos levaria à perdição,
ao inevitável desmantelar do núcleo
familiar. Houve um momento em que
no andor já não ia o amor e sim

o obsessivo intento de preservar
acesa a chama do nosso lar.

Mais do que meu Odisseu
sobreviveu o senhor a muitos naufrágios –
pondera ele, com expressão condescendente.
Por favor, rogo-lhe que não seja tão
complacente com minha medíocre
existência e meu parco talento,
dos quais tenho plena consciência –
contesto, para ficar isento de veleidade.
Não insista em pôr a brilhar o ocre
de meus pobres dias. Manifesto propósito –
diz ele – de quem ainda não aprendeu
o compósito elemento da própria
identidade, no qual se inclui
natural parcela de vaidade, o fermento
que influi no resultado por nós
aqui almejado, ou seja, tornar a banal
garoa de sua vida, segundo seu parecer,
uma procela digna de um Rembrandt,
quando a fez desabar sobre o mar
da Galileia, obra monumental
a mudar corriqueiro naufrágio
em altaneiro sufrágio pela alma universal.

Tendo pois submergido a frágil
barcaça, feita de paus, pregos e negaça
nos estaleiros da Ilusão, *Phantasía*,
dizemos nós, os gregos, foi a família,

em afligido estupor, recolhida
à nave-mãe, enquanto o senhor,
amarrado aos destroços por fragmentos
de abôços, sem vela nem quilha,
nadava à procura de uma ilha
perdida na vastidão. Avista enfim
uma lomba, em direção à qual
voa uma pomba. Chegado está ao reino
de Antonieta, nome que o fascina
e a mim lembra a guilhotina.

Quem poderia supor que ao nadar
a esmo acabaria por chegar ao amor
predestinado! Misterioso fado que,
por tortuoso caminho, a saltar,
qual bolota de roleta, de *alpha* a *beta*,
a *dzêta*, a *thêta*, nos conduz a cem
anos luz do lugar imaginado, para
nos pousar junto a alguém conosco
previamente emparelhado! Estou
ansioso por saber das minudências
sobre esse ente de Deus, cujo amor,
após dar o senhor à costa com afligente
e afanoso labor, em estado
lastimoso, foi redenção de suas
imprudências. A mulher que
mereceu de seu amigo Horacio um elogio
comovido: Te amou quando caído.

Cheguei exaurido, a tragar
o ar com ansioso hausto, a lamentar
o infausto desfecho de um projeto
urdido com esmero de arquiteto.
Acabrunhou-me o desespero, pois o que
eu julgava durável cedeu aos piparotes
das Meras, para findar em desgarro,
abismo a tragar meu caminho.
A continuar com esse angelismo,
com essa ausência de senões,
a culpar a circunfluência,
acabaremos por vê-lo canonizado
junto ao Muro das Lamentações –
observa ele, tornando-me inseguro
e enlapado, qual furão acuado
por implacável falcão.

Basta de remeleixo sentimental –
insiste ele. Erga esse queixo, abandone
de vez o ambiente cavernal e deixe
que sua mente cavalgue o ciclone
em direção ao Sol. Que entre
em cena Antonieta, superação
do pathos da arena, da refrega,
ômega de sua busca inquieta! –

Se quer de fato conhecê-la
terá que vivê-la, não em abstrato
mas em mergulho profundo
no passado, qual mormorão

imperial, porque o desembrulho
deste enredo, tremebundo em sua origem,
não pode ser memorado como folguedo.
Peço-lhe que tenha paciência
e se ponha em recovo. Há muito
a dizer, pois ao me referir a ela
estou a falar de um povo.

XXXII

Em mil trezentos e oitenta e oito
os judeus de toda a Europa,
cujos cinzentos dias transcorriam
em meio à tormenta do antissemitismo,
doença da qual muitos morriam,
foram atraídos para o Principado
de Vytautas – formado pela união
da Polônia, Lituânia e pelo território
conquistado da Bielorrússia – por uma
avença cujo imediatismo a muitos
surpreendia. Ficava estipulado
que os oriundos de Sem podiam ali
viver respeitados, livres de qualquer
iracundo proceder, garantidos os seus
direitos, com absoluta liberdade
de exercer os preceitos de sua religião.
Viram também instituídos alguns régios
privilégios. A propriedade lhes era
vedada mas podiam explorar terra
arrendada pelos nobres, empregar
outros hebreus e ganhar uns bons cobres.

Não foi por amor aos judeus
mas em favor de seus próprios interesses
que Vytautas os acolheu ao seio
de seu Principado. Perseguidos
e humilhados, aqueles imigrantes
agarravam-se ao novo e vantajoso

estado e, com esmero, se entregavam
ao trabalho, trazendo prosperidade
a si próprios e a toda a sociedade.

E assim o povo judeu ali viveu,
sem sofrença ou infâmia durante séculos,
a transformar aquela região no mais
importante núcleo europeu da cultura
judaica, poderoso e fulgurante,
com centros religiosos, teatros, instituições
científicas, jornais, editoras. Encontravam-se
eles no apogeu, na ventura, orientados
por rabinos prestigiosos e organizações
políticas. Sem contar as demais,
somente em Vilnus, a capital da Lituânia,
havia cento e dez sinagogas.

De inclinação gregária, como toda
minoria, à medida que chegavam
logo se acomodavam em algum
shtetl, como se diz em iídish,
pequena cidade, pouco maior que uma
aldeia. A população, de vária
procedência, consistia, na maioria,
em judeus asquenaze, que viviam
em amena convivência com lituanos,
poloneses, alemães e ucranianos.
Mas a ambiência, os costumes
predominantes, o ar eram judaicos, pois
a cada passo em meio aos afazeres laicos,

era possível sentir a querência semítica,
nos murmurados queixumes das rezas,
nos bem humorados comentários,
no riso inconfundível de quem sabia
gozar os prazeres da existência,
nos dizeres e anedotários, no aparente
siso das vestimentas e chapéus negros,
na algazarra dos infantes, nos rompantes
provocados pelas notícias de cruentas
sevícias sofridas por judeus
em nações vizinhas, nos odores
emanados das cozinhas, tudo enfim
que compunha o universo de um povo
disperso mas a emergir, sempre,
em renovo, uma cunha inserida
na engrenagem derrocadora da vida.

O traçado dos *shtetlakh* era
padronizado, urdido por ideias
do longínquo passado. No centro,
uma praça, na qual se erguia
o mercado, que atraía um sem
número de compradores, dos mais
abastados e conservadores ao povaréu,
todos entusiasmados com as últimas
novidades chegadas de Vilnus, Praga,
Moscou e até das remotas paragens
do Oriente, carregadas de odores
e mistério, a provocar alacridades
nos sisudos, a transformar mudos

em tagarelas, a erguer querelas,
protestos, exclamações, disputas,
vagalhões e procelas, mar revolto
em permanente alvoroto.

Na mesma praça ou na rua
central, a sinagoga, abluente refúgio
sobre o qual D´us espargia sua
graça, a saciar a sede
das almas, a exarar os nomes
dos justos no Livro da Vida,
a fazer correr por subterrânea soga
as águas turvas do pecado, da injúria,
da vaidade, da maledicência.

Religiosidade à parte, oferecia
a consentânea oportunidade à amena
convivência, à arte do arrazoado,
à disfarçada luxúria, à discreta
exibição de curvas, à bateada para
um conveniente casamento, à secreta
admiração do alheio, ao devaneio
inconsequente, ao abalançamento
dos negócios, tudo enfim quanto
pode Aschmedai insinuar
na expugnável natureza humana,
carreadouro em que, no antanho,
lamentável aferro levou ao bezerro de ouro.

Presença obrigatória em cada *shtetel*
era o *Mikvê*, destinado ao banho
sagrado, uma piscina em miniatura
que, segundo a doutrina, tem o condão
de purificar todo judeu ao nela mergulhar.
Havia também tavernas e lojas,
pois o judeu, como toda gente, está
sujeito às sempiternas necessidades
do comprar e do folgar. O restante,
consistia em casas de madeira e zinco,
a maneira permitida aos pobres
de viver e habitar. As alvenarias estavam
estabelecidas como privilégio das
altanarias sociais. E como à madeira
competia arder, o casario dos pobres
e seu mobiliário ardiam com certa
frequência, lambidos pelos ventos cinerários.

Tão marcantes quanto
os melodiosos acentos linguísticos eram
os tipos característicos: o rabino e seus
coadjuvantes, assertivos e poderosos
por sua ligação com D´us, a determinar
o destino da comunidade; o pregador
itinerante, quase sempre um luminar,
portador da última novidade relativa
à interpretação da Torá; o bedel
da sinagoga, executor dos serviços internos,
de cuja iniciativa dependia a voga
da instituição; o responsável pela

sala de estudos, o *Beit Midrash*,
venerável e sagrado, destinado à reunião
dos grupos que estudavam a Torá;
o professor da escola primária, que além
de seguir a diária programação letiva
abordava temas inerentes à tradição
judaica e às práticas religiosas; o *badklm*,
mestre de cerimônias, entretenimentos
e casamentos, hábil em dissolver
acrimônias e divertir os convidados
com enredos engraçados, quase
sempre picantes, mordazes, para
afugentar o medo das donzelas
e estimular a audácia dos rapazes;
e em muitos *shtetlakh* havia
o personagem hoje consagrado,
a cantar alegrias e mazelas
e a tocar violino em cima do telhado.

A propriedade da família Raichel –
a única construída em alvenaria
naquele *shtetl* – estava localizada
em Kazyan, na Bielorrússia, então
submetida ao deletério e despótico
poder soviético, assim como a Lituânia,
anexada e posta em subserviência
como decorrência do pacto
Ribbentrop-Molotov. A pequena
cidade ficava a cento e vinte

quilômetros de Vilnus,
antiga capital da Lituânia.

Os avós de Antonieta possuíam
um grande armazém no centro
do *shtetl*, com amplo sortimento
de mercadorias, ao qual afluía
a maioria dos habitantes.
Leib, o avô paterno, era
um homem respeitável, afável,
muito querido pela comunidade,
na qual gozava de acrescido prestígio
por dirimir qualquer litígio, banal
ou encarniçado, munido apenas
de intuição que, de início prosaica,
superava dificuldades, desfazia
o embaraçado, semeava amenidades
e transformava indecisos propósitos
e relutante concordância numa abundância
de sorrisos e harmonizados compósitos.

Heshel, o genitor, exercia a profissão
de contador e a ele competia, junto ao pai,
administrar os negócios, equilibrar
lucros e despesas, para evitar surpresas,
das quais a mais grave seria
uma indesejável rebeldia dos gastos,
cuja penosa remissão pudesse
provocar inaceitável desequilíbrio
na balança orçamentária,

funesto ludíbrio gestado pelos dias
de bonança. Era um homem alto,
forte, cujos olhos, verde-claros,
estavam quase sempre velados
por óculos escuros. De temperamento
afável, como o pai, atencioso,
gozava do apreço da freguesia,
com a qual gostava de conversar,
para sondar seus anseios e necessidades.
Embora passasse grande parte do tempo
encerrado no escritório, apreciava
o ar livre e as viagens de que era
encarregado, para tratar de negócios.

A mãe, Hinde, de estatura
um pouco mais elevada que a mediana,
era encorpada, um tanto cadeiruda,
e embora não chamasse a atenção
pela beleza, marcava sua presença
pela eucrasia e um certo encanto
quando sorria. De temperamento
forte, ajudava a sogra a administrar
a casa, opinava nos negócios e exercia
a função de professora do ensino
básico. Viera da Lituânia, aos
vinte e sete anos, para se casar
com Heshel, que enviuvara
e não tivera filhos.

XXXIII

A casa, espaçosa e confortável,
a todos abrigava e recebia quem
a frequentava com amorável acolhimento.
A família era extremosa não só com
os seus mas também com os não judeus,
pois além prestar obediência
aos princípios religiosos, sabia da
conveniência de hábitos prestimosos
para o bom andamento dos negócios.
Tratava clientes como sócios, em acordo
com o mandamento judaico de considerar
convenientes apenas as transações
em que haja lucro para ambas as partes.
Hábil nas artes de estabelecer duradouras
ligações, enriqueceu e preparou abundante
seara para as vindouras gerações.

Não sei se o senhor conhece aquela
exuberante região – diz Homero, levando
a mão a uma garrafa de refrigerante astral. –
Percorri a encantadora Lituânia
até a costa do Mar Báltico –
prossegue ele –, em decorrência de literário
empreendimento: organizar na cachimônia
de Vincas Kudirca o urdimento de sua
obra poética, em cujo cimo avulta
o Tautisca Giesme, hino nacional

daquela culta e heroica nação.
O território, semelhante ao da
Bielorrússia, é vasto e plano, embelezado
por lagos, pântanos e florestas, intocado
santuário de inúmeras espécies, aves,
pássaros, peixes, anfíbios e mamíferos –
corvos, lobos, visons, alces, castores,
veados, raposas, bisontes. E cegonhas,
às centenas, com seus ares graves, pousadas
em árvores, telhados, chaminés, os
corpanzis acomodados sobre feixes de palha,
gravetos, folhas, resíduos de vária natureza,
a emitir sons de metralha, insuportáveis
aos indivíduos de nervos delicados.

Os verões são curtos mas supernos,
os invernos intermináveis, sombrios,
com ventos frios, desconfortáveis, com
precipitação de chuva e neve.
Mas a população está habituada ao frio
e como o inverno raramente se apresenta
excessivamente rigoroso e a paisagem
é amorável, ninguém se sente desconfortável.
Viver naquela região deve ter sido, para
a família Raichel, um régio privilégio.
De fato – prossigo, impressionado
pela amorosa interpolação –, em paz
e prosperidade viveram eles durante
a quase totalidade de suas vidas.
A primeira situação afrontosa se deu

com o *pogrom* em Przytyk, na Polônia,
onde mais de oitenta judeus foram
linchados e cerca de duzentos feridos.
Assustados ao sentir soprarem os ventos
do terror, os judeus dos *shtetlakh* anteviram
o fim de seus anos de ventura
e mergulharam no torpor, na acrimônia.
A secular avença entre os hebreus
e o Principado de Vytautas fora atingida
pela terminal doença do antissemitismo.

Se me permite um interregno –
diz Homero –, vem-me à lembrança
uma desvairança, um delito de monta
que versa sobre igual afronta, lamentável
feito cuja viloa foi a populaça de Lisboa,
semeado contudo no eito da Igreja e regado
com o fel da intriga e da trapaça.
No domingo de Páscoa de mil quinhentos
e seis, decidiu o *não-sei-que-diga*
assistir à missa, para ali soprar sua
áscua e incendiar as almas dos fiéis
que, em choramingos, no Convento de São
Domingos, rezavam pelo banimento
da seca, da fome e da peste. Em seu
agreste raciocínio medrava já
a desconfiança e o ódio contra os judeus,
cujo extermínio se tornara banal como
exorcismo que o cristianismo
adotara para extirpar o Mal.

Num dado momento do referido
evento, alguém, muito comovido, afirmou
ter visto o rosto de Cristo crucificado ser
iluminado por uma luz difusa, sem que
luz houvesse no altar. Outro se pôs a gritar –
milagre! milagre! E na multidão,
agitada e confusa, cresceu o alarido
a louvar o poder divino. Uma voz,
entretanto, em tom mofino, quase
inaudível, ponderou ser possível
se tratar somente do reflexo de alguma
luz ambiente, tendo por fabro algum
candelabro. Judeu! Cristão novo, filho
de um cão! – bradou alguém que
o esbofeteou. E logo a multidão, num
amplexo, o submergiu e espancou até
a morte. E insuflada por frades
dominicanos, que ofereciam absolvição
a quem exterminasse os hereges, ganhou
as ruas em abalada e prosseguiu
na mortandade, a procurar judeus
em todos os cantos da cidade.

Em prantos, homens, mulheres
e infantes, arrastados pelas alucinantes
vagas, eram despidos, espancados e
pisoteados. Fogueiras ardiam
no Rossio e nas margens do Tejo
e, sem pejo, consumiam os corpos
dos inocentes, muitos deles com vida,

lançados pelos dementes que, no auge
de sua fúria, ignoravam a lamúria
das mães e, segurando os bebês
pelas pernas, espancavam
as paredes com seus crânios.

O rei, D. Manoel, saíra em viagem
para visitar sua mãe e, alertado,
ordenou que seus magistrados fossem
ver o que estava a suceder com o povo
lisboês, alguma podridão talvez,
como a que um dia acometera os dânios.
Perseguidos pela multidão, fugiram,
espavoridos, o que pôs o rei a braços.
Dominada enfim a terrificante baderna
pela superna autoridade, foram
os pescoços dos dominicanos metidos
nos baraços e enforcados. Os demais
envolvidos tiveram herdade e bens
confiscados e o Convento de São Domingos
os portões fechados por oito anos.
Os responsáveis pela cidade viram-se
expulsos do Conselho da Coroa
e perderam os régios privilégios.
Mais de quatro mil judeus pereceram,
muitos deles acusados de deicídio,
pela crucifixão de Jesus,
uma protofonia do que seria
a Santa Inquisição em Portugal.

Após colocar à prova meu
lusitanismo, Homero suspira e treme,
em paroxismo, arqueia-se numa corcova,
retira do peito ensanguentado o coração,
a pulsar, e o coloca sobre a mesa.
Sobressaltado, tomado de surpresa,
tento compreender a razão
do molesto gesto mas o pensamento
esmaece e meu Ser, em derruimento,
sucumbe à dor e ao choro convulsivo,
ao perceber que aquela deprimente
história é um evento recidivo
que dormitava na memória,
uma sequela talvez de algum
parente, antepassado meu, ter
perecido numa das fogueiras.
Homero, com um sopro, dissolve o coração
e eu o abraço comovido. Voltemos
à família Raichel – sugere ele –,
a gozar seus derradeiros momentos
de liberdade e tranquilidade.

Embora não houvesse espaço
para muitas ilusões – prossigo – a família
procurava superar o desalento provocado
pelas movimentações das tropas soviéticas
que, alegando razões estratégicas,
terminaram por invadir a Polônia
anexando seu território. Assim como
a gazela se põe a tremer ao mais

leve ruído, por não ter para onde
se evadir; assim como a flor
da peônia teme os ventos e a procela,
viviam os judeus nos *shtetlakh*.

Estava Hinde no oitavo mês
de gravidez e acabara de voltar
de Vilnus, onde, sob pretexto
de comprar um berço e adereços,
fora espairecer e visitar alguns
amigos na rua Stiklai, reduto
de pequenos comerciantes judeus.
Mas a estada pouco durara, pois mal
chegara ela tomara conhecimento
de que a assoalhada tormenta comunista
se estendera à Lituânia e, por
considerar antagonista a burguesia,
começara a exilar seus mais destacados
membros para campos de trabalhos forçados.
E, o que evocava prenúncios assustadores,
um batalhão soviético já se encontrava
nos arredores de Kaziany.

Leib, o patriarca, reuniu a família
e, por sugestão de Hinde, decidiu
que seu filho Heshel devia se esconder
na floresta, pois a manifesta gravidez
de sua mulher haveria de lhe garantir
proteção. Mas não foi o que sucedeu.
Talvez por sua condição de judeu

e grande fornecedor de carne
ao exército, somada à riqueza,
Leib não conseguiu manter a inteireza
familiar. Vítima de algum delator,
por não ter um filho a entregar
viu a nora partir em seu lugar.

Em meados de abril de mil
novecentos e quarenta, Hinde foi levada
para um *kolhoz* em Bulayevo,
no Cazaquistão. Não sei como
se deu a penosa viagem de uma jovem
pejada em meio a tanta confusão.
Se lhe calhar podemos com ela
seguir viagem, sem necessidade
de bilhete ou bagagem – sugere Homero.
Com perdão pelo lugar comum, conheço
aquela região como a palma de minha
mão. Mas a viagem durou catorze dias! –
contesto. Responde-me o Poeta
com um gesto de quem pede calma. –
Vamos condensar o tempo, já que
o trastempo é passado e se presta
a ser manipulado. – E antes que eu
possa responder, vejo-me retroceder,
em fantástico movimento que faz
do tempo um elemento plástico,
não apenas na memória mas de fato,
a transformar fugaz momento

da História em ocorrência presente.

E aqui estou, sufocado tanto pelo
ar viciado quanto pela demência humana.
Seja bem-vindo ao comboio transiberiano,
destinado a transportar o gado e agora
adaptado para o aboio humano,
um afano de ignorância para atender
à circunstância – conclui Homero.

XXXIV

Dezenas de exilados, comprimidos
no vagão, gritam, praguejam, choram
sobre seus destinos truncados, enquanto
dois guardas, armados, de caras e fardas
amarrotadas, cumprem seu dever com exação,
a distribuir cotoveladas, ameaças
e bofetadas, sem conseguir domar
a exaltação. Nas paredes ao redor
há estreitas prateleiras, improvisados
beliches que mais parecem trapiches
de portos abandonados. Num fogão
a carvão, duas chaleiras expelem
vapor, que mesclado ao suor, à urina
e às fezes de quem não logra chegar
à latrina – um buraco aberto no chão –,
parece encorpar a fedentina. Janelas
gradeadas bebem o ar que logo nos vai
enregelar, pois terminadas as estepes
temperadas virão as geladas planícies
da Sibéria ocidental, com a neve
a derreter e os campos começando
a enverdecer. Lá fora a Primavera
e aqui, em cada coração, uma hibernal
comoção de pôr um rubor na face
daquele verdor, como se a relva,
envergonhada, quisesse adentrar
na selva ao longe, camuflada
por ligeira cerração.

Mal acabamos de embarcar e já
se põem seus olhos a chorar – diz
Homero, disfarçando a emoção, ao ouvir
o lamento dos pequenos. A um canto
do vagão, a sobrenadar entre os escolhos
desse naufrágio humano, entrevejo
um vulto cujo ventre proeminente
se destaca, um adágio a relentar
o trágico evento. É a nossa Hinde –
confirma o Poeta. – Está deitada
num beliche, coberta por um manto para
se proteger do vento que entra pela janela.
Parece adormecida, esgotada talvez
pelo intento de preservar a vida a pulsar
em seu ventre e que, em breve –
mal se atreve a pensar – estará
entre os desafortunados, condenada,
antes de nascer, a trabalhos forçados,
caso não consiga a mãe reverter
a pena que lhe foi imputada.

O trem avança lentamente, dado
ter sido a ferrovia construída
no Império por um pessoal incompetente,
com material inadequado. Contudo,
graças à abundança de seu ministério,
a me provocar acromania, inicia
Homero um evocar de negaças,
acelerando o tempo sem alterar
a velocidade do comboio.

Cresce a voracidade das noites
e dos dias, como se as horas, fugidias,
quisessem chegar a algum lugar.
Sucedem-se as estações ferroviárias
e as emoções retrocedem face à ansiedade,
pois a cada nova cidade o destino
se avizinha. Sob seu manto citrino,
não obstante o tumulto, Hinde parece
estar absorta em seu silêncio, quando
um estulto soldado, de vodka encharcado,
se põe a esbravejar e a ameaçar
um pobre homem que parece ter
perdido a razão. Meu Ser entra
em combustão e eu o empurro,
contendo-me para não lhe dar um murro.
Mas o braço, distendido, só encontra
o vazio. Em nossa condição etérea estamos
destituídos de matéria e de nosso vulto
não se vê sequer um traço.

Despertada pelo susto, Hinde
ergue o busto e, amargurada, expele
um grito, como se quisesse apunhalar
o infinito, para aniquilar – deus
ou demônio – o gestor desse pavor.
O soldado, a fazer do vagão um telônio,
quer na verdade chatinar, criar
opressão e depois oferecer proteção.
Estamos a passar por Elabuga,
no Tartaristão – diz Homero. Rendamos

homenagem ao pintor Ivan Shishkin,
grande paisagista, aqui nascido,
e à poetisa Marina Tsvetaeva
que, após a execução de seu marido,
Sergei Efron, a prisão de sua filha
Ariadna e a reclusão da filha Irina
num orfanato, onde morreu de inanição,
caiu em desgraça, perdeu a morada,
o trabalho e, consumida pela miséria
e pelo hiato que lhe fendeu o espírito,
nesta cidade pôs fim à vida ou foi
suicidada pela polícia secreta soviética.

No restrito ambiente não há como
ignorar o deplorável estado de Hinde
nem deixar de acompanhar seu
circunscrito dia a dia, a humilhação
de suas idas à retrete, a expressão
aflita marcada em sua face pelo
ferrete antissemita e pela fugace
alegria da concepção, agora ameaçada.
Mas apesar da adversidade – frio
crescente, para o qual não tem roupas
apropriadas, escassez de comida,
impossibilidade de se banhar, pessoas
amontoadas a praguejar, atmosfera densa,
soldadesca propensa à violência,
a fera dantesca a farejar, a demência
do sistema cujo tema principal
era a humanidade, agora tornado

infernal – Hinde não se deixa
abater, não se lhe ouve uma queixa.
E embora tenha o corpo alquebrado,
o espírito demora na casa distante,
onde habita seu Ser radiante.

Acabamos de atravessar o Kurgan,
às margens do Tobol, ainda congelado,
a refletir recamos do arrebol – informa
Homero. Olho para a janela e vejo
um bebê, morto, envolto num lindo
xale, ser lançado à neve por um
soldado. Voa! – grita ele, visivelmente
embriagado. – Vai servir de pasto
aos lobos! Como se atreve? – exclamo,
a olhar o vasto panorama, de um
branco refulgente, e a implorar
aos elementos da Natureza que
ocultem a criança à bruteza
dos predadores; e, com desvelo, a ponham
a dormir docemente sob um manto de gelo.
Pensamento indulgente mas inútil, dado
que não pode alterar o passado
nem proteger aquele rebento humano
do premente apuro dos lobos famintos
que, aos magotes, confiados em seus
instintos, farejam as vastidões nevadas
à procura de bebês descartados
para alimentar seus filhotes.

Petro Pavlovsk! – avisa um soldado.
O trem se detém e os degredados
passam a outra composição
que os levará a Bulayevo, ao deus-dará,
ao mofino destino – diz Homero. Mais
noventa e três quilômetros em direção
a Omsk, cidade na qual Fiodor Dostoievski
suportou a punição do abençoado exílio
que o livrou de ser fuzilado e lhe
temperou a genialidade. Já vimos o suficiente.
Não quero forçá-lo a deprimente
condição ante o severo clima
do campo de trabalho, que mesmo
na Primavera sofre extrema variação. –
Agarra-me a mão e, pelo
atalho aéreo, somos um rápido
traço em direção ao terraço.

Pouco depois de chegar ao kolhoz –
digo eu, já instalado na poltrona –
Hinde deu à luz. Imagino que o dia estivesse
nublado e ventoso, como lá ocorre nessa
época do ano. Não sei se o parto resultou
trabalhoso, com água fervida em
cambona, nem se ela foi assistida
por alguma experiente matrona
ou parteira improvisada. Saímos
tão de repente que não pude conhecer
como foi viver em tal geleira.
Sei apenas que, por ter nascido

em primeiro de Maio, a menina
foi chamada Maya, em Russo.
Recebeu também um nome judaico,
Taiba, pomba em *idish*. Um lírio
em meio à cardina, ao delírio,
à bacafusada. A mãe, ainda
aturdida pelo degredo, mantinha
inconcusso o desejo de retornar
ao lar. Consolava-se em mirar
os olhos verdes de Taibale, Pombinha,
como a chamava. Mas isto pouco durou
pois logo mergulhou nos extenuantes
valverdes, na confusa rotina do trabalho.
Ela, que tanto prezava o silêncio
e o recolhimento, luxos burgueses agora
submetidos à trava do banimento, aos
arneses que mantêm coagidos
o cavalo e o jumento. Abaixo tudo
quanto foi negado ao proletariado!

Faz-se necessário um intervalo
que nos permita ponderar, visto estar
o senhor a fabulr por falta
de informação – diz Homero. Sugiro,
pois, utilizemos a imaginação
para aliviar o sofrimento de Hinde,
se não na realidade, já cumprida,
ao menos na assertiva desta narrativa.

Condoído de seu estado, um capitão
bolchevique a coloca sob seu amparo.
Ou, se o senhor preferir outra versão,
mais condizente com a situação,
é ele, ser ignaro, corrompido pela
oportuna promessa de auferir fortuna.
A verdade – observo eu – é que
tendo ela cumprido um ano
de condenação, regressa ao lar,
quer por benefício quer por venalidade.
E disto resulta seu perdimento.
Houvesse permanecido no Cazaquistão,
não teria o fado lhe deitado a mão.

Naquele justo momento os nazistas
abeiravam Kaziany e executavam
todos os judeus que pudessem encontrar.
O sogro de Hinde, antevendo ser
a família devorada pelo Ogro,
mandou desenterrar dois baldes
cheios de ouro, dados em troca
de abrigadouro para a neta, que foi
entregue a um casal cristão, rico
proprietário de terras. Rivka, prima
de Heshel, com apenas dezessete
anos, ao sentir as energias malsãs,
decidiu fugir e se juntar aos partisãos,
refugiados nas florestas. Antes de partir,
prometeu a Hinde, caso sobrevivesse,
resgatar a menina e dela cuidar.

XXXV

Alguns dias depois chegou uma
das Unidades de Serviços Especiais,
Eisatzgruppen, encarregada de prender
ciganos, judeus e comunistas, arrestar
seus bens e organizar seu aniquilamento.
Os jovens foram convocados para
trabalhar, reunidos numa praça,
conduzidos ao campo e metralhados.
Heshel estava entre eles. Hinde e os
demais membros da família,
confinados num gueto e submetidos
a trabalhos forçados, acabaram
mortos e lançados numa vala comum.

O pai adotivo de Maya, influente
na região, procurou não dar motivo
de hostilidade ao comando alemão
e, sem se tornar conivente com seus
crimes, agiu com habilidade para
lhes ganhar a confiança.
A pobre criança, com pouco
mais de um ano, logo se adaptou
ao novo lar e vivia contente por
ter irmãos com quem brincar.
Até que um dia, um oficial nazista,
ao vê-la, disse ao pai, em tom
aparentemente trocista mas como quem
está a ordenar e não a pedir: Você

com tantos filhos e eu sem nenhum.
Poderia me dar essa menina linda.

Sem saber o que responder, o homem ficou em que falaria com a mulher a respeito da proposta. Mas ela entrou em pânico, em estado quase agônico, certa de que a criança, caso a reconhecessem como hebreia, seria morta pelo oficial, do qual partiam as ordens das execuções. Pressurosa, lembrou-se de um casal de campônios sem filhos, já idosos, de generosos corações, que seguramente abraçariam a ideia de adotar a menina.

E assim, levada a uma propriedade distante – provavelmente sem o ouro, ironiza Homero – Maya foi recebida como um tesouro, uma dádiva inesperada. Chorou, nos primeiros dias, com saudade dos irmãos mas, reconfortada, cresceu saudável e, por não conhecer o lado tenebroso do passado, teve uma infância feliz entre os camponeses cristãos. Mas uma ligeira e sutil tristeza permanecia, adormecida, uma carência cuja origem lhe era desconhecida, uma ausência que eu

pude ler no fundo de seus olhos
ao conhecê-la, mesmo quando sorria.

Desloquemos o ponto de interesse
desta gesta ao âmago da floresta – sugere
o Poeta – onde Rivka procurava
manter nítida a imago familiar
assentada em sua infância, quando
o tinhoso da ignorância, do antissemitismo
e do nazismo ainda não atormentava
seus sonhos e tudo se lhe afigurava
calmo e esperançoso.
Vivia como guerrilheira, acossada
pelo perigo, a combater o inimigo,
a descarrilar trens, a invadir estações
de correio, a saquear depósitos
de munições, a explodir pontes,
a roubar mantimentos. Mas não
descurou do amor. Ligou-se a Asher,
dirigente do seu grupo combatente,
e mais tarde teve com ele dois filhos.
Um homem destemido mas ponderado
que sempre a manteve ao seu lado,
para lhe arrefecer a impetuosidade
e evitar que se expusesse sem necessidade,
levada pelo ódio aos que haviam
destruído sua família. E graças a esse
anjo custódio ela teve preservada
sua vida. Não consigo imaginar

como ocorreu sua estada na floresta –
concluo eu, perdido em divagações.

A floresta, naquela região, –
esclarece Homero, com entusiasmo –
é um elemento fascinante,
cenário mutante, santuário
de inúmeras espécies, no qual a Natureza
se regozija em exibir sua riqueza,
uma abundância de recursos a nos
fazer sentir a insignificância de nossa
condição quando abandonamos
o acautelatório ambiente de nosso
escritório. Viver ali é ser arrebatado
por um aluvião de cores, ruídos, aromas,
sabores, pressentimentos, temores,
cantos, silvos, rugidos, gritos,
rosnadelas e pipitos, tudo quanto,
enfim, possa o senhor imaginar,
sob o olhar dos silvanos, sentinelas,
guardiões da floresta, prestes a punir
nossos atos profanos com agrestes
enfermidades, traiçoeiro ataque
de urso, inesperada picada de serpente
e, como derradeiro recurso, inserto
em nosso destino, um soalheiro,
inóspito e cameleiro deserto.

Estar ali foi, para Rivka, um
aprendizado, um abeirar o significado

de existir, intensificado pela dificuldade
de procurar alimento sem usar arma
de fogo, atormentada pelo afogo
de se saber procurada pelo inimigo.
Os abrigos eram temporários, precários,
expostos aos fustigos de ventos, chuva,
nevasca e à assustadora tarasca
dos incêndios ateados pelos nazistas.
Obter provisões gerava tensões, pois
havia muitos delatores, antissemitas,
colaboracionistas à espreita, importantes
atores do Holocausto, verdadeiros
criminosos, rafeiros a farejar, com antecipado
prazer, qualquer sangue derramado.

Quatro anos haviam transcorrido –
digo eu – desde que Rivka e seus
irmãos deixaram o lar. Mantivera-se fiel
ao prometido e acompanhara a existência
de Taibale, em meio ao tarasco alvoroço
da resistência. Após o desbarate e a
razia, os alemãs haviam partido e agora,
para ela, a primazia era o resgate.
A primeira tentativa fracassara,
pois criada como cristã, assustada,
sem se lembrar de Rivka, Taibale
fugira para uma igreja dos arredores.
Agora os raptores estavam decididos
a arrebatá-la mesmo que fosse
necessária uma peleja com violência.

Era inverno, a neve cobria
os campos e havia no ar um silêncio
de vacância. Rivka, um irmão, Asher,
um amigo e um policial judeu
se aproximaram num trenó e aguardaram
a ocasião favorável. A mãe adotiva saíra
para o mercado e o pai ficara cuidando
da criança. Taibale falava com uma
boneca e, num gesto instintivo,
ao sentir que algo se movia, tentou
se esconder mas foi agarrada por Asher
e envolvida num cobertor.
O pai procurou defendê-la
e ao vê-la partir se pôs a gritar
e a chamar pelos vizinhos.
A menina chorava e se debatia, provocando
uma agonia no coração de Rivka. Asher,
sem dó, certo de que fazia um bem maior,
correu para o trenó. Taibale ainda
ouviu o que lhe pareceu uma altercação,
vozes masculinas, ameaças sibilinas,
gemidos de dor, mas logo se fez
silêncio derredor, quebrado apenas
pelo ladrar dos cães e o deslizar
do trenó sobre o campo nevado.
Retirado o cobertor, ela foi abraçada
e beijada por aqueles estranhos
e a soluçar chamava pela mãe,
sem saber que era por ela, a verdadeira,

abandonada na desolada charneca,
que se estava a praticar tal violência.

Nos dias subsequentes a menina
rejeitou a boneca de pano que Rivka
improvisou e, aos prantos com gritos
insistentes, pediu Jesus. Asher amarrou
dois pedaços de madeira, em forma
de cruz, mas Taibale igualmente
os recusou, continuando a gritar
o nome de Jesus. Ele então, sem
recurso, trocou um pedaço de pele de urso
por um cartão com a imagem de Cristo.
E, ao recebê-lo, Taibale se acalmou. Isto
lhes deu a dimensão do quanto a criança
fora assimilada pelo credo cristão.
Rivka não lhe podia revelar que
sua verdadeira mãe fora exterminada
e optou por inventar uma arenga que,
embora capenga, a convenceu a aceitar
sua nova condição. E tamanho era
o carinho por eles demonstrado que
logo ao casal a pequena se afeiçoou.

Ao deixar a floresta, Rivka e Asher
viram-se na infausta situação de não
encontrar parentes sobreviventes
ou propriedades familiares onde habitar,
pois estavam destruídas ou tomadas
por antissemitas que não as quiseram

devolver. E forçar a ocupação implicava risco de morrer. Assim, após arrostar tantos perigos, só lhes restava morar em abrigos de refugiados construídos pelos russos. Antonieta ainda se lembra de enormes espaços com leitos, mas outros detalhes parecem disformes, baços, fragmentos de instantes desfeitos pelo tempo, soterrados por sofrimentos esquecidos nas ambages da memória, tragados pela gorja de funesta história escrita por uma corja de assassinos.

Após morar quase um ano num abrigo, Rivka e Asher, que já eram pais de uma menina, decidiram abandonar a Bielorrússia, que agora pertencia à União Soviética. Corria o rumor de que os russos iriam fechar a Cortina de Ferro e eles ainda recordavam o horror dos campos de trabalhos forçados. Iniciaram o exílio voluntário com um grupo de desgarrados, seguindo um itinerário que evitava a Alemanha, pois esta ainda alimentava a sanha contra os judeus. Atravessaram a Lituânia, a Polônia, a Checoslováquia, a Áustria e a Itália, até chegar a um acampamento de refugiados perto de Milão.

A fuga durou vários meses, com
apreensão, sustos e revezes, pois
as fronteiras de cada país estavam
fechadas e eles só conseguiam avançar
depois de subornar os guardas
encarregados da vigilância. Viajavam
a pé, em trens e caminhões, à noite,
preocupados com a saúde
dos velhos e das crianças.

Chegar ao campo de refugiados mitigou
o sofrimento acumulado mas não
resultou no esperado renascimento.
Organizações judaicas ajudavam
os refugiados a buscar seus parentes
em outros países ou continentes.
Foi assim que Rivka entrou
em contato com uma tia que vivia
no Brasil. Escreveu-lhe contando
a tragédia familiar e lhe falou
da existência de Taibale, agora com
sete anos. A tia então pede que a criança
seja enviada ao Brasil, para ser adotada
por Naum, um de seus filhos. O casal relutou
em abrir mão de Taibale, pois já
a considerava sua filha. Ante a
possibilidade da criança enfrentar um
futuro incerto e a insistência da tia
que lhe prometia uma vida estável,
em meio ao conforto, eles acabaram cedendo.

A despedida foi insuportável e
Taibale, derruída pela separação,
agarrou-se a Asher com tal violência
que lhe rasgou a camisa. Asher, em
desespero, sem saber o que fazer,
lhe disse que, ao chegar ao Brasil, não
se esquecesse de lhe mandar uma
nova camisa. Rivka, de tão abalada
e talvez arrependida, não assistiu à despedida.
E foi assim, após várias peripécias
e sofrimentos, que Taibale chegou ao Brasil,
onde recebeu o nome de Antonieta.
Rivka e Asher a reencontraram
anos depois, já adulta e só então
ela soube de tudo quanto acontecera.

Antonieta casou-se aos dezessete anos,
teve uma filha, enviuvou aos dezenove,
grávida da segunda filha, casou-se
novamente, teve mais um casal de filhos,
separou-se e só então nos conhecemos.
Uma mulher bonita, elegante,
cujo olhar cativante me envolveu
em doce aconchego e serenou
minha desdita. Pressenti haver
naquela alma uma amplidão, gerada
talvez nas estepes do Casaquistão,
pressentimento confirmado pelo
afeto dedicado aos desfavorecidos.
Nasceu entre nós um amor,

uma amizade que perduram
não só pela afinidade mas também
por serem fruto da maturidade.
E o senhor, após sofrer
penosa resilia voltou a ter
uma família – completa Homero. –
Sim. Os filhos de Antonieta
me acolheram com todo carinho,
sentimento nada comezinho quando
se trata de admitir um ser
adventício na intimidade do convívio
familiar. Alessandra, aos quinze
anos, decidiu morar comigo
e foi recebida como filha por Antonieta.

Resta saber o que lhe trouxe
como ensinamento – diz Homero –,
qual o encanto que o mantém
enamorado. Ensinou-me ou confirmou
as qualidades de uma sobrevivente:
coragem, resistência, tenacidade, confiança,
dignidade, capacidade de vencer
obstáculos, de esquecer qualquer
ocorrência adversa; paciência com
a ignorância, senso ético, de justiça,
serenidade perante a arrogância,
temperamento amorável, firmeza
ao enfrentar uma liça, beleza interior.
Sinto-me honrado com o privilégio
de viver em tal companhia, de ter

dado meu coração a um Ser de exceção.
Gostaria de conhecê-la – diz
o Poeta. – Não sei se chegará a ponto.
Foi à casa de uma amiga que acaba
de sofrer um desgosto amoroso.
Trabalhoso intento – observa ele,
atento à brasa a despontar no horizonte.

XXXVI

Os dedos de Eos já estão a descerrar
as cortinas do céu – prossegue ele –
e logo Hélio despontará em seu
carro de fogo. É hora de concluir
nosso jogo, pois ele ficou agastado
por eu ter revelado, na Odisseia,
que os companheiros de Odisseu
lhe roubaram e sacrificaram algumas
vacas e as assaram em estacas.
Argumentei haver apenas mostrado
o ocorrido, mas ele contestou,
dizendo que o incidente seria esquecido
se eu não o tivesse imortalizado.
Chamou-me insolente e sempre que
me vê a voar pelo Planeta, envia
contra mim alguma seta incandescente,
a qual acaba por incendiar tudo ao meu redor.

Aviemos o desfecho, pois
ainda temos pormenores inconcluídos.
Alguns ruídos nesta imperfeita sinfonia –
digo eu –, cujas proporções resultaram
menores que o pretendido. Sua obra
dispensa observações pessimistas –
rebate ele. Cada homem deve levar
a cabo sua odisseia. Eudisseia,
melhor dizendo, uma vez que é
o Eu de cada um seu Eudisseu,

o herói da travessia a nos libertar
desta agonia, não importa se nobre,
rico ou de origem plebeia.

Muitos não arribam a seus
destinos, transformados em suínos,
encantados pelas sereias, afogados
por Posídon num mar de *Bourbon*,
deglutidos pelos ciclopes capitalistas,
comunistas, falsos evangelistas,
fatiados como escalopes e fritos nos
balcões das metrópoles, aprisionados
na calmaria da depressão, imobilizados
pela acroanestesia da ilusão, mortos
em vida, nas garras das conformidades
antes de chegar ao Hades, atoleimados
pelas delícias do consumo. O senhor
está prestes a chegar, após vencer agrestes
desafios. Vem um pouco chamuscado,
é verdade, mas ciente de ter guardado
alguns valores, pendores dos lusos,
dos quais descende: Honradez,
encoberta às vezes com panos nem
sempre alvadios no que respeita
à moral vigente; lealdade, virtude
um tanto equivocada na juventude,
dedicada a um partido de jaez
autoritário; solidariedade, esta sim
irrestrita, a defender um sistema
igualitário; observância à palavra

dada, aprendida na infância;
coragem, sem chegar à idiotia
de ter perdida a vida por imprudência.

Abandone sua timidez fracalhona,
firme-se na garupa da persona,
tome a dianteira e, sem temor, arroste
seja lá o que for, certo de que uma
hoste de anjos o virá salvar,
ao som de banjos e trombetas. –
Homero ri, pois certamente
está a zombar de minha hesitação
em abandonar a transcendente
almofadinha da primeira comunhão.

Lança um olhar ao oceano envolto
em bruma e o deixa solto, a vogar
sobre a espuma. Dou-lhe uma
sugestão – diz, retornando ao plano
material. Deve localizar nossa
conversação, embora viva a beira-mar,
numa ambiência urbana, de preferência
numa pensão decadente, pois a toda
gente, de Gogol, a Balzac e Dostoiévski,
emocionam a carência, a pobreza,
o sofrimento. História praiana faz
lembrar o sol, a leveza de um fim
de semana, o prazer que viceja
num aureolado copo de cerveja.
Acrescente à sua paisagem a porta

enferrujada de uma garagem para manter
concentrada a atenção do leitor.

Acredite, foi um prazer conhecê-lo.
Trate com desvelo a engrenagem
de seu talento, mantenha elevado
o mento sem se deixar dominar pela soberba,
pois estamos aqui sob enfiteuses
e não devemos ofender os deuses.
Agradeçamos às Musas, que
se mantêm reclusas à disposição
dos poetas, e não nos esqueçamos
do rito de louvor ao Grande Espírito.

Súbito, levanta-se uma poeira
a rodopiar em torno do terraço
e um golpe de açoiteira atinge-me
os olhos. Um momento – diz ele,
a segurar um lencinho de cambraia
de linho. É o polvilho levantado
por Aquiles ao arrastar o corpo
de Heitor diante de Tróia. Pronto.
Aqui está – conclui, mostrando-me
um cisco recolhido pela ponta do lenço.
Foi isto que fez Príamo enlanguecer
e chorar ao receber, tombado de borco,
o cadáver do filho, cujo espírito
viu se desprender e rumar ao Orco. –

A seguir, põe-se a soprar nos meus olhos para os aliviar. Sinto o hálito perfumado de ouzo e sou tomado pela sensação de que algo sutil está a transformar minha visão, como se eu pudesse acessar o ínfimo e o infinito. Tal percepção não ocorre de imediato, através dos olhos, mas no imo do Ser, poderosa intuição capaz de apreender a totalidade do observado e até do que não é abarcado pelo olhar.

Vejo todos os órgãos do interior do corpo de Homero, embora saiba ser ele mero vulto, miasma, fantasma proveniente do mundo inferior ou da imaginação. E contudo aí está, irônico, sorridente. Tudo me parece tomado por intensa vibração. Observo a cobertura da mesa e meu olhar entra numa abertura, grande caverna iluminada por uma lucerna, espaço colossal no qual diviso átomos a flutuar. Fico, por um momento, a admirar a galáxia do lenhoso elemento, e após escutar um tropel, vejo numerosa manada de cupins, de espantoso aspecto, a roer o urdimento da estrutura.

Meu olhar envereda por uma
alameda sombreada por fungos.
De repente, faz-se um escuro mais
escuro que o escuro e eu, aflito, julgo
ter cegado. Sinto um odor a ampelito,
uma terra negra, betuminosa, com
a qual se matam os insetos das parreiras.
Terei chegado ao reino de Dioniso?

Dentre minhas aventuras esta
me parece a mais espetacular. Uma
fresta luminosa revela uma porta
de bronze que se abre para uma grande
construção e eu logo percebo estar a
observar o Panteão de Agripa, em cuja
cúpula se destaca o óculo que deixa vazar
o luar. Templo pagão, transformado em igreja,
Santa Maria dei Martiri, transportado
de Roma, reduzido e metido no tampo
da mesa por Homero, com alguma
intenção didática. Talvez seja apenas
recordação turística, agora cravada
como estaca em minha veia mística.

Junto ao altar-mor há um lagar,
no qual um bispo descalço, com
a batina arregaçada, está a pisar
uvas. Ao me ver, desce para o piso
e, com passo indeciso, dirige-se
ao altar, sobre o qual incide o luar.

Só então percebo que o velhinho
trôpego é Homero. Abre um livro e lê:
Apocalipse, dezoito. Caiu, caiu a grande
Babilônia, e se tornou morada
de demônios, covil de toda espécie de
espírito imundo e esconderijo
de todo gênero de ave imunda
e detestável, pois todas as nações
têm bebido do vinho do furor
de sua prostituição. Com ela
se prostituíram os reis da terra.
Também os mercadores da terra
se enriqueceram à custa de sua luxúria.

Uma sombra se projeta sobre
o altar e vejo um corcel alado
entrar pelo óculo da cúpula. Ao mesmo
tempo, no terraço, onde estou sentado
diante de Homero, ouço um relinchar
e é o mesmo corcel que vem pousar
ao meu lado. Com dentes de aço
prende-me pelas roupas, sem desvelos,
joga-me para o ar e tombo sobre
seu lombo. Pégaso nem sempre
é dado a gentilezas – ironiza o Poeta.
Parece-me estar o senhor fadado
a novas e inevitáveis proezas.

O Príncipe das Cavalgaduras
bate asas e ganha as alturas,

em ousadas acrobacias, até chegar
às sacadas do firmamento, de onde,
segundo Homero, os deuses, em manhãs
despejadas de nuvens, nos observam
e nos dão provimento.
Descortino paisagens suntuosas,
intocadas por luciferino interesse.
Até quando sobreviverão
às cobiçosas intenções humanas?

Povoados, cidades, metrópoles distantes
tornados insignificantes aos olhos
da Bomba que assovia e tomba
indiferente àquela gente, a qual
porfia por sobreviver dia após dia.

Permita-me dizer algumas
palavras – solicita o corcel, para
ganhar intimidade. Afinal, somos
colegas, eu na qualidade
de equino e Vossa Senhoria como
asinino. Parece-me novato no cavalgar
as alturas. Além de provocar tonturas,
esse feito às vezes tem o efeito de
transformar qualquer sujeito em filósofo.
Daqui a pouco se porá a chorar,
prevendo a guerra nuclear.
Por que não encerra esse pensar
nefando e vamos conversando?
Para começar, considerando-se sua

condição de poeta, vou lhe contar
algo a respeito de Maiakóvski,
que lhe faz acelerar no peito
o coração. Numa noite de cerração,
em Moscou, ia ele a caminhar pela
avenida Tverskaya. Saíra de uma
gandaia, embriagado, a carregar
um garrafão cheio com água
de Hipocrene, a fonte que eu fiz
jorrar com um coice aplicado
num rochedo do Monte Hélicon,
junto ao Bosque das Musas.

Tendo a mente atormentada
por ideias confusas, Maiakóvski
tropeçou num calhau e babau! –
como dizem os tupis-guaranis.
O garrafão lhe escapuliu da mão
e se partiu. Havia outro poeta, medíocre,
ciumento, que sempre o seguia
de perto a ver se descobria o segredo
de seu enorme talento. A essa altura
já sabia da água de Hipocrene,
que transmite aos poetas a inspiração.

Desacordado pela bebedeira,
Maiakóvski dormia apoiado na soleira
de uma porta. O invejoso apanhou
no chão um caco do garrafão,
no qual sobrara uma gota e, pressuroso,

a lambeu. Tomado de convulsões,
sofreu uma crise de paroxismo
e saiu a bramir pela avenida. Sem
o saber estava a parir o Concretismo,
decorrente do legado de um
Maiakóvski mal assimilado.
Um movimento desfibrado,
desprovido de paixão, quando
o próprio russo, exacerbado, exclamou
um dia – Sou todo coração!
Ter a matemática por Musa
é ideia obtusa, é transformar ritmo
em rito, confundir Bach com bah!

A cavalgadura ri, com toda
a autoridade que lhe é conferida
por sua divindade, como servidor
de Zeus e ajudante das Musas,
agora a cavalgar sem bridas em meio
à constelação Pegasus, alvar fabulação
de Homero, fantasias vertidas nas
eclusas de minha mente, a transbordar
por excesso de símbolos e alegorias.

O parceiro por certo anseia por
me perguntar aonde vamos – diz
o corcel. Pois estamos em certeiro
rumo à Torre de Babel, vespeiro,
poder sem peia a governar o Planeta.
Só de pensar o que o espera

saio do prumo, a atmosfera
ao meu redor se adensa, mal
consigo respirar. Já posso até
sentir a energia e ouvir a litania
contaminando o ar, impregnando-me
os ouvidos, a pele, coisa de provocar
alergia. Aquilo é império
de Diomedes e suas éguas carnívoras,
capazes de devorar cruas
minhas vísceras. Alvíssaras!

XXXVII

E eis que avisto a Torre,
uma construção colossal, toda revestida
de cristal, que embora erigida
em terreno material parece existir
em outra dimensão. Desenhada certamente
por algum arquiteto infernal,
tem silhueta semelhante a ampulheta,
pousada num lago de fogo, artificial
talvez, jogo de espelhos habilmente
ocultos. No teto há um aconchegante
jardim, aziago, logo percebo,
cabaceira, armadilha para estultos,
repleta de flora carniceira.
Vejo também um heliporto, ali colocado
por algum anjo torto,
mas o que mais chama a atenção
são duas torres de transmissão
e um cartaz luminoso com
o símbolo do cifrão e a inscrição
In Hoc Signo Vinces, o mesmo
lema alterado, tornado falaz
e ignominioso, que vi no broche
de Aracne, o maligno fantoche
comigo defrontado no super mercado.

Se o mancebo não levar a mal,
vou passar longe desse érebo, para

evitar queimar minhas penas
ou vê-lo devorado pelas carnívoras
açucenas – observa o corcel, com
o plumaço já eriçado. – Lamento
não me encontrar no meu terraço
mas decido enfrentar a caterva
que pressinto existir no medonho
recinto. Terei que subir a escadaria –
penso eu. Não se preocupe com esse
pormenor – diz a cavalgadura. Os caras
têm elevador. Sugiro que o senhor
comece pelo alto e vá baixando até
chegar ao asfalto. Ligo o taxímetro
e fico aqui aguardando
o que sobrar de sua carcaça.

Entro no edifício e ouço um
bulício que ecoa ao pé da escada,
onde uma multidão parece empenhada
em ganhar as boas graças de uma
atendente encarregada de decidir
quem poderá subir ao último andar.
Tomo o elevador, moderno, transparente,
e vejo que a escadaria está repleta,
uma serpente formada por gente
a gritar e a exibir, com desenvoltura,
a musculatura, disputando a tapa
cada etapa do trajeto.

Chego à cobertura onde uma
estranha criatura carimba a testa
dos candidatos com a marca da Besta.
Nas paredes, cruentos cartazes
exibem os mais diversos produtos:
Hambúrgueres à maneira dos berberes;
carne de primeira ao molho de salário
mínimo; guisado à cabidela;
sopa de miúdos ao alho e olho;
sangue desidratado; coração temperado
como ao tempo da escravidão;
fígado à Humilhados e Ofendidos;
tutanos prontos a serem sugados;
rins a lembrar a Casa Grande;
miolos isentos de pensamentos...

Um ingênuo julgaria acertados
os comentários do corcel, muito
apropriados ao vulgo, quando
se trata de argentários. Contudo,
esta parece ser uma empresa moderna,
que merece loas, não apenas por
oferecer empregos como também pelos
rígidos princípios hígidos, boas
condições de trabalho, amenas
instalações, um ambiente, enfim,
a eliminar os desassossegos
sofridos pela classe laboriosa.

Abro uma porta e tenho uma
surpresa que se finca em meu peito
por lembrar um sacrifício inca.
Um magarefe, diante de uma bancada,
desfere uma facada no peito de um
cidadão e lhe arranca o coração,
a patentear que o sistema não colima
empregar funcionários e sim
torná-los matéria-prima.
Num relance percebo que tudo
é automatizado e impecável,
forjado em aço inoxidável.
A única operação manual,
o sacrifício, parece-me ritual.

O coração, ainda a pulsar,
vai parar numa bandeja que o despeja
num alcatruz, onde o perco de vista.
Além de um quase imperceptível
truz, nada mais é audível, nem
mesmo a voz dos sacrificados,
os quais chegam desfalecidos.
Transportados por esteiras, os corpos
são desventrados, limpos, esquartejados,
e cada segmento segue numa direção,
obedecendo a rígido planejamento.

Caminho até o fim da sala, onde,
depois de preparado, o produto
é acondicionado em ricas embalagens,

nas quais estão impressas mensagens
patrióticas e uma etiqueta dourada,
em que se lê: Pábulo elaborado sob
a supervisão de Baal, exclusivamente
destinado à elite canibal.
Os ossos, triturados, servem como
substrato de rações para cães e gatos.
Volto ao elevador e ouço
um grito de pavor que vem do jardim,
onde alguns jornalistas de revistas
operárias são deglutidos pelas
plantas carniceiras com toda
indumentária, aí incluídos os sapatos
e as câmeras fotográficas.

Um andar abaixo prosseguem
as ações maléficas. Entro na Central
de Comunicações, da qual, lestas,
partem as quimeras que penetram
nos lares pelas frestas
de celulares e televisores.
Homens e mulheres, vestidos
com trajes sociais, circulam pela sala
a cuidar do *Ens*, daquele que é,
o Ente, um computador gigantesco
a alimentar milhares de ramais embutidos
nas paredes, cada qual com seu supervisor.
A versão infernal da Mente Universal,
expandida em redes neurais, ligadas
às mentes individuais, transformadas

em golens, em zumbis. Daqui
saem o fermento e as sementes
de qualquer pensamento, implantados
por algum dervis, autocrata
de paletó e gravata, no cérebro
do bocó. Esta é a instância na qual
se estabelecem, logo na primeira
infância, as diretrizes de nossa
vida, a determinar até qual marca
de papel higiênico vamos usar.

Desço mais um andar e entro
no Departamento de Erradicação Vegetal,
que dá provimento e acicate à vastação
florestal e à remoção de toda verdura
cuja altura exceder a de um pé
de tomate. O objetivo é tornar a Terra
nua, tão árida e deserta quanto
a Lua, com ambientes coartos,
ideais para a estirpe dos lagartos.
Uma tela de cinema exibe documentários
cujo tema são os grandes incendiários,
modelo para as futuras gerações, a substituir
a degastada imagem dos bombeiros.

Como pano de fundo desse
imundo e abjeto projeto, há vívidos
rescaldeiros a arder nas lonjuras,
incêndios florestais no Alasca,
na Amazônia, na Califórnia, nascidos

de uma áscua que a acrimônia
e a piromania de algum fascinado
pelas emanações da Torre
atiraram sobre algum relvado.
Alimentar a frágua acabará por
esvaecer a água para apresar peixes
e homens com a rede da sede.

O Ministério do Último Exército
ocupa três andares e torna a guerra
nuclear obsoleta, graças à recolha
de destroços das naves espaciais
caídas no Planeta. Os novos armamentos
podem erradicar cidades, povos, nações,
sem deixar traços de sua existência,
nem mesmo na consciência.
Bastarão alguns pensamentos para
desencadear silenciosas ablações.
Aqui, nestas mesas, generais
pousam suas certezas e estudam
civilizações antigas e suas guerras
terminais. Cientistas procuram entender
a composição e a ação do Vrill,
energia que deu origem ao universo,
a qual, utilizada em asnil e suicida
arremetida, causou a imersão
da Atlântida. Um sopro, um eflúvio
capaz de provocar outro dilúvio.

Mais adiante, visito a seção
dedicada à derruição de rios e mares,
a serem transformados, pelos
devotos do culto iconoclástico,
em esgotos e charnecas.

Soa um alarme e uma voz
metálica, desprovida de charme,
alerta estarem as instalações ameaçadas
pela presença de um invasor, o que
desperta em mim um frêmito de pavor
ameaça de afito, já que o sujeito
suspeito sou eu. Não sei como
fui descoberto, pois me encontro
encoberto pelo manto da invisibilidade,
a menos que Homero, com sua
imprevisibilidade, o tenha removido,
talvez por achar já estar eu convencido
do que pretende provar: a Babilônia,
ao contrário do que afirma
o Apocalipse, não sofreu eclipse;
é um serpentário cuja acrimônia
se estende pelo mundo, a cravar
seus dentes na alma dos inocentes.
Fim de jogo. Tenho que me pôr
fora do alcance do Diogo, antes que
seu clã sobre mim avance e me
destroce, levando-me à morte prematura.

Desço a escadaria, onde cresce
a vozearia contra um fura-fila
ansioso por obter uma ocupação.
Imagino qual punição me aguarda
caso o ascoso povo das trevas
me encontre a espionar seu plano
faustino. Chego ao térreo, tomado
por funéreo pressentimento e já estou
sendo agarrado quando o alado
corcel desfere um coice no travejamento
braçal de um guarda caramutanje,
a empunhar um alfanje, arrasta-me
pelos ares e me põe a salvo
da fatal fubeca. Na ânsia de chegar
ao meu terraço cravo os calcanhares
na pança da cavalgadura, que avança
em disparada e salta a alta
amurada de proteção daquele vertedouro
de malefícios e mau-agouro.

O companheiro se comporta
como se estivesse num rodeio – observa
o cavalo em aceiro tom. – Néscio ou
íncio, merece desabar, qual folha
morta, e abrir um valo ao dar
com os cornos no chão. – E sem mais
rodeio, sobe a girar o corpo num
looping, voa de barriga para cima
e volta à posição inicial. E eu,
num corpo-a-corpo, agarrado

em sua crina, qual auriga em plena
batalha, temo por minha sina.
Mas não deixo a arena. Ao perceber
que permaneço aboletado, o pangaré
move o queixo em desdém e aperfeiçoa
a obra com outra manobra conhecida
como *slow roll*. Em calculado
arremeço, gira novamente o corpo
e, de patas para o ar, avança
lentamente, até me ver despencar
rumo ao Paraíso ou ao Inferno.
Ouço-lhe o riso e entro num estado
de pulcritude, provocado não pela
beatitude de quem espera ser acolhido
pelo Senhor mas por reles cagaço
de me encontrar a deambular
no espaço sem ter um regaço
no qual me arrimar.

Choco-me com um bando de gansos
e levanto uma nuvem de penugem
que, para meu espanto, flutua
em forma de brando travesseiro,
sobre o qual já me encontro a cavaleiro.
Interrompida a queda, navego
na aérea falua, acossado pelo corcel
que, sem brida, vai de encontro
ao improvisado batel. Relincha
e espana meu rosto com a trincha
do rabo, para demonstrar que está

a brincar. E ao cabo, abocanha-me
o cangote, atira-me sobre sobre seu lombo
e, num pinote, parte em direção ao terraço.

XXXVIII

Não tem o senhor envergadura
moral para me tratar como vulgar
cavalgadura! – exclama o corcel.
Como poeta, deveria sentir por mim
gratidão, pois a inspiração que lhe
advém das Musas, para delir
suas obtusas concepções, é às vezes
secundada por algumas contribuições
desta alimária alada. E não se deixe
iludir pela feminil aparência
com que me apresento. Para sua
informação, em combate varonil,
servi de montaria ao herói Belerofonte,
quando este matou a Quimera, monstro
homicida, bifronte, com uma cabeça
de cobra e outra de leão, corpo de cabra
e dragão, a expelir fogo pelas ventas
para consumir suas vítimas.
Graças a mim, em mergulho fulminante,
Belerofonte a eliminou com um golpe
enchendo-me de orgulho. Dispenso,
pois, suas mofentas conclusões,
suas ementas destinadas a embasar
seu futuro poema que, por ser
imenso, pelo que antevejo,
necessitará de ideias carreadas
por este humilde servidor,

sem as quais poderá resultar
em malfazejo enema.
Apresto-me a responder mas ele
me veda os lábios com a cauda,
ação mofina que me faz sentir
o sabor de sua crina. Depois sorri,
a demonstrar estar eu perdoado.
E, com excessivo cuidado e uma
ponta de ironia, pousa-me na poltrona.

Homero ressona, óbvia trapaça,
pois sustém uma taça de vinho
que já teria caído de sua mão
se estivesse adormecido. Tem no rosto
uma expressão de bonomia e eu
lhe perdoo mais essa fantasia,
esse gosto pelo inusitado, aparentemente
sem motivo mas impregnado de sentido,
em função de seu objetivo.
A taça lhe escapa dos dedos
mas, em vez de cair ao chão, sobe
lentamente e assenta sobre a mesa.
Ele abre os olhos, estala os dedos
e a taça, obediente retorna à sua mão.

Parece-me não ter o senhor
compreendido a função da Torre –
observa ele –, símbolo fementido que
reserva surpresas ao povo cristão
e suas defesas contra o Mal. Aquele

atascadeiro integra o verdadeiro
caminho da salvação, pois é
do lamaçal que emerge o loto,
a simbolizar a pureza do devoto.
Se tudo quanto existe está em Deus,
segundo a avença estabelecida entre
o cristão e sua crença, não há
como separar o joio do trigo, entoar
o aboio para congregar os virtuosos
no salvádego, ainda que apegados
ao ego, e deixar à deriva
os irmãos conspurcados pela vasa,
a fim de que o tapete da casa do Senhor
mantenha seu imaculado alvor.

No Renascimento, alguns mestres,
dentre os quais Rubens, Rembrandt,
Ticiano, Tintoretto, cobriam o branco
da tela, a imprimação, com uma
demão levemente escura, a imprimatura.
Além de facilitar a obtenção
dos meios-tons, tal escurecimento
permite destacar qualquer tom
claro sobre ele aplicado, para ressaltar
as luzes, o que não ocorre
quando se sobrepõe branco ao branco.
O mesmo se pode afirmar quanto
à virtude, que tem como fundo
o imundo pecado. Isto aliás vem
confirmado pela parábola do filho

pródigo, mais festejado pelo pai
que seus irmãos bem comportados.
A chamada vida espiritual
é um tremedal repleto de armadilhas
e as diversas teorias semelham
matilhas de lobos a atormentar
o sono dos bobos que insistem
em meter o nariz no Mistério,
sequiosos por conhecer o cariz de Deus.

Vem a propósito o voto que seu
amigo e o senhor decidiram fazer
ao acender imaginária luminária
sobre a cabeça, oferecendo-se como
bodisatvas para a salvação de cada
irmão, prometendo rejeitar o Nirvana
enquanto houver fora dele um único
ser humano. Permita-me observar
que tal atitude se deveu à pulcritude,
a tolo arroubo juvenil. Seu amigo,
que recebeu o título de *swami*,
"aquele que está livre dos sentidos",
pouco antes de morrer, acabou
por se esquecer da promessa
e passou a alimentar o desejo
de se juntar a Krishna, a Suprema
e Absoluta Verdade. Quanto ao senhor,
aconselho-o a abandonar a mixórdia
criada pelas diversas correntes
religiosas, aberratório mistifório

de mofinas teorias que leva inocentes
buscadores ao esgotamento, ao
labirinto erguido e sustentado pelos
pregadores e suas encantadoras doutrinas.
Falta-lhe clareza até mesmo quanto
ao papel que lhe cabe nesta Divina
Paródia. É necessária afoiteza para
cavalgar o destino, cujo tropel assusta
e faz tombar, em desatino, os tímidos,
os ansiosos e os covardes!

Homero levanta-se num ímpeto,
a gesticular para melhor cantar
sua ária e extravasar o que guarda
in petto, qual sabiá-laranjeira,
a soprar sua flauta na aurora
ou no final das tardes, e acaba
por lançar em meu peito uma
golfada de vinho tinto.
Perdoe-me pela incauta manobra –
desculpa-se ele –, obra de algum
caipora, alma penada, duende
barbudinho, saci-pererê, anhangá
a defender sua alma por julgar
que eu a quero pilhar, bruxa
rafeira, de enrodilhada cabeleira,
ou fada-madrinha, cuja varinha
já está a operar benfazejo sortilégio!

O vinho, que pela Lei da Gravidade
não teria ensejo de subir, obedecendo
certamente a arbitrária determinação
de oculta entidade, altera sua direção e se
esparrama sobre a camisa, a desenhar
a cruz templária. E, curioso, a mim
se me antolha ser um vinho que não molha.

Cai-lhe bem tal distinção – observa
ele, emocionado, a fitar o alinho –,
muito embora esteja longe de manter
a castidade e obedecer aos estreitos
preceitos exigidos pela Ordem.
Tem sido este símbolo degradado
por falsas ordens de cavalaria
que o tomam por alegoria quando,
em verdade, é sacramento. O próprio
Bernardo de Claraval, São Bernardo,
ao influir na criação da ordem
dos cavaleiros templários, errou
no abalançamento, destinando-a
a proteger não a mensagem original
de Cristo mas a Instituição que
a iria derruir. Hoje restam sociedades
arlequinais, em cujos banquetes
nédios comensais, a exorcizar tédios
e a alçar vaidades, rememoram
gloriosas contendas cujas glosas
são comendas, recebidas com alvoroço

por quem as exibe no pescoço.
E até o papa, sucessor daquele que
destinou os cavaleiros ao campo santo,
leva a cruz templária gravada no manto.

O projeto dos cavaleiros para
o mundo ocidental mudou-se em banal
teatro de marionetes, animado por bufões
e chacretes, cuja função – segundo
habilidoso plano do demônio urdido –
consiste em manter o ser humano adormecido.
Nem mesmo os penates, deuses secundários,
sentam-se hoje à mesa ou junto
à lareira, para falar aos humanos corações.
O Transcendental, deixado ao relento,
perdeu o alento e, sob a chuva fina
do materialismo, contraiu relativismo
e agoniza no fundo do quintal.
Quem mantém a fé – não me refiro aqui
ao diletante igrejeiro de domingo –
é tido como ralé, ignorante, medieval,
que o altivo intelecto ocidental sequer considera
humano, um ser falto de sapiência, desprovido
de serventia, por não queimar seu incenso
no altar da ciência e da tecnologia.
O mundo cristão, meu caro, tomado
de orgulho, atacado foi pelo gorgulho,
ulcerado, desgastado em seus valores
pela cárie da hipocrisia; e a definhar,
dia a dia, se vê hoje imerso na barbárie.

E o senhor agora – contesto – com esta
clarinada anuncia ao mundo que um
novo Quixote, fantasiado de templário,
erguerá o archote para iluminar
a agonizante Civilização Ocidental!
Eu, um velhinho de asilo, pacifista,
meditabundo, a lutar contra a apatia,
a submergir num torvelinho
de indagações, impotente
ante as ansiedades que o mundo
está a enfrentar. Sei que o senhor,
um obstinado, já se deve ter aviado
de tudo quanto seja necessário
a tal desvario: a bacia de barbeiro
como elmo, uma tampa de caldeirão
por escudo, algum estafermo como
ajudante e, no papel de Rocinante,
uma cavalgadura desengonçada, de tropel
molengão e andadura aparvalhada.
– Falou comigo? – grita alguém
do alto, alma penada do Além.
E lá está, a planar acima do terraço,
o lendário Pégaso, a me causar
certo embaraço. Recolha-se à sua
condição cavalar – contesta o Poeta –,
pois à besta compete ser discreta
e só se manifestar quando algo
lhe for perguntado. Falou, chefia! –
diz o corcel, um tanto agitado e casmurro.

De cavalo passarei a burro. Homero ri
e joga para o alto um torrão de açúcar.

Quanto ao senhor – fala comigo –,
não seja dramático nem me olhe
com esse ar sorumbático, turrão.
Não lhe peço que se atreva a perpetrar
loucuras. Apenas escreva. – Se colocar
no papel metade do que aqui foi
conversado, acabarei excomungado!
Se lhe convier continuar
atado ao atascado e decadente
Império Romano, valha-se
da Indulgência Plenária
in articulo mortis, concedida à sua
família por sua Eminência, digo, Santidade
Pio XII. *Similia similibus curantur*.

E para terminar com graça
o episódio, Homero aproxima a taça
e o vinho da cruz desestima a camisa
e retorna ao local de origem.
Ato contínuo, como que infectado
pelo paludismo, em decorrência de ter
permanecido junto ao mangue,
nos arredores da Torre, começo
a tremer e a mergulhar numa vertigem.

Com a extremidade dos dedos, Homero
toca-me a testa, o peito e o plexo

solar. Cessam as dores e toda absurdidade
manifesta em meu complexo raciocínio,
à qual estou afeito e, suavemente,
vazia a mente e acalmados os nervos,
alço-me em agradável levitação.
– O poetinha do pau oco pretende
me fazer concorrência! – observa o corcel
com uma pontinha de irreverência.
Vejo-lhe a forma original, transparente,
líquido cristal de comovente pureza,
como a fonte de Hipocrene, a jorrar
infrene para quem nela ousar se abeberar.

Não só a cavalgadura mas tudo
ao meu redor parece recoberto por
uma tênue veladura, a emanar
suave luminescência, o que torna
o cerne da matéria liberto de sua
concretude, tocado pela transcendência,
indene, como que dotado de original
virtude, no estado precedente à sua
manifestação neste universo.
O Céu Anterior do Taoísmo.

Embora diverso e disperso
em aparência, tudo quanto meu olhar
abarca parece-me uno em sua essência.
A formiga a se mover sobre a mesa
e a madeira de que esta é formada
fundem-se numa só energia

e aquilo sobre o qual me detenho
é um inseto-lenho, uma tábua
transubstanciada a caminhar sobre
si mesma. E cada coisa está unida
ao que se lhe avizinha, uma pangéia
a se mover asinha, orgia de energia,
formas a se entredevorar, Lila, um jogo,
um divertimento do Absoluto.
E tudo, ao ser por mim observado,
também me observa, como se tentasse
comigo se comunicar. Um tijolo,
ao meu lado, que eu julgava mudo,
um punhado de erva a brotar
num vaso, o casinholo das aves
no quintal do vizinho, as arquitraves
dos telhados, a galáxia orbivagante,
os sulcos talhados na madeira
da cerca, todos, à sua maneira –
por mais extravagante que isto possa
parecer – têm algo a me dizer.

Sou tomado pelo riso, como se
um fogo interno consumisse o arcabouço
do meu Ser que, devoluto, se abre
ao inviso eflúvio do Ser universal.
Imersa nesse dilúvio, minha
consciência, antes dispersa ganha
consistência e tudo me parece
belo, perfeito, amorável. Sinto-me
flutuar acima do instável mundo

exterior, tomado por um profundo
amor a todos os seres, cientes
e os que julgava inscientes.

De repente ouço um relinchar
e uma voz a indagar: Desculpe, meu
irmão, meter o bedelho em sua
elevação, mas gostaria de saber,
por gentileza, se Hitler e o Grande
Inquisidor estão incluídos nesse Amor.
Olho para cima e vejo que
Pégaso inclina a cabeça e move
as orelhas, à espera de uma resposta.
Centelhas de um curto-circuito eclodem
em minha mente, que se posta em defesa,
e meu olhar se fixa no lenço
de linho sobre a mesa, no qual
ainda se encontra o cisco retirado
de meu olho. Impressiona-me
sua profundidade. Mais que cisco
é uma entidade, um buraco negro
cuja voracidade logo se manifesta,
a exercer irresistível atração sobre
cada episódio de minha gesta.

E assim, do primeiro ao serôdio,
ali mergulha tudo quanto seja
acometível, concreto ou imaginário,
gestado no silêncio ou em meio
à bulha, um olhar, um gesto, o mais

ligeiro afeto, nada escapa
ao fadário daquele despenhadeiro,
enquanto o corcel ri à socapa.
e no final, o que resta de mim
entra pela infinita fresta. Sobra-me
apenas um nonada de consciência
e eu tateio o muro daquele escuro,
até que uma lufada me traz
às narinas o aroma do ouzo.
Apalpo uma rebarba, abro os olhos
e repouso. É a barba de Homero.

Ainda a adejar, Pégaso relincha,
de pernas para o ar, a acentuar
nossa rixa. O companheiro perdeu
a melhor parte – diz ele –, o momento
em que as sempiternas harmonias
da Iluminação logram rescindir os liames
com as fantasias da imaginação
para delir de vez a ilusão provocada
pela falsa realidade, uma vacuidade
estabelecida nos estamentos da vida,
concepção equivocada a fazer
do nada concreção. A posteriori
ocorre o Satori, a Iluminação
propriamente dita, beatitude infinita
do Nirvana. Hitler e o Grande Inquisidor
surgiram como o mata-burro
no qual o senhor tropeçou.
Mas há um ror de fatores, denso

emaranhado que o enredou.
Não o passo agora em revista
por não ser eu psicanalista.

Era o que me faltava – penso eu –,
submeter-me ao talante de um cavalo falante!
Chega de baboseiras – sentencia Homero.
A um cavalo não compete proferir asneiras.
A Iluminação, que pressupõe
a eliminação do ego, é na verdade apego,
um objetivo pessoal, egoísta, antagonista
da consciência política e social,
da qual está o senhor possuído.

A continuar nesse caminho, mesmo
sem se tornar um bodisatva
de fim de semana, será
o último a entrar no Nirvana.
Na próxima tentativa
tenha em mente a assertiva
de todo mestre iluminado:
Não lhe compete buscar e sim
estar aberto a ser buscado.
Para que a Luz tenha
em seu coração residência
necessária se faz – mais que
a compulsória perquirição da Verdade –
a expansão da consciência,
epéktasi tis syneídisis.

Olho para o horizonte e percebo
ter a aurora estagnado no momento
em que Hélio, apenas insinuado,
parece ter decidido se reconciliar
com Homero e lhe dar tempo
de regressar ao Limbo protegido
pelos últimos vestígios da noite.

Meu caro poeta – diz Homero –
já não posso adiar minha partida.
Gostei de me encontrar aqui,
a desfrutar de sua companhia.
Desejo apenas, se me permite, uma vez
registradas suas ideias e intenções,
acrescentar algumas reflexões.
Como brasileiro, nasceu o senhor sob
a égide do pandeiro, criação ibérica
adotada como envide africano,
de altaneiro rango, no enfrentamento
de um domínio desumano,
a transformar o ritmo em arma contra
a opressão do colonizador.
Na condição de luso é um grego
tardio, confuso, dopado, amolecido
não pela bagaceira mas em decorrência
de excessiva reverência ao andor
e ao catecismo doutrinador.
Desperte o ritmo e a Grécia que lhe
correm nas veias e o demais
lhe será dado por acréscimo.

Como lhe disse no início,
tem o senhor não só o tema
como abundante material
para seu poema, agora
revisto sob novo entendimento.
Não se detenha por qualquer
desvalimento que o torne
hesitante ou algum adventício
motivo a lhe roubar o entusiasmo.
Necessário não é que a mais
se atreva. Sente-se numa cadeira
confortável, ative seu fabulário e,
tomado pelas Musas, sem ansiar
pelo resultado, simplesmente escreva. –

No que se refere a meu pai,
temo transgredir o quinto
mandamento, que determina
honrá-lo – respondo, temeroso
de ser considerado um esqualo,
a abocanhar a memória paterna,
lançando-a ao vento tenebroso
do passado. Expor a verdade
não o inquina – diz Homero –
pois o mandamento determina
aos filhos obediência, submissão,
respeito, apreço e amparo,
aos quais, apesar da humilhação,
violência e desamparo sofridos
com o espancamento, o senhor

jamais se furtou. Seu poema
deve ser um libelo, um grito
contra a impiedade, os torreões
da impunidade, o flagelo que a treva
impõe aos indefesos.
Honra pressupõe ausência
de dobrez e respeito aos que
nos devem honrar. Não tenha,
portanto, receio de pecar.

Cavalo! – grita ele – e Pégaso acode
em pressuroso tropel. Cresce em meu
imo um fragoroso sentimento
de abandono, como se estivesse
a perder um pai. Ao retornar a seu
reino interior – diz o Poeta –
receberá como abono seu genitor.
Deve perdoá-lo. Foi um bom homem,
excessivamente rigoroso porque
temeroso de não o ver à altura
do que para si mesmo desejou:
ser um doutor. – Há muito
já o perdoei. O que perdura
são as cicatrizes da tortura.

Homero monta a cavalgadura sem
dificuldade, sem qualquer amolgadura
em seu porte senhoril, lança-me
um derradeiro olhar e, ao partir,
grita em tom varonil: *Deles não há indagar*

porquê. Deles apenas fazer e morrer !
Reconheço logo os versos do imortal poema
A Carga da Brigada Ligeira,
de Tennyson.
Honra, louvor e glória
a Jacques de Molay, Guy D´Auvergnie
e Geoffroy de Charnay! –
conclui ele, antes de subir
às alturas da memória
e retornar à imorredoura glória.

A manhã já vai alta, a praia
está a fervilhar com a chegada
de turistas, barqueiros a competir
pela ocasião de ganhar uns cobres,
o sol a castigar a inerme derme
das crianças, uma beldade um tanto
passada a exibir a vaidade
há muito fanada... E eu a ruminar:
Não há indagar porquê, apenas fazer
e morrer. Nada mais simples, objetivo, definitivo.

Olho para o vazio, sem saber
como proceder ante esse mar luzidio,
quase grego. Admirá-lo, talvez,
já que cego não sou, ou nele
mergulhar, em abandono,
qual jumento submisso a seu dono.

OBRAS PUBLICADAS

Fátima e o velho (contos) – Massao Ohno Editor, 1960
O tocador de atabaque (poemas) – Editora Paulista, 1969
Chongas (romance) – Editora Ática, 1974
Salamargo (poemas) – Massao Ohno Editor, 1982
No caminho, com Maiakóvski (poemas) – Nova Fronteira, 1985
No caminho, com Maiakóvski (poemas) – Círculo do Livro, 1987
A sala do jogo (contos) – Estação Liberdade, 1989
A sala do jogo (contos) – Círculo do Livro, 1992
Memórias de um assoviador (humor) – Schmuckler Editores, 1994
Os gigantes de Kashtar (conto editado anteriormente em A sala do jogo) – Atual Editora, 1994
O canibal vegetariano (poemas) – Geração Editorial, 2003
Tango, com violino (romance) – Tordesilhas, 2014 ISBN 9788564406926
Balada para os últimos dias (poemas) – SESI-SP Editora, 2015 ISBN 9788582055885
Cem gramas de Buda (contos) – SESI-SP Editora, 2015 ISBN 978-8582055847
A sala do jogo (contos) – SESI-SP Editora, 2015 ISBN 9788582055861
Poemas de circunstância (poesia) – SESI-SP Editora, 2016 ISBN 9788582058787
Chongas (romance) – SESI-SP Editora, 2016 ISBN 9788582055823
Oriente próximo, extremo oriente (contos) – Faria e Silva Editora, 2021 ISBN 9786589573289
Poesia reunida (poesia) – Faria e Silva Editora, 2021 ISBN 9786589573296
Participação em antologias
Antologia dos novíssimos – Massao Ohno Editor, 1962
Poesia viva – Civilização Brasileira, 1968
Canto melhor – Paz e Terra, 1968
Poetas novos do Brasil – Instituto Nacional do Livro, 1969
Brasil em cantos e versos – Natureza – Melhoramentos, 1992
Ponte poética Rio-São Paulo – Sete Letras, 1995
Antologia poética da Geração 60 – Nankin Editorial, 2000, ISBN 9788586372209
Brasil 2000, antologia de poesia contemporânea brasileira – Alma Azul Editora, Coimbra, Portugal, 2000

Os cem melhores poetas brasileiros do século, antologia poética – Geração Editorial, 2001
Paixão por São Paulo – Terceiro Nome, 2004
Antologia comentada da literatura brasileira, poesia e prosa – Editora Vozes, 2006
Roteiro da poesia brasileira, anos 60 – Global, 2011
Rubem Braga – a poesia é necessária – Global, 2015
Poemas para exumar a história viva – Cult Editora, 2021
Livros infantis (sob o pseudônimo Dudu Calves)
Formiguento, o preguiçoso – Melhoramentos, 1980
O pombal de Toninho – Melhoramentos, 1980
Quá-Quá, o pato guerreiro – Melhoramentos, 1980
Astrogildo, o hipopótamo elegante – Melhoramentos, 1980
O quintal de Dona Lula – Melhoramentos, 1980
O macaco bananoso – Melhoramentos, 1980
Obras teatrais e outras
Noites de Poesia (organizador) – Teatro Arena, 1968
Os hóspedes estão amanhecendo (teatro), 1968
Uma lebre na moita do destino, crônicas publicadas no jornal Diário de São Paulo, reunidas em volume inédito
Suaves campainhas para o sono de Heitor (teatro), primeiro lugar no prêmio Anchieta de 1978 para peças inéditas
Os sobreviventes (peça teatral), 1991
Os meninos da pátria (peça teatral), 1992
Exposições de pintura
Galeria Dina Vierny, Paris, França, 1999
Embaixada do Brasil, Haia, Holanda, 2000
5 Continenten 1 Wereld – Galerie & Beeldentuin Laerken Hazersmonde, Amsterdã, Holanda, 2000
Galerie Kühn, Berlim, Alemanha, 2000
Galerie Kühn, Bremen-Lilienthal, Alemanha, 2001
Plusgalleries, Antuérpia, Bélgica, 2001
Galerie Birkenried, Gundelfingen, Alemanha, 2001
Pinacoteca de São Paulo, 2002
Museu Nacional, 2002
Residiu com sua mulher em um ateliê, em Velletri, Itália, 2009
Residiu com sua mulher em um ateliê, em Montmartre, Paris, à convite da Cité Intertacionale Des Arts, 2010